少年と少女と正しさを巡る物語

サクラダリセット７

河野 裕

目次

主な登場人物

浅井《あさい》ケイ《けい》　「記憶保持」の能力を持つ少年。芦原橋高校奉仕クラブ所属。

春埼《はるき》美空《みそら》　世界を三日分、元に戻せる能力「リセット」を持つ少女。

相麻《そうま》菫《すみれ》　「未来視」の能力を持つ少女。死亡したが、ケイたちの力で再生した。

中野《なかの》智樹《ともき》　ケイの親友。声を届ける能力を持つ。

皆実《みなみ》未来《みらい》　未確認研究会（U研）に所属。

村瀬《むらせ》陽香《ようか》　物を消す能力を持つ。

野ノ尾《ののお》盛夏《せいか》　咲良田の猫の動向を把握している。

浦地《うらち》正宗《まさむね》　管理局対策室室長。

索引《さくいん》さん　管理局局員。色で感情を見分ける。

加賀谷《かがや》　管理局局員。右手で触れた対象にロックをかける能力を持つ。

津島《つしま》信太郎《しんたろう》　管理局局員。奉仕クラブ顧問でもある。

宇川《うかわ》沙々音《ささね》　管理局の協力者。世界を変化させる能力を持つ。

岡《おか》　絵里《えり》　管理局の協力者。記憶を操作できる。

坂上《さかがみ》央介《ようすけ》　能力を人から人にコピーする能力を持つ。

チルチルとミチル　「夢の世界」で暮らす。

魔女《まじょ》　「最初の三人の能力者」のひとり。未来を知る能力を持つ。

浦地の両親　「最初の三人の能力者」のうちのふたり。

プロローグ

伝言が好きなの、と、女の子は言った。

少し掠《かす》れた声だった。

もう二年も前のことだ。浅井《あさい》ケイは、あの時のなにもかもを覚えていた。日づけ、時間、天気、彼女の服の色、指先の形、わずかに傾けた首の角度。

本当に、なにもかも、覚えていた。

なのにどうしてだろう？　彼女の声が掠れていた理由を考えたことがなかった。ただの一度も、考えようとはしなかった。

だから二年も経って、今さら気づく。

——きっと、相麻菫《そうまますみれ》は泣いていたんだ。

どうして今まで、そんなことにさえ思い至らなかったんだろう。僕はなんて、鈍いんだろう。なんて、愚かなんだろう。なんて——

あのとき彼女は、涙を流さないまま泣いていた。

「伝言が好きなの」

泣いていたのに、それでも笑った。

「幸せな言葉や些細《ささい》な言葉を、人から人に、たくさん伝えたい」

相麻菫。

彼女は涙を流すべきだったんだ。

苦しいことや、悲しいことを、きちんと拒絶するべきだった。

——こんなにも鈍い僕を、君は責めるべきだった。

相麻菫が涙を流せば、その涙で胸を痛められた。なにかを後悔し、深い愛情を持って彼女に接することさえできた。なのに。

彼女は笑った。

きっと涙を堪《こら》えたまま、笑みを浮かべて、胸を張ってみせた。

——君は、やっぱり強すぎた。

あんまり強くて、あんまり綺麗《きれい》で。だから彼女が泣いているなんて、二年前のケイには想像することもできなかった。

ひとりの中学生として、ひとりの女の子として、ひとりの人間として、手にしてはいけないような。自身の幸せさえ捨てられるような強さを、彼女は持っていた。

そんなの、弱点みたいなものだ。

強くて完璧《かんぺき》な彼女は、強くて完璧であることが問題だ。

痛みに耐えてどこまでも進んでしまえるから、そのまま笑って、死ぬことさえできてしまった。自分自身を、殺すことさえできてしまった。
彼女は愚かなのだと思う。むしろ弱いのだと思う。悲しいくらいに儚《はかな》いのだと思う。
——でも、だから。
相麻菫が強くて、綺麗で、愚かで、弱く、儚かったから。
——だから、僕は救われるんだ。
浅井ケイの言葉は、春埼《はるき》美空《みそら》に届く。
ケイはまた、あの少女に語りかけることができる。
いくつかの言葉を、どこかの誰かに伝えたい。
相麻菫が命を懸《か》けて用意したのは、たったそれだけの物語だ。

1話　サクラダリセット

1　一〇月二五日（水曜日）／午前七時三〇分

静かな朝だった。

目を覚ました切っ掛けは、カーテンの隙間から漏れる光か、あるいは微《かす》かに聞こえるスズメの鳴き声か。どちらにせよ自然で、平和な朝の目覚めだ。

目元をこすってベッドから抜け出した浅井ケイは、窓辺に立つ。

カーテンをつかみ、スライドさせた。昨夜の雨はもう上がっている。すっきりと晴れた、綺麗な青空が目に染みる。

続いて窓を開くと、近くの電線にとまっていたスズメが二羽、同時に飛び立った。小さな影がふたつ滑るように路面を進み、水溜《みずたま》りの上を通過する。水溜りには空と雲とが映り込んでいる。風が吹き、その水面が微かに揺れた。

うん、良い朝だ。昨夜、咲良田《さくらだ》から能力が消えたなんて思えない。相麻菫がバスルームで泣いたなんて思えない、静かな朝だ。

朝の光に目を細めながら、浅井ケイは考える。

――僕は今、ふたつの記憶を持っている。

昨夜、咲良田から――正確には咲良田に暮らす人々の記憶の中から、能力が消えた。

街全体に及ぶ、大規模な記憶の改ざん。結果、咲良田の人々は能力の存在を忘れて、代わりに能力なんて存在しない、現実的だけれど偽物の記憶を手に入れた。

例外は世界に、ひとりだけだ。

なにもかもを思い出す能力を持っている、浅井ケイだけがまだ、咲良田の能力のことを覚えている。

――だから僕には、ふたつの記憶がある。

一方は、昨夜まで確かに能力が存在していた、本物の記憶だ。

もう一方は、初めから能力なんてなかった、偽物の記憶だ。

そして。

――まったく、なんてことだ。

胸の中で、つい嘆く。

ふたつの記憶には、能力の有無の他に、大きな相違点があった。

――こんなところでも、あのふたりを比べなくちゃいけないのか。

春埼美空か、相麻菫か。

ふたつの記憶はそれぞれ、彼女たちのどちらか一方と過ごした記憶だった。

本物の記憶。昨夜まで能力が存在していた記憶。こちらでは、ケイはずっと春埼美空と共にいた。いつだってあの少女が、純粋な瞳《ひとみ》でケイをみつめていた。相麻菫は、二年前の夏に死んでしまった。

偽物の記憶。初めから能力なんて存在しない記憶。こちらでは、相麻菫が死ぬことなんてなかった。彼女はずっと、ケイの近くにいた。今も同じ芦原橋《あしはらばし》高校に通っている。代わりに、春埼美空がいない。ケイは春埼に出会ってさえいない。

——どうして春埼がいないんだろう？

偽物の記憶で、相麻菫が死ななかったのは理解できる。

実際には、彼女は一度死に、能力によって再生した。でも能力が存在しなければ、死んだ人間が再生するなんてあり得ない。もし世界に能力がなかったなら、相麻菫は死ななかったことにしておくのが自然だろう。

——でも、春埼を消してしまわなくてもいいじゃないか。

三人で仲良く過ごした二年間の記憶になっていても、いいじゃないか。

なのに偽物の記憶には、春埼美空が登場しない。彼女は中学二年生になる直前に名前のわからない病気で倒れ、それ以降、中学校にも通っていないことになっている。

——つまり春埼に対して、なんらかの能力が使われたんだ。

中学二年生になる前に、春埼が人々の前から姿を消さなければ辻褄《つじつま》が合わない、なんらかの出来事が能力によって引き起こされた。

その能力について予想することはできる。

浦地《うらち》正宗《まさむね》が、春埼美空の時間を巻き戻した。おそらくは浅井ケイと春埼美空の関係を断ち切るために。端的には、ケイからリセットを奪うために。

春埼美空の時間がケイに出会う前——中学二年生になる直前まで巻き戻ったから、その辻褄を合わせるために、記憶が改変された。結果、春埼は奇妙な病で倒れたことになってしまったのだろう。

浅井ケイは静かに納得する。

——きっと、予定通りなんだろうね。

なにもかもが、相麻菫の立てた予定に従って進行している。

だから浦地正宗がどれだけ周到に計画を練っていたとしても、ケイが望めば、リセットを使える。その準備は整っている。

——問題の本質は、浦地さんの計画なんかじゃないんだ。

本物の問題は、まったく別の場所にある。

ケイは窓に背を向ける。時計が視界に入った。ため息がもれる。

もう三〇分ほどで、学校にいかなくてはいけない時間だ。

食欲もなかったが、キッチンに残っていたチキンカレーを食べてから家を出た。

スニーカーの靴底が濡《ぬ》れていて気持ち悪い。昨夜、雨の中を走り回ったせいだ。まぁそのうちに乾くだろう。

浅井ケイは芦原橋高校に向かって歩きながら、携帯電話を取り出した。

春埼の自宅にコールする。電話に出たのは、彼女の母親だった。

適当な理由をでっち上げて、今日の夕方に、春埼美空に会う約束を取りつける。携帯電話を切って、ケイは両手をポケットに突っ込んだ。

——春埼の方は、問題ないだろう。

二年前の彼女のことは、よく知っている。

たった三つのルールに行動を委《ゆだ》ねていた頃の春埼。彼女は基本的に人の頼みを断らない。指示されてリセットを使うことにだけは抵抗があるようだったけれど、それをクリアする方法もわかっている。

——問題は、もう一方だ。

視線を下げ、足元を眺める。

黙々と一〇分ほど歩き続けて、芦原橋高校に到着した。

もうすぐ朝のホームルームが始まる時間だ。生徒たちが足早に、校舎の中に入っていく。ケイもその流れに従って、玄関で靴を履き替える。

階段を上って、廊下を進み、教室の前に立つ。

毎日のように顔を合わせる、なんでもない扉を睨《にら》み、ほんの短い時間息を止めた。

ケイは昨夜、バスルームで相麻菫が泣いたことを覚えている。未来視なんて過剰に強力な能力を手に入れてしまった彼女の悲しみを知っている。アイデンティティを捨て去るために、一度死んで再生した彼女の苦しみを忘れない。

そして、相麻菫自身が——すべてを計画した二年前の相麻菫が許せないのだと泣きながら告白した、彼女の震えた声を、覚えている。

——今、僕たちがいるのは。

相麻菫にとって、理想のような世界だ。

彼女があの強大な苦しみを、綺麗《きれい》さっぱり忘れてしまった世界だ。

未来視能力を持っているなんて夢にも思わない、自分がスワンプマンだなんて悩むこともない、ごく普通の女の子としての相麻が、この向こうにいる。

覚悟を決めて、教室の扉をスライドさせた。

一歩、踏み込んだとたん、声が聞こえた。

「ケイ」

明るい声だ。

相麻菫。彼女は今、春埼美空の席に座っている。当然、そこが自分自身の席なのだと信じている。彼女は笑みを浮かべて、手を上げた。

「おはよう、ケイ」

相麻の姿を見て、息を呑《の》む。

わかり切っていたことだ。充分に予想できたことだ。

なのに、実際に顔を合わせるまで、思い至らなかった。つい、驚いてしまった。

——なんてことだ。

相麻菫が。

あの、野良猫みたいな少女が、野良猫みたいにみえない。

浅井ケイは、無理に笑う。

「おはよう、相麻」

できるだけ軽く答えて、自分の席に向かった。歩きながら中野《なかの》智樹《ともき》や、皆実《みなみ》未来《みらい》や、他のクラスメイトたちと挨拶《あいさつ》を交わす。

ほんの一〇歩の距離を、妙に長く感じた。

ようやく自身の席に辿《たど》り着き、ケイは机に突っ伏す。

彼女のことを野良猫みたいだと感じていた理由が、やっとわかった。

――相麻はずっと、独りだった。

孤独で、そして、寂しげだった。

どれだけ笑ってみせても、明るく振る舞ってみせても、いつだって彼女の中心に取り除きようのない寂しさを感じていた。未来を知っている相麻菫は、心のどこかで、周囲を拒絶していた。

その孤独と寂しさを、ケイはずっと、野良猫みたいだと感じていた。

気高くて、気まぐれに人に近づいて背中を撫《な》でることを許して、でもすぐにどこかに立ち去ってしまう。乗り越えようのない壁を作ってしまう。孤独であることを受け入れてしまう。

だから彼女は、野良猫だった。飼い猫ではない陰を持っていた。

だけど今の相麻菫は、ちっとも野良猫みたいにみえない。とても普通の、素直な女の子にみえる。幸福なだけの女の子にみえる。

能力を取り戻せば、彼女はまた元に戻るだろう。未来視なんてものを手にした彼女は、野良猫みたいにみえてしまうだろう。誰とも繫《つな》がれないでいる、孤独な少女に。

「どうしたの、ケイ」

声が聞こえた。相麻菫の声だ。

ケイは机に突っ伏したまま、頭を動かしてそちらに視線を向ける。

いつの間にか隣に、相麻が立っていた。高校一年生にしてはやや背が低いけれど、彼女も制服を着れば、ちゃんと芦原橋高校の生徒にみえる。ただしその制服は新品で、入学したてみたいだ。

「なんだか貴方《あなた》、疲れているみたい」

そう言った彼女は、どこか気弱そうに、躊躇《ためら》うように目を伏せていた。

――気弱そうな相麻？

頭がくらくらする。

「なんでもないよ。朝は弱いんだ」

「そんなこと知ってるわよ。でも、今朝はいつもとは違う感じ」

「どう違うの？」

「よくわからないけれど。でも、違う気がする。なんだか一晩でずいぶん歳を取ったみたいに、疲れているようにみえる」

ケイは笑う。

「本当に、なんでもないよ。昨夜、ずっと本を読んでいたせいで、ちょっと睡眠不足なんだ」

「そう。あんまり、夜更かししちゃだめよ」

チャイムが鳴って、相麻菫はケイの耳元に口を寄せた。

「今日はお弁当を作って来たの。一緒に食べましょう」

それじゃあ後でね、と囁《ささや》いて。彼女は少し恥ずかしそうな、だが綺麗な笑みを浮かべて、自分の席に戻っていく。

もう一度、心の中で呟《つぶや》いた。

――なんてことだ。

能力さえなければ、相麻菫は、こんなにもまっすぐなんだ。

素直で、明快で、幸せそうなんだ。

未来視能力を持っていた頃の彼女は、どれだけ無理をしていたんだろう。

どれだけ自分を、歪《ゆが》めていたんだろう。

それはきっと悲しいことだ。なのに、

――僕にとっては、能力で歪んでしまった君が、相麻菫なんだよ。

今の相麻は、まるで相麻菫に見えない。

彼女そっくりに作られただけの、偽物みたいだ。


もちろん能力がなくなっても、学校での生活が大きく変化するようなことはない。授業は平坦《へいたん》な速度で進んでいく。その、どちらかというと暇な時間を、ケイはクラスメイトたちの様子を観察して過ごした。


どうしても視線は、相麻菫に向く。

中学生のころは同じクラスになったことがなかったから、授業中の彼女をみるのは初めてだ。もちろん昨日の夜、頭の中に降って湧いた偽物の記憶を除けば、だけれど。

相麻はとても真剣に授業を受けていた。何度もカラーペンに持ち替えて、丁寧にノートを取っている。授業内容を書き写すことに喜びを感じているように。

よく観察して、気がついた。

――ああ、彼女は新しいノートを使っている。

当たり前といえば、当たり前だ。

みんなの記憶の中では、相麻は一学期の始まりからクラスメイトだったのだろう。でもその記憶は偽物だ。本当は、今日初めて、彼女は芦原橋高校の授業を受けている。ノートも新しく用意しなければならない。

新しいノートだから、丁寧に授業内容を書く。

それはきっと多数の生徒に共通する特徴で、相麻がそのうちのひとりだったところで不思議はない。

――でも、すべての教科のノートが、みんな新しくなっていることに違和感はないのかな?

ふと浮かんだ疑問を、ケイは首を振ってどこか片隅に追いやった。

違和感があったから、なんだというんだ。少し不思議だなと感じる程度だろう。まさかノートがすべて新しくなっていた程度で、「本当は昨日までこの学校の生徒ではなかったのかもしれない」なんて思い当たるはずもない。

それからケイは、ざっと教室全体を見渡す。

――変わってしまったのは、相麻だけじゃないんだ。

視線を留めた、その先には皆実未来がいた。

ケイが知っている皆実は、いつも無条件で笑顔の仮面を被《かぶ》っていた。授業中でさえ変わらずに。なのに今の彼女は、笑っていなかった。なんだか少しだけ不機嫌そうな表情で窓の外をみている。きっと能力があったころよりも、彼女の素顔に近いのだと思う。

――たとえば彼女のことだって、相麻や、春埼や、僕のことと同じように考えるべきなんだ。本当は。

当たり前に、皆実未来にだって感情があり、思想があり、目的がある。彼女が彼女の意志で行動して作ってきた過去は、誰かに否定できるものではない。

――僕は、彼女にだって救われた。

皆実にそんな意図がなかったとしても。

能力が消える前の世界で、彼女は相麻菫について調べていた。それがきっかけで、ケイは二年前に相麻菫が計画したことを読み解けた。

――皆実さんがいなければ、僕はもっと手前で、立ち止まるしかなかった。

彼女が特別な能力者に関わりたいと願っていたなら。もしもその特別な能力者の中に、相麻菫や、春埼美空や、浅井ケイが入っていたのなら。

皆実未来の存在は、もう充分、その能力者たちと強く関わっている。きっと、咲良田の未来にだって。彼女自身が考えているよりもずっと強く、影響している。

能力のことを忘れる前の皆実にそう伝えたなら、彼女は喜んでくれるだろうか。いつも通りに笑っているだけだろうか。それとも不機嫌な表情を浮かべて、首を振るだろうか。「私が求めているのはそんなことじゃない」「浅井くんにはわからない」なんてことを、彼女は言うだろうか。

なんにせよ、どの彼女も、もういない。彼女の歴史は否定され、切り捨てられて、つまらなそうに窓の外をみる彼女しかここにはいない。

――それを悪だと決めることは、僕にはできない。

だって、リセットも同じなのだから。

浦地正宗が咲良田から四〇年間を奪い取ったように、ケイもリセットで、人々の歴史てきた。喜びも悲しみも、身勝手に壊して歩いてきた。

リセットは最大で三日ぶん、世界を殺す。すべての人の三日間を、頭ごなしに否定してしまう。

——僕はそのことを、理解していながらまだ進む。

それが本当の正解ではなくても、手が届く中では最良の未来だと信じて、色々なものを切り捨てながら進む。

だから自分を正義に置くことも、浦地を悪に置くこともできない。これはただ、我儘《わがまま》と我儘の争いだ。作り物の笑みを浮かべていない皆実の方が偽物にみえたとしても、そんなものケイの感情でしかない。

時間は苛立《いらだ》たしいほどに、冷静なリズムで流れる。

休み時間になる度に、ケイは、相麻や智樹と短い会話を交わした。とても自然に、いつも三人で話をしていたように。そして偽物の記憶では、たしかに長い時間を、この三人で過ごしていた。

ケイはその度に、春埼美空がいないことを強く意識した。

いつも傍にあった、少女ひとりぶんの視線が欠落していることを。あのガラス球のように綺麗《きれい》で精密な瞳《ひとみ》に、今は自分が映っていないことを、意識した。

「どうしたの、ケイ。今日は機嫌が悪そうね」

と、相麻菫は笑う。

無理に笑顔を作って、窓の外に視線を向けて、ケイは答える。

「なんだかまだ眠いんだ。今日はなかなか、すっきりと目が覚めない」

淡い色調の青空は凪《な》いだ海みたいに静かで、落ち着き払っている。

でも耳の奥ではまだ、昨夜の雨音が反響していた。

*

目元に小皺《こじわ》が増えたかもしれない。

春埼美空は病室に入って来た母親をみて、そう思った。

——貴女《あなた》はおよそ二年七か月ぶん、記憶を失っています。

と、医師らしい男が言っていた。

春埼が今、鮮明に思い出せる母の顔は、二年七か月前のものだ。多少はどこかが変化していて当然だろう。

ベッドに座っていた春埼の顔を、母がのぞき込む。

「体調はどう？」

「問題ありません」

春埼はそう答えてから、正確ではないだろうと思い当たる。「私が自覚している限りでは」と付け足した。

「びっくりしたわ。最近は、調子がよかったから」

母は仄《ほの》かに口元を歪《ゆが》めながら——きっと笑ったのだろう、と春埼は予想した——手に持っていたバッグの中から衣服を取り出す。彼女は昨夜、病院に泊まり込み、今朝春埼の着替えを取りに家に戻っていた。

「ほら、着替えて。どこかで、お昼ごはんを食べて帰りましょう」

春埼は頷《うなず》き、パジャマを脱ぐ。それから母が差し出した衣服を順番に身につけた。ロングのTシャツにジーンズ、薄手のブルゾン。すべて春埼自身のものなのだろうが、所有していた記憶がない。忘れてしまった二年七か月間に購入したのかもしれない。

「そのジーンズ、少し丈が長いのね」

と母は言った。

「小さすぎて着られないよりは良いです」

答えて、春埼は靴を履いた。ベッドから立ち上がる。ウエストが少し余っていたせいだろう、ジーンズがずり落ちた。

「痩《や》せた？」

「よくわかりません」

記憶を無くしているのだから、最近の自分がどんな体型だったのかも知らない。

「もうちょっと太った方がいいわよ。昔から、貴女には体重が足りないんだから」

それは覚えていた。小学生の頃からずっと、春埼の体重は平均値を下回っている。

「気をつけます」

「まずベルトを買いに行きましょう。それからしっかりお昼ごはんを食べて、ケーキを買って帰りましょう。貴女の退院祝いよ」

「病院にいたのは一晩だけですよ」

「退院は退院でしょ。何事もなくてよかったわ、本当に」

「すみませんでした」

「貴女が悪いんじゃないんだから、謝る必要はないわ」

母は手早くパジャマを畳んで、バッグにしまった。さらにクローゼットの中の衣服──春埼が病院に運ばれた時に着ていたものだ。だがやはり、その服が自身の所有物だという記憶はなかった──もバッグに詰め込む。

「先生は診察中みたいだから、看護師さんにだけ挨拶《あいさつ》していきましょう」

母はバッグをつかんで歩き出す。春埼もその後ろに続いた。

病室を出る。廊下はなんだか、騒がしかった。どこかからアラームが聞こえる。平坦《へいたん》な音だ。白衣を着た男性が早足で目の前を横切り、向かいの病室に入っていく。扉が開いたとき、アラームが大きくなった。

その病室にはひとつだけネームプレートが出ている。当然、春埼の知らない名前だった。

「なにしてるの。こっちよ」

と母が言った。普段よりも強い口調だ。

それでようやく、理解できた。

——あの病室で誰かが亡くなったのだろう。

あるいはもうすぐ、亡くなるのか。

母にはそういう情報を避けたがる傾向がある。無理に逆らう理由もない。春埼は母に続いて再び歩き出す。

妙に明るい口調で、母が言う。

「今朝、電話が掛かって来たの。貴女の、中学校の同級生だって」

「そうですか」

「男の子よ。誰だかわかる？」

「いえ」

首を振る。まったく思い当たらなかった。

「たしか、浅井くん。仲が良かったの？」

浅井。聞いたことのない名前だ。

春埼は、中学一年生だった頃の記憶は失っていない。昨日のことのように思い出せるけれど、クラスに浅井という名前の生徒がいただろうか？　わからない。初めから、クラスメイトの名前は半分も覚えていなかった。

——名前を知らないのだから、仲が良かったということはないだろう。

そう判断して、春埼は再び首を振った。

「いえ」

「そうなの？」

「記憶にありません。忘れているだけかもしれません」

「ああ――」

彼女は表情を変える。春埼にはその意味を読み取れない、複雑な表情だった。

「ともかく、同窓会があるんだって」

「同窓会、ですか」

馴《な》染《じ》みのない言葉だ。

「ええ。その話で、今日の夕方、家に来たいんだって。オーケイしちゃったんだけど」

「わかりました」

会いたいというのなら、拒否する理由はない。

「話していると、なにか思い出すかもしれないわ」

どうだろう。

今のところ、春埼には記憶を無くしているという自覚さえない。ただ周りの人がそう言っているから、私は記憶を無くしたのだと判断しているだけだ。

そんな状況で、なにかを思い出すことなどできるだろうか？

求めてもいないのに、忘れた時間を思い出すことに意味があるのだろうか？

わからなかったから、黙っていた。

母は首を傾げてこちらの顔を覗《のぞ》く。

「浅井くんって、どんな子かしらね」

でも春埼美空にとってはなんの興味もないことだ。

知らないし、知りたいとも思えない。

＊

昼休みになった。

浅井ケイの机の上にふたつの弁当箱を置いて、相麻菫は言った。

「どこで食べる？」

ケイは、ここでいいよと答えようとして、だが止めた。

「南校舎の屋上に行こう」

「鍵《かぎ》が締まっているわ」

「うん。途中の階段の踊り場で食べよう」

そこはケイと春埼の場所だ。

二年前、中学校の屋上が三人の場所だったように。芦原橋高校の屋上へと続く階段の踊り場は、ケイと春埼の場所で、他の誰とも行きたくない。

でも今はあの場所で、相麻とふたりきりになるようなことが必要なのだと思う。もっと、春埼美空がここにいないのだと意識して、心を痛めた方が良い。

「そんなところ、埃《ほこり》っぽくない？」

「大丈夫だよ。この学校は、思いのほか掃除が行き届いているんだ」

ケイは立ち上がり、机の上の弁当箱をふたつまとめて手に取った。

教室を出て、通路を進む。

隣に並んだ相麻に尋ねた。

「春埼美空を覚えているかな？」

「ハルキ？　中学校の？」

「そう。一年生のとき、君と同じクラスだった」

彼女はわずかに顔をしかめる。

「それはもちろん、覚えているわよ。急に倒れて、学校にこられなくなって。治療が難しい感染症だって噂」

「感染症ではないよ」

まったく違う。春埼美空は、健康体だ。

「貴方《あなた》、春埼さんと面識があったの？」

「少しだけね」

「その春埼さんが、どうかした？」

「なんとなく、急に思い出したんだよ。彼女は今、どうしているんだろう」

短い沈黙の後、相麻は答えた。

「もう学校に通えているといいけれど」

彼女の声色には、悲しみよりも困惑の方を色濃く感じた。なぜ急にそんな話を始めるんだろう？　と戸惑っている様子だ。

――君は忘れてしまったけれどね、相麻。僕たちは二年前の夏、彼女の話ばかりをして過ごしたんだよ。

そして、だからきっと、相麻菫は死んでしまった。

伝言が好きなの、と言った彼女は、本当にあの夏、人と人を繋《つな》ぐ言葉しか語らなかったから。相麻菫自身のことをなにも語らなかったから。ケイが彼女のことを少しも知ろうとしなかったから、あの夏の結末が訪れた。

「本当に、なんとなく思い出しただけなんだ」

今さらだけど、相麻菫の話をしようと思う。

この、まるで偽物みたいな。でも能力のことを知らないだけで、紛れもなく本物の相麻菫の話をしようと思う。

渡り廊下を越えて、南校舎に移動した。南校舎は理科室や美術室なんかの特別教室ばかりが入っている棟だから、昼休みは比較的静かだ。

階段を上りながら、ケイは尋ねる。

「ねぇ、相麻。君は将来、何になりたいの？」

彼女は驚いた風に、こちらをみた。

「急な話題ね」

「なんとなく気になったんだよ。春埼さんの話と同じだ」

また春埼に「さん」なんて言葉をつけることになるなんて、思いもしなかった。そんなのはずっと昔に通過したはずだ。異物感がある。

「将来の夢、ね」

相麻は真剣な口調で答えた。

「昔は、色々あったな。たしか小学生のころは動物園の園長よ」

「動物園？」

「遠足で行ったの。ペンギンが可愛かったから」

「なるほど」

たしかに、ペンギンは可愛い。好きな動物ランキングを作れば、トップ5に入るくらいに可愛い。

「それから、絵本作家になりたかった時期もあったし、ファッションデザイナーに憧《あこが》れていた時期もあった」

「今は？」

「どうかしらね。そこそこの大学に入って、そこそこ安定した会社に勤めたいわね。とりあえず経理関係を目指すわ。バックオフィスの方が不況に強いらしいから」

「とても地に足が着いた目標だね」

「目標じゃないわよ。今、適当にでっち上げただけ」

「じゃあ、別の目標があるのかな？」

世界中に能力なんて存在しなかったとしても。

相麻菫がなんの目標もなく、漠然と日々を過ごしているというのは、あまり想像できない。どこかひとつを目指して真っすぐ歩く姿が、彼女には似合う。

でも相麻は首を振った。

「仕事なんて、なんでもいいことに気づいたのよ。どんなことだって、ベストを尽くそうとしたらそこそこ楽しめるような気がするもの。コンビニのレジ打ちだってモグラ叩《たた》きよりは充実しているわよ、きっと」

最後の踊り場を回る。

正面、階段の先に、屋上へと続く扉がある。

相麻菫は目を細める。

「懐かしいわね。中学生のころは、屋上が私たちの場所だった」

でも、彼女が語る「私たち」には、春埼美空が含まれていない。

それから並んで階段に座り、食事をしながらいくつもの話をした。

ケイは今さら、彼女の様々なことを知った。血液型も、星座も、彼女がいちばん好きな季節も、それまで知らなかった。

空になった弁当箱に蓋《ふた》をして、相麻は笑う。

「今日の貴方は、なんだかへんね」

「そうかな?」

「ええ。貴方らしくない質問ばかり」

「君のことを知ろうと思ったんだ」

口に出してから気がついた。

それは素直な言葉だったけれど、ケイが口にするべき言葉ではなかった。

相手が相麻だと、つい油断してしまう。なにもかも知っているような彼女が、こちらの言葉の意図を取り違えることなどないのだと安心してしまう。でも隣にいる少女は、未来を眺めながら語る、決して間違えない相麻菫ではない。

彼女は湿り気を帯びた瞳《ひとみ》でこちらをみつめる。まずいな、と思った。ケイが口を開くよりも先に、彼女は言った。

「私が将来の夢を失くしたのは、貴方に出会ったからよ」

彼女は膝《ひざ》の上で両手を組み合わせる。

「小学生のころ、クラスで編み物が流行《はや》ったの」

「毛糸でマフラーやセーターを編むの?」

「ええ。あとは、ヌイグルミを作ったり。でも私には楽しいと思えなかった。同じ作業をずっと続けるのが、気持ち悪くて仕方がなかった」

彼女の言葉を、ゆっくり反復する。

「気持ち悪い」

あまり相麻が好まない種類の言い回しに思えた。でも、違うかもしれない。ケイが好まないから、相麻が避けてきた言い回しなのかもしれない。

彼女は頷《うなず》く。

「満員のエレベーターみたいに。狭い場所に閉じ込められるように、圧迫に似ていて気持ち悪い。だから同じことを繰り返すのは嫌い。学校も好きではなかった」

「学校は、同じことの繰り返しかな？」

「そりゃそうでしょ。毎朝同じ制服を着て、同じ道を通って、同じ学校に行く。そういうのって、なんだか押しつぶされそうになるのよ。貴方にわかる？」

「少しだけなら」

相麻菫は笑う。

「要するに、私も真っ当に思春期を体験していたというわけよ。大人になったらもっと、自由に解放された毎日を送りたかった。でも貴方に会って、気がついた。そういうのはわりと、どうでもいいことなのよね」

その、「どうでもいい」という言葉で、安心した。

相麻菫に似合う言葉だ。本当に大切なことの他は、どうでもいい。

「学校にいけば貴方がいるなら、毎日同じでいい。同じ方が、いいと思ったの。貴方のためなら毛糸でセーターを編むことだって、きっと楽しめる」

そう言った彼女の声は、身を潜めるように小さくて、少し震えていた。

ケイは息を吸って、吐いた。

必要な言葉を探す。

できるだけゆっくりと、落ち着いて語る。

「今日、君のノートは、すべて新品だったね」

「ええ、それが？」

「なんだかまるで、今日から新しい世界が始まったみたいだ」

相麻は戸惑った様子で眉《まゆ》の形を変える。

「新しいノートは気持ちがいいけれど、ちょっと大げさすぎない？」

「そういうことじゃないよ。たとえば――」

唐突な比喩《ひゆ》で言いたいことを表現するのは、以前の相麻がよく使った手法だ。

「たとえば僕たちの記憶が全部、偽物だったと仮定しよう」

きっと、二年前の彼女には、すべてを比喩的にしか語れなかった。

未来を知っていて、でも知っていることを伝えられない彼女は、あらゆる言葉を譬《たと》え話にしてしまった。今のケイと同じように。

すぐ隣に座った、なにも知らない相麻菫は、わずかに首を傾げて微笑む。

「それはつまり、世界五分前仮説のようなもの？」

世界五分前仮説とは、この世界が誕生したのが、実は五分前かもしれないという思考実験だ。五分前よりも古い記憶——昨日の夕食や、今年の春にみた桜や、去年の誕生日にもらったプレゼントなんかの記憶はすべて偽物で、五分前に世界が誕生したとき、あたかもそれ以前から世界があったように植えつけられたものではないか、と仮定する。

それを論理的に否定することは誰にもできない。あらゆる記憶も、記録も、実験結果も、五分前にそう作られただけだとすれば、信じられる過去なんてどこにもない。

ケイは軽く、頷く。

「だいたい、そういうことだね。でも五分前にこの世界が作られるよりもさらに前には、別の世界があったのかもしれない。僕たちはまったく別の記憶を持っていて、まったく別のことをしていたのかもしれない」

「だけど記憶が書き換えられて、今の世界ができた」

「うん」

それが事実だということを、ケイは知っている。

世界が作り換えられたのは五分前じゃなくて、昨夜のことだ。変化したのは世界すべてではなく、咲良田に暮らす人々の記憶だけだ。でも、確かにひとつの歴史が消えてなくなり、事実とは異なる新しい歴史が生まれた。

「それでも僕たちは、こうしてふたりでいられるのかな？」

「もちろんよ」

大きな声ではない、でも強い口調で相麻は肯定する。

「そんな仮定を持ち出すまでもないよ。記憶なんて、間違っているものだもの。時間が経つと混濁して変化するし、初めから勘違いして覚えていることもある。そういうのは意味がないことだと思う」

ケイは意図して、少しだけ首を傾げる。

「記憶には意味がない？」

「というか、記憶が正しいか、それとも間違っているのかに意味なんかない」

有名な公式について説明するように、相麻菫は言った。

「あちこち間違った記憶で私はできているし、私の感情はその記憶から生まれる。実際の、客観的な過去なんて関係ない。勘違いだとしても、結果として今の私がいて、今の貴方《あなた》がいるのだということだけを信じていいのだと思う」

それはきっと、ひとつの真理だ。

今、その瞬間の記憶と感情を信じる他に、できることなんてない。

「それとも、貴方は過去のすべてを、ひとつの間違いもなく覚えているのかしら？」

と、相麻菫は言った。

――うん。僕は、覚えているんだ。

なにもかもを。咲良田の能力を。春埼美空を。そしてかつての相麻菫を。全部覚えているから、今、隣にいる彼女を受け入れられない。この少女は間違いなく相麻菫だけど、それでもケイが定義する相麻菫じゃない。

なんて話を、今の彼女にできるはずもなかった。

だから、代わりに言った。

「ある女の子から、プレゼントをもらったんだよ。途方もなく回りくどい方法で、手編みのセーターよりもずっと手間をかけて、僕がいちばん欲しいものを用意してくれたんだ」

相麻菫は少しだけ不機嫌そうな表情を浮かべる。

「よかったわね。それで？」

「君の言う通りだよ。勘違いだとしても、間違っていたとしても、関係ない。僕は僕の記憶で出来ているし、僕の感情は僕の記憶から生まれる。だから――」

ケイは胸の中で、小さなため息をつく。

「この世界が、僕は好きだよ。君が笑っていて、色々な問題が綺麗《きれい》さっぱりなくなっている。本当に正しい答えは、もしかしたらこれなのかもしれない。でも、僕には僕の記憶があるんだ」

能力のことを、春埼美空のことを、覚えているんだ。

――僕はなんにも、忘れられないんだ。

だから。

「だから、いつまでも、ここにいるわけにはいかない」

彼女は、眉をひそめた。

「貴方の言っていることが、よくわからないわ」

ケイは頷く。

「うん。ごめん。もう少し、わかりやすく説明できればいいんだけど」

他にはどうしようもなかった。

嘘をつきたくはないし、真実をそのまま話しても嘘にしか聞こえないだろう。すべてをぼかして、誤魔化さなければ語れない。

「でも、まあ――」

息を吐き出すように、ため息に似た動作で、相麻菫は笑う。

「つまり私は、ふられたということかしら？」

その笑顔は寂しげで、孤独で、無理に強がっているようで。

なんだか、野良猫みたいにみえた。

2　同日／午後一時三〇分

これ以上、学校にいる理由はなかった。

昼休みの間に、浅井ケイは裏門をくぐり抜けた。

春埼の家に行く予定の時間まで、まだ四時間ほどある。ケイはバスに乗って、駅前に向かった。今朝、目を覚ました時から、そうすることを決めていた。

電車に乗るのは四年ぶりだ。咲良田を訪れた四年前の夏以来、乗っていない。咲良田の外に出ても能力のことを忘れられないケイは、この街を出ることが許されなかった。

でも、もう関係ない。ケイは自動改札口を抜けた。ホームで缶コーヒーを買い、それを飲み終えるころに電車が来た。

ドアが開く。数人の乗客が、ぱらぱらと降りる。ケイが電車に乗り込むと、ドアが閉まった。車内に乗客は少ない。近くの座席に腰を下ろす。電車が走り出し、アナウンスが次の停車駅を告げる。二度と踏み出せないと思っていたのに。咲良田の外に出ることは、こんなにも簡単だ。

ケイは後方へと流れる景色を眺める。

以前はよく電車に乗った。

ふいに、どこか遠くに行きたくなることがあった。どうしようもなく今いる場所が嫌いになる。そんなとき、ケイは電車に乗った。そして日が暮れるまで、ひとつの方向にとにかく進み続けた。

それは一種の疑似的な逃避だったのだと思う。本当になにかから逃げ出そうとしていたわけではない。でも漠然と、ユートピアを探していた。

ユートピア。もの悲しい言葉だ。訳すと「理想郷」で、言葉を分解すると「どこにもない」と「場所」になる。

どこにもない場所を探して、どこにもないことを知っていて、以前のケイは電車に乗った。

ある女性の言葉を思い出す。魔女を自称していた、かつて咲良田を守っていた未来視能力者の言葉だ。

――貴方は、貴方の居場所を探している。

その通りだ。ずっと、居場所を探している。

――咲良田は、貴方を捕らえて放さない。

これも間違っていない。ケイは咲良田に辿《たど》り着き、そこからどこにも移動できなくなった。

でも、

——あの街さえ、僕が探していたものじゃない。

浅井ケイは咲良田を愛している。でも、本当に探していた場所ではなかった。求めていたのは、今もまだ求めているのは、もっと夢のような楽園だ。線路を辿るだけでは辿り着きようのない、きっとこの世界のどこにも存在しない場所だ。

それではどうして今、電車に乗っているのだろう？

今朝、目を覚ましてまず、電車に乗ろうと思った。

それがいちばん自然なのだと思えた。

夜、帰宅すると部屋の明かりをつけるように。手を振る人に手を振りかえすように。当たり前のこととして、電車に乗ることを決めていた。

これも疑似的な逃避の一種だろうか？　そうかもしれない。でも、四年前とは違う。求めているのはユートピアではない。理想郷でも、どこにもない場所でもない。現実に存在する、ありふれた街を目指して進む。

そこに行かなければ、欠けた部分が埋まらないのだ。最後に必要なピースが、そこにあるのだと確信していた。

電車は心地良く加速する。

目を閉じる。少し眠ろうと思った。でもそれは上手《うま》くいかなかった。代わりにケイは、相麻菫のことを考えていた。

能力のないこの世界でなら、彼女は幸福に生きることができる。ただの女の子として、平凡な喜びや悲しみと共に暮らしていける。

一方で、もし世界が能力を取り戻したなら、彼女はまた苦しむことになるだろう。未来視能力について、自身の死について、スワンプマンに関する問題について、これからも苦しみ続けることになる。

このまま何もしないのが、相麻菫にとっての幸せだ。

そんなことわかっている。

――わかっていて僕は、リセットを使う。

どうしてだろう。本来の春埼美空を取り戻すために？

否定はできない。それもある。今の春埼は、ケイのことだって忘れているはずだ。中学一年生の終わりに倒れて、それから誰とも関わらないまま過ごしてきたと信じているはずだ。それは、悲しい。

でも、この世界でだって、春埼に出会うことができる。いくつもの言葉を交わして、少しずつ元の関係を築いていける。今までとまったく同じではないとしても、同じだけ幸福な関係を、きっと今からだって作れる。

春埼美空を理由に問題を薄めてはいけない。

誰かのためじゃない。

――僕自身が、咲良田の能力を望んでいるんだ。

浅井ケイの身勝手な価値観において、咲良田の能力を捨て去ることが、正しいとは思えない。能力が間違ったものだなんて、どうしても納得できない。

だから、能力を取り戻すためにリセットを使う。

本当の理由は、それだけだ。

電車は規則正しいリズムで揺れながら、線路に沿って進む。

線路はまっすぐに、ケイが生まれた街の方向へと延びている。


途中で特急電車に乗り換え、合計で一時間三〇分ほど移動した。

やがて車内のアナウンスで、目的の駅の名前が流れた。

ケイは席を立って、電車を降りる。高い位置にあるホームから、駅前にあるビルの並びがみえた。

ビルの壁に、ファミリーレストランとインターネットカフェの看板が並んでいる。向かいにはショッピングセンターがある。同じ建物にシネマコンプレックスが入っていて、その大きなポスターがみえる。

四年前とそう変わらない風景だ。でも駅前の一角に、大手チェーンのドラッグストアができていた。ケイの記憶では、そこにあったのは個人営業のカフェだ。大人びた雰囲気のカフェで、なんだか憧れていたから、少しだけ残念だ。

小学六年生の夏まで、ケイはこの街で育った。

そのことを覚えている人は、もういない。管理局がなんらかの方法で、ケイが咲良田に訪れるまでの過去を消し去ってしまった。

咲良田から能力がなくなっても、この街での時間は戻ってこないようだ。つじつま合わせのための記憶では、ケイは咲良田で生まれたことになっている。四年前に両親を事故で亡くし、中野家に引き取られた。

――咲良田の外に、僕を知っている人はいない。

この街に以前、ひとりの少年がいたことを、ケイの他には誰も知らない。

春埼の家を訪れる予定の時間を考えると、この街にいられるのは三〇分程度だ。

階段を使ってホームから下りて、改札を抜けた。ちょうど信号が青に変わって、ケイは自然とそちらへ歩く。

カフェの代わりに入ったドラッグストアの前を通り、先へ。

大通りから裏道に入り、そのまま進むと商店街だ。商店街を抜けてさらに進むと小さな公園がある。

すべて、覚えている。目にみえる場所のひとつひとつに思い出がある。ケイの他には誰も知らない思い出が。

公園の真ん中に立つ。

正面に、背の高いマンションがある。

そのマンションの、上から三番目、南側の端にある窓を見上げる。

帰ってきたのだ、と思った。

その部屋の鍵《かぎ》は四年前に捨ててしまったけれど。鍵についていたキーホルダーはストラップになり、今、少女の携帯電話についているけれど。その少女は、携帯電話にストラップがついている理由を、もう覚えてはいないけれど。

なにもかもが変わってしまっても、誰もかれもがすべてを忘れても。

浅井ケイだけは、覚えている。

かつてその部屋が、ケイの居場所だった。そこに暮らす夫婦は、共にいたひとりの少年のことをすっかり忘れているはずだけれど、でもケイは間違いなくそこで育った。

チキンカレーの味を思い出す。

昨夜、相麻菫が作ってくれたものに似ている。だが少しだけどこかが違う、ケイの母親が作ったチキンカレーの味だ。

目を閉じる。

――僕は、悲しんでいる。

以前、身勝手に捨てたものの前で、でも決してそれを拾い上げられないことを知っていて、とても我儘《わがまま》に悲しんでいる。

ケイは窓の向こうに人影を探した。でも、それはみつからなかった。もう充分だ、という気がする。もう充分、上手くいく。必要なものはすべて揃《そろ》っている。

――さぁ、春埼に会いに行こう。

電車に乗って、咲良田に戻ろう。

踵《きびす》を返して、公園の出口の方へと歩き出す。

正面から小さな女の子が、小動物のようにせわしなく足を動かして、こちらに向かってくるのがみえた。二歳から三歳の間といったところだろう。

すれ違うとき、彼女はこちらに気を取られたのか、躓《つまず》いてバランスを崩す。ケイは咄《とっ》嗟《さ》にしゃがみ込んで女の子の身体を支えた。

その、直後だった。

声が聞こえた。女性の声だ。

「メグミ」

瞬間、鼓動が止まったような気がした。

それは神に祈りたくなるような、奇跡のような出来事で、でもきっとただの偶然だ。道の向こうからこの公園に、ひとりの女性が駆け込んでくる。

ケイは少女から手を放し、その女性に視線を向けた。

背が低くなった気がした。もちろん錯覚だろう。彼女は今年で三九歳になるはずだ。だが、実際の年齢よりも若くみえる。元気そうで、よかった。

少女は転びそうになって驚いたのか、ケイのズボンを握りしめていた。その様子をみて、困ったように女性は笑う。

「ごめんなさい。目を離すと、すぐどこかに行っちゃうのよ」

懐かしい声だ。なにも変わっていない。もう二度と、聞くことはないと思っていた声だ。無理をして、ケイは笑う。

「この子、メグミちゃんっていうんですか？」

「ええ」

「天の恵み、の恵ですか？」

「そうよ」

「少し、驚きました。僕の名前も同じ字なんです。読み方は違うけど」

「なんて読むの？」

「ケイ。恵と書いて、ケイ」

彼女は、少しだけ目を大きくして、笑った。

それから視線を小さな女の子に向ける。少女はまだケイのズボンを握っている。

「偶然ね。その子も、男の子ならケイになる予定だったの。ずっと前から旦那《だんな》と決めていたのよ。恵という字で、男の子ならケイ、女の子ならメグミ」

「女の子でよかった。その字でケイという名前は、よく読み間違えられます」

「いいじゃない。最初に読み間違えられておけば、早く名前を憶《おぼ》えてもらえるわよ」

「ああ。それはそうですね」

彼女はしゃがみ込んで、女の子の頭を優しい手つきでなでた。

女の子はケイのズボンから手を離し、代わりにその女性に抱き着く。

幼い少女の様子を眺めながら、ケイは尋ねた。

「どうして、恵という名前なんですか？」

「え？」

「僕は自分の名前が、その字になった理由を知らないんです。もしかしたら貴女《あなた》と同じ理由で、僕の両親も名前を決めたのかもしれないから」

その女性は恥ずかしがるように微笑む。そういう表情をしたとき、彼女はまるで少女のようにみえる。

「親の自己満足のようなものなんだけど」

少女の頭をなでながら、彼女は答えた。

「恵みという言葉には、深い愛情という風な意味があるのよ。慈しみと同じ意味」

「深い愛情を持つ子に育つように、という理由ですか？」

彼女は首を振る。

「それもあるけど。名前って、人から呼ばれるものじゃない？　ほら、私がこの子の名前を呼ぶときに、深い愛情の名前で呼ぶの。この子の友達も、将来の恋人も、みんな。そういうのが、なんだか幸せだと思うの」

なるほど、とてもいい名前ですね。と、ケイは答えたつもりだった。

でも上手《うま》く言葉にならなかった。

頬が熱を持っている。無理に喋《しゃべ》れば、声が震えるだろう。息を止めて、熱いなにかを必死に飲み込む。

こちらを覗《のぞ》き込んで、彼女は言った。

「なんだか、泣き出しそうな顔よ」

意味もなく、ケイは首を振る。

「僕は、母さんと父さんに、ひどいことをしたんです。とてもひどい方法で、ふたりを裏切ったんです」

四年前、ケイはふたりの子供であることを辞めた。

意図して、自分の判断で、ふたりを切り捨てた。

彼女は立ち上がって、微笑む。

「きちんと謝った？」

「いいえ。謝れないんです」

「どうして？」

「僕にはもう、その資格がないから」

「そんなことあり得ないわよ」

彼女は小さな娘の両肩に手を置く。

「親子というのは、本人たちにどうにかできるものではないもの。子供の資格をなくすことなんて、あり得ない。いいからさっさと謝っちゃいなさい」

「謝れば、許してもらえますか？」

「どうかしらね。もし許せなかったとしても、それでも貴方《あなた》を愛しているわよ」

「じゃあ――」

これは、卑怯《ひきょう》だ。許されないことだ。

でも、ケイは言った。

「貴女で、謝る練習をしてもいいですか？」

「練習？」

「ええ。いきなりだと、上手く言えないかもしれないから」

彼女は不思議そうに首を傾げた。

でも、やっぱり微笑んで、頷《うなず》いた。

「いいわよ。今だけ、貴方のお母さんになってあげましょう」

彼女は自身の娘の両肩に手を置いたまま、じっとこちらをみる。

揺るがない瞳《ひとみ》だ。そこに、泣き出しそうなケイの顔が映る。とても幼くみえる表情。

どうしても、声が震えた。

「母さん、ごめんなさい」

本当に、ごめんなさい。

他に言葉を思いつかなかった。胸の中で、何度も何度も、ケイは謝る。

彼女は、とても綺麗《きれい》に笑って。

「はい」

ただ、シンプルな肯定で応えた。

なんてことだ。なんて言葉だ。

――それを、僕は捨てたんだ。

捨てようのないものを捨てたんだ。

咲良田に行って、能力の存在を知って、最初にどこまでも愚かなことをした。

彼女の手に収まった少女が、高い声でなにかを告げる。ケイには上手く聞き取れなかったけれど、彼女にはわかったらしい。

ケイは深く息を吸って、吐いた。

それから笑う。

「ありがとうございました。なんだかとても、すっきりしました」

「ちゃんと、ご両親に謝るのよ」

彼女の言葉には答えず、「それでは」と告げて、歩き出す。もう咲良田に戻らなければいけない時間だ。

やはり聞き取りづらい声で、

「ばいばい。お兄ちゃん」

と、小さな女の子が言った。

「さようなら。恵」

浅井ケイは、できる限り深い愛情をこめて、彼女の名前を呼んだ。

3　同日／午後五時三〇分

日が暮れかかっていた。

春埼美空は学習机の前にある椅子に腰を下ろして、考える。

――ここは、私の部屋だ。

間違いない。だが部屋の様子は、春埼の記憶とはまったく違っていた。

たくさんの猫が目につく。机には猫のイラストが入った文房具があり、本棚の上には猫のヌイグルミがみっつ並んでいて、ベッドの枕は猫のカバーに入っている。すべて春埼が忘れてしまった、二年七か月の間に揃えたものなのだろう。

机の上、すぐ手元に携帯電話があるのをみつけた。それも記憶にないものだった。新品のような、綺麗な携帯電話だ。猫のストラップがついていて、これだけは少し汚れている。

手に取ってみる。電源は入っている。操作方法はよくわからなかったが、適当に触れるとアドレス帳が開いた。一件も登録されていない。本当に新品みたいだ。

携帯電話を机の上に戻そうとして、やはりポケットにしまう。これが春埼自身のものなら、なにか必要性があって手に入れたのだろう。あとで母親に使い方を尋ねておこうと思う。

次に学習机の引き出しを開けてみた。

手前にあった英和辞典には、見覚えがある。だが記憶よりくたびれてみえる。その下には記憶にないCD。どうやら洋楽のようだ。春埼自身がCDを購入するとは思えないから、誰かから貰《もら》ったものだろうか。

さらに奥に、四角い缶が入っていた。クッキーの缶のようだ。引っ張り出して蓋《ふた》を開く。

中は一冊の文庫本と、水色のハンカチだ。ハンカチは膨らんでいて、なにかを包んでいるのだとわかる。手に取って広げた。赤い髪留めが、コトンと学習机の上に落ちた。

すべて、記憶になかった。

どれも自分のものだとは思えなかった。

春埼は赤い髪留めを手に取る。

――これはなにか、大切なものだったのだろうか？

わからない。髪留めを大切にしまい込む自分自身を、上手く想像できない。

髪留めをもう一度、ハンカチで包んで、缶の中に戻した。次に文庫本に手を伸ばす。

表紙を眺めてから、開こうとした。そのときだった。

ゆっくりと三回、ノックの音が聞こえた。母から、誰か訪ねてくると聞いていたことを思い出す。たしか中学校の同窓会があるという話だったはずだ。

文庫本を机の上に置き、振り返る。窓からはもう、夕陽の光が射しこんでいる。扉の方を眺めながら「はい」と返事をした。

扉が開く。見覚えのない青年がひとり、そこに立っている。制服を着ていた。どこかの高校の制服だろう。

彼は、おそらく微笑んで、

「やあ、久しぶり」

そう言った。

「すみません。私は貴方を、覚えていません」

「うん。知っているよ」

彼は部屋に入って、扉を閉めた。

「僕は浅井ケイ。二年前の四月に、君に出会った。相麻菫を覚えているかな？　彼女が君を、僕に紹介してくれた」

相麻菫。その名前は、覚えていた。

クラスメイトだ。――いや。正しくは二年七か月前、まだ中学一年生だったころのクラスメイトだった。

「僕たちはとてもたくさんの話をした。全部を説明するとひとつの季節が終わってしまうくらい長い時間が掛かる。とてもたくさん、話をしたんだ」

彼はゆっくりとこちらに歩み寄る。

夕陽の中、濃い影が近づいてくる。そんな風にみえた。

「君に、すべてを思い出して欲しい」

「私はその必要を感じません」

「僕のために、思い出して欲しいんだよ」

「でも方法がありません」

「あるよ」

彼は春埼のすぐ隣に立ち、机の上の文庫本を手に取った。

ページをめくる。途中で手をとめ、本の間からなにかを取り出す。薄っぺらな、長方形の何かだ。

「ひとりの女の子が、なにもかもすべてを捨てて、僕にプレゼントをくれたんだ」

彼の手の中にあるのは、満開の桜の木が写った、一枚の写真だった。

＊

相麻菫のプレゼントは、今のこの状況すべてで、具体的には一枚の写真だ。

浅井ケイは弱い力で、その写真を撫《な》でた。

すぐ隣で、春埼美空がじっと、手の中の写真をみつめている。髪の長い彼女。おそらくは浦地正宗の能力で二年と半年ほど時間を巻き戻された少女。

　ケイが出会う前の春埼美空に向かって、微笑む。

「この写真があれば、君の記憶を取り戻すことができる」

　なにもかもを、三日前に戻すことができる。

「そんなことが、可能だとは思えません」

「でもできるんだよ」

　咲良田から能力が消え去った、というのは間違いだ。

　能力はまだ存在している。誰もかれもが、そのことを忘れてしまっているだけだ。存在しているけれど、使えることを知らない能力なんて、存在しないのと変わらない。

　でも、例外だってある。

　破ることで過去の一部を再現する、佐々野宏幸《ささのひろゆき》の写真――彼の能力は、写真を写した時点でもう、使われている。佐々野自身さえ能力のことを忘れていても、写真を破れば
その効果が発揮されるだろう。

　そして再現される世界は、過去の咲良田だ。

　能力に関する情報が、消え去ってしまう前の咲良田だ。

　過去の世界に連れて行くことさえできれば、春埼美空はリセットを思い出す。思い出しさえすれば、その奇跡のような力を、また使うことができる。

「すべてを思い出すために、君を連れて行きたいところがあるんだ」

佐々野宏幸の写真は、その写真に写っている場所で破らなければ効果がない。

今、ケイの手にある写真に写っているのは、佐々野の自宅の庭にある桜の木だった。そこに行くためには、バスで二〇分近く移動する必要がある。

春埼は首を傾げた。

「この時間から、出かけるのですか？」

「うん。どうしても今じゃないといけないんだ」

「母が許可するかわかりません」

「僕が交渉する。大丈夫だよ、絶対に」

強引に攫《さら》ってでも、春埼美空を連れ出す。

あと一時間と少しで、全部、手遅れになってしまう。今日の午後七時に、セーブしてから七二時間が経過する。

ケイは写真をまた文庫本の間に戻し、ポケットに入れた。

「さあ、行こう。暗くなる前に。君は靴を履いて、家の前で待っていて欲しい。その間に僕が君のお母さんと話をする」

「どこに行くのですか？」

「君がすべてを思い出すための場所だよ。大丈夫、そんなに遠くはない」

二年前の春埼美空は、みっつのルールに従って生きていた。

ひとつ目のルールで、他者に迷惑を掛けないことを決めていた。

ふたつ目のルールで、他者から指示された内容に従うことを決めていた。

つまりは明確な問題がない限り、この少女は、他者の頼みを断らない。

「お願いだよ、春埼。ついて来て欲しい」

春埼美空は感情のない瞳《ひとみ》をこちらに向けて。

それから、機械的に一度、頷《うなず》いた。


春埼が靴を履いて家の外に出る間、ケイは彼女の母親と話をしていた。春埼の母親はキッチンにいて、キッチンからは玄関がみえない。

ケイは初めから、春埼を連れ出すことを、母親に説明するつもりはなかった。もし反対されると面倒だ。すべてをこっそりと済ませてしまった方が手っ取り早い。

適当な雑談で充分に時間を稼いでから、ケイは春埼の家を後にした。

玄関を出たところで、春埼美空が待っていた。

「母は許可しましたか？」

「うん。問題なく」

その言葉が嘘だということに、春埼は気づいただろうか？

おそらくは気がつかないだろう。二年前の春埼美空は、人の感情に注意を払わない。

「じゃあ、行こう」

ケイは春埼の手を取って、足早に進む。春埼は不満も漏らさず、手を引かれるままについてくる。

停留所に到着して、程なくバスが走り込んだ。

乗り込み、座席について、ようやくケイは彼女の手を放す。不安感があった。握りしめていなければ、春埼が消えてなくなるような。今、ここにいるのは、当然のようにケイの隣にいた春埼ではない。

ドアが閉まり、バスが走り出す。

窓に視線を向けて、でもガラスに映った春埼を眺めながら、ケイは言った。

「二か月前、さっきの停留所で、僕は君と話をした。君からメールが届いたんだ」

「メール?」

ケイは携帯電話を取り出して、メールの受信履歴を呼び出す。該当のメールをみつけて、開いた。

「ほら、これだよ」

送信者は春埼美空。

——少しだけ会えませんか?

と、シンプルに、そのメールには書かれていた。

それを確認してから、春埼は視線をこちらに向けた。

「これを、私が送ったのですか?」

「うん。君の携帯にも残っているかもしれない」

春埼はポケットから携帯電話を取り出す。猫のストラップがついた、彼女の携帯電話だ。でも違和感があった。彼女の携帯電話が新しすぎる。記憶にあるものは、もう少し傷ついていた。

――なるほど。浦地正宗は、春埼の携帯に対しても能力を使ったのか。

携帯電話には様々な情報が入っている。それも過去に戻しておいた方が、もちろん良い。

「操作方法がわかりません」

と春埼は言った。

ケイはやり方を変えることにする。

「このメールに返信すると、君の携帯電話に届くはずだ。試してみよう」

携帯電話の時間を巻き戻したからといって、メールアドレスまでは変わっていないだろう。

ケイは返信ボタンを押し、本文になにも書かないまま送信した。

春埼はじっと自身の携帯の画面を覗《のぞ》き込んでいた。

「届きません」

「少しタイムラグがある。メールは、とても遠回りして届くものだよ」

ケイがそう言い終わるころ、春埼の携帯電話が鳴った。

「届きました」

「これでさっきのメールが、君から送られたことが証明された」

「それは正確ではありません」

確かに、その通りだ。

「正確には、君の携帯電話のメールアドレスから送信されたことが証明された」

「はい」

春埼美空は頷く。

「とりあえず、私と貴方《あなた》が知人だったということには納得します」

「できれば、とても仲の良い友人だった、と思って欲しい」

「それには根拠が足りません」

「残念だね」

とはいえ、今、多くを望んでも仕方がない。

じっとバスの進行方向をみつめたまま、春埼が言う。

「どうして貴方に、私の記憶を取り戻すことができるのですか？」

ケイは夕陽に照らされた、彼女の横顔を眺めて答える。

「魔法使いが、君に魔法を掛けたんだよ。すべてを忘れてしまう魔法を。でも僕は、その魔法を解く方法を知っている」

「魔法使いが実在するとは思えません」

「比喩《ひゆ》の一種だよ。でも君が考えるよりは、ずっとたくさんの真実を含んでいる」

軽く首を傾げてから、彼女は言った。

「つまり私が記憶を失った原因と、その治療法を知っているということですか？」

「だいたいその通り。君は頭がいい」

「それでは、どうして――」

彼女はふいに、視線をケイに向ける。

ガラス球のような瞳が、じっとこちらをみつめる。

とても綺麗《きれい》だ。人体の一部だとは、思えないくらいに。

「どうして、貴方は私の記憶を、取り戻そうとするんですか？」

ケイもまっすぐ、彼女を見返した。

「約束したんだ。君と一緒に夕食を食べるって。できればその約束を、思い出して欲しいんだよ」

それは比喩の一種だったが、でも、たくさんの真実が含まれている。


やがてバスは、目的の停留所に到着した。

移動している間に夕陽はすっかり沈んで、辺りは濃い闇に包まれている。咲良田は中心地を離れると、とたんに田舎になる。

田畑の多いこの地域に、人工的な光源は少ない。停留所の脇にある自動販売機、遠くに見える信号と街灯、まばらな民家の窓から漏れる光。それだけだ。でも月の光が道路を照らすから、歩きづらいということもない。

秋の虫の声に混じって、春埼美空が言う。

「ここは、どこですか？」

「もう少し先に、あの写真に写っていた桜の木がある。さあ、行こう」

ケイはまた春埼の手を引いて歩き出す。妙に気が急《せ》いていた。幼いころ、迷子になったときの不安感を思い出す。

夜道を進んで、広い庭のある家屋に辿《たど》り着く。

「ここだよ」

「貴方の家ですか？」

「いや、違う。ほら」

ケイは入り口の脇を指した。そこには佐々野と表札が出ている。

「ある男の人が住んでいたけれど、この夏に、咲良田の外に出て行ってしまったんだ。今は誰もいない、ただの空き家だよ」

ケイは春埼の手を引いたまま、その家の庭に入った。

庭の中心で、桜の老木が、月光に照らされている。もうほとんど葉もつけていない木だった。乾燥した樹皮は、老人の手を連想させる。

「少し、痛いです」

と春埼が言った。

彼女の手を、強く握り過ぎていたようだ。

「ごめん」

ケイはようやく春埼の手を放す。

老いて枯れかけた桜の木の下。右手にはまだ彼女の体温が残っていた。その手で、ケイはポケットから、文庫本を取り出す。

間に挟んでいた写真を抜き取って、春埼に差し出した。

「端をつかんで」

春埼は不思議そうにこちらをみて、だが素直に、写真の端をつかんだ。

「強くつかんでいてね。決して放さないように」

「わかりました」

「これから、ちょっとびっくりすることが起こるけれど、できるだけ落ち着いていて」

「努力はしてみます」

「大丈夫だよ。君は現実を、そのまま受け入れられる」

ケイはまっすぐに春埼の瞳《ひとみ》をみつめる。

春埼もまっすぐ、こちらをみている。

間には一枚の写真がある。その両端を、ふたりでつかんでいる。

「じゃあ、いくよ」

指先に力を込める。軽い音をたてて、写真がふたつに破れる。

瞬間。強く白い光が、視界を覆って。辺りの情景が、一変した。

目が痛いくらいの青空。暖かな風。それで、白い花びらが舞う。

頭上には満開に咲き誇る桜があった。過去の世界。まだ、能力に関する情報が消える前の咲良田。そこに、ふたりきり立っている。

春埼美空が頭を押さえてよろめいた。

彼女の肩を、ケイは支える。

「思い出して、春埼」

リセットを。その、純粋な祈りのような力を。

「なにが、起こったのですか？」

春埼美空は首を振る。

「記憶が、混じります」

「悩まないで。素直に受け入れて。この街には能力がある。君は、リセットという力を持っている」

「それは、わかります。でも、どうして私は忘れていたのですか？」

「魔法使いが咲良田から能力を消してしまったからだよ。でも、この場所でなら、君は能力のことを思い出せる」

春埼美空は、首を振る。

「浅井ケイ。貴方は、誰ですか？　いったい、なにを知っているんですか？」

この場所で彼女が思い出すのは、能力に関する情報だけだ。

浦地正宗が奪い去った、およそ二年と半年ぶんの記憶は、まだ失くしたままだ。

「僕はずっと君の傍にいた。君が失くした記憶を知っている」

ケイは彼女の両肩をつかむ。強い力で、でも痛くないように注意して。

「僕は浅井ケイだ。君のことを、なんだって知っている」

嘘だ。

なんだって知りたいと願っている。それだけだ。

彼女の長い髪が、手の甲に触れた。二年前の春埼美空。たったみっつのルールで行動する、シンプルな少女。

「思い出せません。私は、貴方を、思い出せません」

「うん。知っているよ」

能力は絶対的だ。

たとえば愛や友情で、乗り越えられるものではない。きっと愛が、友情が、そういう強い感情が能力を生むのだ。だから、同じものでは超越できない。

受け入れなければいけない。

――春埼が僕のことを忘れていても、リセットを使うように。

そのためだけに、今日一日、行動した。

いつも春埼とふたりでいた場所で、相麻菫に会った。彼女と話をして、これからケイが消し去ろうとしているものを実感した。四年ぶりに、生まれた街に帰った。もう決して戻ることのできないマンションの一室を眺めた。

そして、奇跡のような偶然で母に再会し、知らないうちに妹が生まれていたことを知り、ケイという名前の意味を理解した。

——僕は、泣くのが苦手だ。

四年前、咲良田に留《とど》まることを決めた、あの日以来泣いたことがない。

二年前、相麻菫が死んだ時にさえ、泣くことができなかった。

——きっと僕は、臆病《おくびょう》なんだ。

ずっと感情をさらけ出すことができないでいた。

弱さを人にみせるのが怖かった。

だから今日は一日かけて、胸に涙を溜《た》めてきた。相麻菫の前でも、生まれ育った故郷に戻っても、四年ぶりに母親に再会しても泣けなかったけれど、でもそれは瞼《まぶた》の裏側に満ちている。

——今なら、大丈夫だ。

今、目の前には春埼美空がいる。純粋な瞳でこちらをみつめている。二年前、ケイが憧《あこが》れた彼女の瞳だ。まるで無意味な祈りのような、純粋な善のような瞳だ。

彼女の前でなら、きっと。

――僕は泣くことだってできる。

綺麗《きれい》な瞳を覗《のぞ》き込み、ケイはなにもかもを思い出す。相麻菫のすべてと、両親のすべてと、その他のなにもかもを。あらゆる失敗と後悔が、頭の中に溢《あふ》れる。

そして最後に、髪の短い春埼美空を思い出す。

彼女の笑顔だ。いちばん、幸せそうな彼女だ。それで身体中がいっぱいになる。

「僕は、できるなら色々なことを、もう一度やり直したい」

悲しみを消し去るために。

より正しい未来をみつけるために。

ただ、幸せを願うために。

全身全霊で、反則みたいなことまで含めて全力で、進み続けたい。

視界がぼやける。温かなものが頰を流れる。

「春埼。リセットだ」

髪の長い春埼美空は、歪《ゆが》みのない瞳でこちらをみつめている。

誰よりも純粋に優しい彼女は、泣いている人をみつけたとき、能力を使う。

＊

ふたりが写真の世界に消えたとき、相麻菫は独り、川辺に立っていた。

河口が近い、幅の広い川だ。対岸にはごつごつとした、影の塊みたいなテトラポットが積み上がっている。

学校の帰り道に、そのテトラポットが目に入ったのだ。

――ケイと出会ったのは、あそこだ。

そう考えると、もう次の一歩を踏み出せなくなった。だから相麻菫はぼんやりと、一時間ほどもここにいる。

周囲にはすっかり闇が満ちていた。空にぽつりぽつりと、傷痕《きずあと》みたいな星がある。月は空中の高い場所にぽっかりと空いた、白い穴のようにみえる。

同じことをもう何度も考えていた。

なにもかもを忘れてしまった彼女は、でもすべてを知っていたころと同じように、たったひとつだけ、彼のことを考えていた。

――いったい、なにがいけなかったのだろう？

いったいどこで、間違えたのだろう？

なにも間違えたくはなかった。すべてで正解を選びたかった。でもそんなことは不可能だとわかっていた。

だから、浅井ケイ。彼に関することだけは細心の注意を払って、正しいことばかりを選んできたつもりだったのに。

――私は彼と、一緒にいたいだけなのに。どうしてそのくらいの望みが、叶《かな》えられないのだろう？

彼は言ったのだ。「いつまでも、ここにいるわけにはいかない」。ならいったい、どこに行くというのだ。いったい、どこに、望む場所があるというのだ。

月が雲に隠れる。闇が深みを増す。夜は進行していく。

相麻菫はまた考える。

――いったい、どこで間違えたのだろう？

彼女の頬を涙がすべる。

輝くことのない涙だ。暗がりの中で、誰にもみつけられない涙だ。

涙は顎《あご》の辺りから、雫《しずく》になって宙に落ちる。

それは地面に触れるとき、些細《ささい》な音をたてるだろう。誰にも聞こえないような音を、だが間違いなくたてるだろう。ほんの、微《かす》かな自己主張として。

でも実際には、涙が地面に触れることはなかった。

リセット。

その能力は、世界を三日分、殺す。

喜びも悲しみも、笑顔も涙も、全部まとめて消してしまう。

そして、並べ直して、やり直す。世界はもう一度、三日間をやり直す。

次の瞬間、相麻菫はすべてを思い出すだろう。

能力を、悩みを、苦しみを、自身の死を思い出すだろう。

でも、ひとつだけ。

相麻菫は今、流した涙を忘れてしまう。彼女だけが知っていた、彼女の涙を思い出すことはもうない。

地面よりもほんの数センチ高い場所で、音をたてることもなく、その雫は消えた。

4　一〇月二二日（日曜日）／三日前

そして浅井ケイは春埼美空を抱きしめた。

髪の短い、春埼美空だ。

学園祭からの帰り道、彼女の家の前だった。三日分の時間は砕けて消えて、今、手の中にまた彼女がいる。

ケイは目を閉じた。

「どうやら、リセットしたみたいだね」

腕の中の春埼が、首を傾げるのがわかる。

「なにかあったのですか？」

なんだかとても久しぶりに、彼女の声を聞いたような気がする。

髪の長い春埼と、髪の短い春埼では、声の質がまったく違って聞こえる。今の彼女の声は、昔の彼女よりもずっと抑揚があり、どこか瑞々《みずみず》しさを持っている。感情の色がついた声だ。

短い時間、春埼を抱きしめる腕に力を込めてから、手を放す。

それから瞼《まぶた》を持ち上げて、まっすぐに彼女をみる。

「色々なことがあった。本当に、色々なことがあったんだ」

浅井ケイは思い出す。三日分の、リセットによって失われた時間を。

相麻菫のことを、思い出す。

「胸が痛い」

悲しみを、苦しみを、胸が痛むと表現する理由が、よくわかる。

それは比喩《ひゆ》ではないのだ。極めて直接的な表現だ。刺し傷に似ている。胸の深い場所がじくじくと痛む。目に見えない血で濡《ぬ》れる。放っておけば傷口が化膿《かのう》し、悪化していくだろう。

「大丈夫、ですか？」

春埼の手のひらが、怯《おび》えるようにゆっくりと、ケイの胸に触れた。ちょうど痛みの真ん中に触れた。温かな手のひらだ。

その温度が痛みを薄める。胸の痛みは、体温で溶ける。

だからどうにか、ケイは頷《うなず》くことができた。吐き出す息を言葉にできた。

「このままでは明後日《あさって》の夜、咲良田中から能力が消えてなくなる」

正確には、消えるのは能力ではなく、能力に関する情報だ。ケイを除くすべての人々が、能力なんてものの存在を忘れてしまう。

「咲良田も、咲良田の外と同じようになってしまう。誰も能力のことなんて知らずに暮らす街になる」

「そんなことが、可能なのですか？」

「うん。それが嫌だから、僕はリセットを使った」

春埼は、瞳《ひとみ》だけは昔のように純粋なまま、じっとこちらをみつめていた。

「咲良田には、能力が必要なんですね？」

ケイは首を振る。

「必要ではないよ。なくてはならない、というわけじゃない」

四年前、ケイが初めて能力の存在を知ったとき、それは万能の力のように思えた。あらゆる問題を回避して最良の未来に手が届く、奇跡のような力に。

今は違う。それが幻想なのだと知っている。

能力があるせいで、悲しむ人も、苦しむ人もいる。言い訳のしようもなく、能力は問題の原因になる。一方で、能力にメリットがあることだって事実だ。能力で救われ、能力に護《まも》られる人だっている。

浦地正宗にとっては、能力のメリットよりもデメリットの方が大きかった。

ケイにとってはその反対だ。それだけのことでしかない。

これは、とても感情的な話だ。

ケイはまっすぐに春埼の瞳と向かい合う。

「僕は咲良田の能力が好きだ。ついそれを望んで、手に入れてしまう人たちが好きだ」

「好き、ですか？」

「うん」

結局、それがすべてだ。

「世界中の色々な国に、色々なバリエーションで、人の願いを叶える悪魔の話がある。そして悪魔に願い事をした人は、決まって不幸な結末を迎える」

そこにはきっと、明確なメッセージがある。

楽をしてはいけません。願望をむき出しにしてはいけません。甘い話には裏があります。現実を受け入れて、堅実に生きましょう。

なにも間違っていない。けれど。

「もし、大切な人が死んでしまったとして。悪魔が現れて、なんでも願い事を叶えてくれると言ったなら、大切な人との再会を願っていいんだと僕は思う」

どれだけ悪魔を疑っていても。

物事がそう都合よく進むはずがないのだと、理解していたとしても。

それでも一縷《いちる》の望みにすがり、もう一度大切な人に会いたいと願うのが、美しい。

「自然で、綺麗《きれい》な感情だ。なにもかもを悟った風に、悲しみを受け入れますなんて恰好《かっこう》のいいことを言って、悪魔を追い返すよりもずっと。我儘《わがまま》にありえない夢を願うのが綺麗な感情なんだと、僕は思う」

幸せを願うことを、否定したくない。

諦《あきら》めて受け入れるのが正しいのだと思い込みたくない。

ずるくても奇跡的でも、完全なハッピーエンドを求めたい。

咲良田に来て、春埼美空のリセットを知って、ケイはそう考えた。

――いや、違う。

考えたのではない。思い出したのだ。ずっと幼いころ、なにも諦めず、純粋に幸せを願えていたことを思い出した。

春埼美空は言った。

「悪魔の話の、完全なハッピーエンドはなんですか？」

浅井ケイは答える。

「願いが叶《かな》って、誰もかもみんなが幸せで、悪魔さえそれを祝福する。それが僕の望む結末だよ」

だから、咲良田の能力を否定しない。

春埼美空のリセットを――

失敗したことを、諦めたくはない。

できるならもう一度、やり直したい。

誰かの涙をなかったことにして、幸せな未来を築きたい。

そんな、純粋な願いを。

まるで神聖な祈りを。

間違ったものだとして、否定されるのが許せない。

「僕は、咲良田の能力が好きだ。大好きだ。だからそれを奪われたくはないんだ」

春埼美空は笑う。

「願いは、叶った方が、幸せです」

そのシンプルな言葉は、でも言葉で聞くほど単純なことではなくて。いくつもの問題があって、悲しみと苦しみを生んで、すべて投げ出したくなることもあるけれど。

胸を張って、ケイは頷く。

「うん」

願いは、叶った方が幸せだ。

——僕はそれを、忘れたくないんだ。

たったそれだけのことを、いつまでだって覚えていたいんだ。

「だから、春埼。僕は決めたよ。咲良田の能力を支配する」

「支配、ですか？」

「うん」

あらゆる能力の、支配。

きっとその、暴力的でさえある、強い言葉を使う覚悟がいる。

「能力をコントロールして、問題点を探し出し、幸福な出来事ばかりが生まれる環境を作る。それが僕の目標だ」

能力で、悲しむ人や苦しむ人がいることが問題なんだ。

なら、その人たちを助けて回ればいい。能力自体を管理して、誰も犠牲にならないよう注意すればいい。

「方法は？」

「せっかく管理局なんて便利なものがあるんだから利用するよ。あの組織を丸々手に入れれば、半分くらいは能力を支配したようなものだ」

「わかりました」

疑いもなく、春埼美空は頷く。

――わかっているのかな？　僕は途方もないことを言っているんだ。

きっとわかっているのだろう。すべて理解した上で、それでも彼女はこんなにもあっさりと頷けるのだろう。どんなに遠い場所を目指すとしても、まず一歩目を踏み出すしかないことを、彼女は知っている。

「目先の問題から解決していこう」

まずは一歩目を、踏み出そう。

「浦地正宗という管理局員がいる。索引《さくいん》さんの上司だ。彼が咲良田から、能力を消し去る計画を進行させている」

「わかりました。まずその計画を阻止すればいいのですね」

「最低限、必要なことだね。でももう少し欲張りたい」

浦地正宗が、彼の計画を諦めるだけでは、足りない。

浅井ケイは笑う。

口元だけを歪《ゆが》めて、不敵に。不可能などなにもないのだという風に笑う。

「浦地さんには、僕の協力者になってもらおう。色々と便利そうだ」

索引さんの上司が、管理局内で権力を持っていないはずがない。取り込めば今後、ずいぶん融通が利くだろう。

「それと、もうひとり」

ケイは人差し指を立てる。

「仲間になって欲しい、重要な人物がいる」

「誰ですか？」

「相麻だよ」

反則的に強力な未来視能力者。彼女がいるといないとでは、大違いだ。

春埼美空は首を傾げる。

「なにかをするまでもなく、相麻菫が貴方《あなた》の頼みを断るとは思えません」

「そうだといいけれどね」

不安があった。相麻菫に関しては、いつも不安だ。

「彼女は僕に、さようならと言ったんだよ」

咲良田から能力が消え去る直前、相麻菫がバスルームで泣いた後だ。

ケイの部屋を出る時、相麻は確かに、さようならと言った。

ずっと気になっている。

「相麻が僕にさようならと言ったのは、それが二度目だ」

浅井ケイは軽く目を伏せる。

「一度目は、二年前。彼女が死ぬ直前だった」

――彼女はもう、僕の前に現れるつもりがないのかもしれない。

根拠なんてない。なんとなく、そんな気がしただけだ。

でも。相麻がこの先について、なにかを考えているとは思えない。一度死んで生き返った少女が、これからどう暮らしていくのか。自身が相麻菫だということさえ信じられない彼女が、どんな形の幸せを手に入れるのか。彼女はすべてを、諦めているのではないかという気がする。

だから、浅井ケイは春埼美空に告げる。

「もし彼女が舞台を下りようとしているなら、僕はそんなこと許さない」

相麻菫が用意した物語で、彼女自身が救われることがないのだとすれば。

まったく違う結末を、書き足さなければならない。

2話　ヒーローとヒロイン

私の話は、これでお終《しま》い。

本当に、すべてお終い。

そう言った彼女の声は、なんだか安心しているようだった。長い旅から帰ってきて、玄関のドアを開けたときに漏らす安堵《あんど》の息に似ていた。

およそ二三時間前のことだ。

咲良田から能力が消え去る直前、相麻菫がバスルームで泣いたその後だ。

浅井ケイと相麻菫は、向かい合ってチキンカレーを食べていた。

＊

もう太陽は沈みかけていて、空よりも蛍光灯をつけた天井の方が明るくみえた。

夜はささやかな風のように、そっと窓から室内へと流れ込んでいた。

「私には浦地さんの計画を、どうすることもできなかったの」

と、相麻菫は言った。

未来を知っていても、万能になれるわけではない。可能なことと不可能なことを、きっちりとみわけられるだけだ。

浅井ケイだって、そんなことはわかっていた。なのに意外だった。

「浦地さんの計画は、そんなに完璧《かんぺき》なの？」

彼女は頷《うなず》いて、チキンカレーにスプーンを突き刺した。

「少なくとも、私には完璧にみえる。私が思いつく方法をすべて試してみても、やっぱり浦地さんの計画は成功して、咲良田から能力に関する情報は消えてしまう。そういう未来を、私は知っている」

それは大変だ。

ケイはニンジンの欠片《かけら》とルーが載ったスプーンを口に運ぶ。

ゆっくり味わい、飲み込んでから、尋ねる。

「君なら、たとえば宇川《うかわ》さんが能力を使わない未来を、選べたんじゃないかな？」

宇川沙々音《ささね》が能力を使ったせいで、管理局は咲良田中から能力を消し去ることを決めたのだ。でも未来を知っている相麻菫に、宇川沙々音を止められないなんてことがあるだろうか。

相麻は軽く首を振る。

「今日、宇川さんが能力を使わないように仕向けることはできた。難しいことじゃなかった。でもそれでは、なにも解決しない」

たしかに、当たり前だ。今、目の前で起こっている問題を解決しても、浦地正宗はまた別の方法で目的を叶《かな》えようとするだけだ。

ケイはライスと、ルーと、たまねぎをまとめてすくう。

「成功するまで繰り返すのは、いちばん単純な必勝法だね」

自身が浦地の立場であれば、とケイは想像する。

相麻への対処は、もちろん容易ではない。でも不可能だとも思えない。彼女は未来を知っているだけで、あとは普通の女の子でしかないのだから。たとえば、相麻をみつけだして拘束する。短期的には困難なことだが、時間をかければ可能だろう。相麻には体力の限界があり、逃げられるフィールドは基本的には咲良田内だけだ。外にでれば彼女は未来視を失う。

そして実際には、浦地は相麻を捕らえる必要さえないのだ。攻め続けて相麻を疲弊させ、一方で自身の目的を着実に進めていけばいい。咲良田から能力が消えてしまえば、未来視能力ももちろん失われる。

相麻菫はグラスに入った水を、一口飲んだ。細い喉《のど》がこくんと震える。

「問題は、こちらの勝利が確定する条件がないことよ。何度計画を食い止めても均衡状態を保てるだけで、浦地さんの負けにはならない。彼はまた次の計画を用意する」

「成功するまで終わらない計画を、成功する前に終わらせる方法が必要なわけだ」

まず、こちらの勝利条件をみつけ出さなければならない。

相麻菫は頬杖《ほおづえ》をつく。

「でも私には、それをみつけることができなかった」

「君にできなければ、誰にもできない」

「どうして？」

「未来視というのは、そういう能力だからだよ」

未来を変えられるのは、未来視能力者だけだ。──シナリオの実在を考えればそれさえも正確ではないけれど、ともかく。

未来視能力者が「できない」と未来視したことは、絶対にできない。唯一、覆せる可能性があるのは、未来視能力者だけだ。

相麻は頰杖をついたまま、見上げるような動作で、こちらに視線を向ける。

「本当に、そう思う？」

「能力のルールは絶対だよ。君と同等以上の未来視能力者がいない限り、君に変えられない未来は、誰にも変えられない」

彼女は笑った。

「答えがわかっているのに遠回りするのは、ケイ。貴方《あなた》の悪い癖ね」

ケイは眉間《みけん》に皺《しわ》を寄せる。

「相麻。君は、僕がなにを嫌がっているのか知っているでしょう？」

「ええ。どれだけ嫌がっていても、貴方がそれを実行することも、わかる」

そんなこと。

——僕だって、知っている。

だから嫌なんだ。

未来視能力でみた未来を変えられるのは、未来視能力者だけだ。でも相麻菫には、未来を変えられないのだという。

なら、別の未来視能力者が必要だ。けれど都合よく、新しい未来視能力者が現れるとも思えない。

——いないなら、作ればいい。

未来視能力者をもうひとり、即席で用意すればいい。

相麻菫はまだ笑っている。

「貴方が、未来視を使いなさい」

そういうことだ。それがいちばん、手っ取り早い。

——だから、相麻は事前に、坂上《さかがみ》さんを咲良田に呼んでおいたんだ。

坂上央介《ようすけ》。ケイや相麻の、中学時代の先輩。彼は能力を、人から人にコピーすることができる。彼がいれば、ケイも相麻の未来視を使える。

「貴方が私の能力で、私にはみつけられなかった未来をみつけるのよ。貴方にとって、最良の未来を」

それだけなら、問題ない。願ってもないことだ。

でも。ケイは軽く、目を伏せた。

「ねぇ、相麻。僕は、ただ消えていくだけの女の子を、作り出したくなんてないよ」

きっとケイが未来視を使うというのは、そういうことだ。

相麻菫は今、未来視を使えないだろう。彼女は少し前まで浦地正宗の下にいたのだから。浦地正宗には岡絵里《おかえり》が手を貸していた。岡絵里は相手の記憶を操作して能力の使い方を忘れさせることができる。浦地が相麻を解放するとき、未来視なんて厄介な能力を封じておかない理由はない。

なら、リセットしてからなら？

リセットすれば、相麻は未来視の使い方を思い出すだろう。でも直接、彼女に会いに行くことが、現実的だとも思えなかった。浦地たちが相麻菫を警戒していないはずがない。

安全で確実に、彼女に会える場所は、ひとつしか思いつかない。

「僕はもう、あの写真を使いたくないよ」

佐々野宏幸の写真。

テトラポットの上で写真を破れば、一〇分間だけ彼女に会える。

一〇分で消えてしまう相麻菫を、作り出すことができる。

でも、嫌だ。そんなことはしたくない。たったひとつの目的のために生まれて消える少女を、生み出したくなんかない。

「ええ。知っているわ」

相麻菫は微笑む。優しく、どちらかというと無邪気に。

「でも貴方は、それを実行する」

きっとそうなのだろう、とケイは思う。

彼女は安心したように、気の抜けた息を吐き出した。長い旅から戻ってきて、自宅の玄関をくぐる時に吐き出す息に似た口調で言った。

「私の話は、これでお終《しま》い。本当に、すべてお終い。あとはみんな貴方のものよ」

未来視能力によって、相麻菫が二年も前から計画していた物語は、ここで終わる。

これから先は、浅井ケイが用意しなければならない。

頷いて、答えた。

「できるだけ、理想を目指してみるよ」

そのためなら相麻菫の未来視まで奪い取り、望み通りの結末へと至る物語を計画しなければいけない。

いつの間にか日は沈んでいたけれど、窓の外にあるのは完全な闇ではなかった。少しだけ光が滲《にじ》んだ、生まれたての夜だ。

今はふたりでゆっくり、チキンカレーの味を楽しむ時間だ、とケイは自分に言い聞かせる。

スプーンで次の一口を運んだ。

「味はどう？」

相麻はこちらの顔を覗《のぞ》き込む。

できるだけ素直に笑って、ケイは答える。

「とても美味《おい》しいよ」

向かい合って食べるカレーは、あまり辛くなくて、どちらかというとさらりとしたルーで、仄《ほの》かな酸味と、甘みがあった。とても美味しい。

「それになんだか、懐かしい味がする」

その懐かしさの正体に、もちろんケイは気づいていた。

――僕はこのチキンカレーを食べたことがある。

一度じゃない。一〇？　二〇？　もう少し多い。その回数を正確にカウントしようとして、やめる。

これは、ケイの母親のチキンカレーだ。まったく同じではないけれど、でも、良く似ている。

「トマトをたっぷり、あとはほんの少しヨーグルトを入れるのがポイントなの」

およそ、二三時間前のことだ。

咲良田から能力が消え去る直前、相麻菫がバスルームで泣いた直後のことだ。

相麻菫は、綺麗《きれい》に微笑んでそう言った。

1　同日／午後七時一五分

　そして、今。

　リセットによって再現された一〇月二二日、日曜日。

　相麻菫はひとり、夜の街を歩いていた。自動ドアのガラス越しにコンビニの店内を覗き込み、時間を確認する。午後七時一五分。約束の時間まで、まだ一五分ほどある。

　ちょうどコンビニから現れた、スーツ姿の女性に「すみません」と声をかける。

「喫茶店を探しているんです。スモールフォレストというお店を知りませんか？」

「ああ。それなら――」

　女性は簡潔に道順を教えてくれた。次の角を右手に曲がって、まっすぐ。交差点をひとつ越えた先に、その喫茶店はある。

「ありがとうございます。助かりました」

　頭を下げて、相麻はその女性が指示した道を歩き出す。

　内心で呟《つぶや》いた。

　――どうやら、リセットしたみたいね。

女性の未来をみて、理解した。

すでにリセットが使われている。

実際には色々なことが起こったのだろう。でもリセットで記憶を失った相麻にしてみれば、ずいぶんあっけなく感じる。

まるで深夜に妖精《ようせい》が働く物語のようだ。

──気がつけば、いつの間にかもう、私の役目はすべて終わっている。

達成感もないが、安心した。すべて順調だ。

次の角を、相麻は左に曲がる。喫茶店とは反対の方向だ。浦地正宗に会う理由もすでにない。

足早に歩きながら、考える。

さて、これからどうなるだろう？

周囲を見回しても怪しいところはない。誰かに見張られている様子もない。だが浦地正宗がこちらを信頼しているとも思えない。最低限の警戒はしているはずだ。

──私が浦地正宗に捕まってはならない。

浦地はロックした手帳の情報で、ケイたちがリセットを使ったことを知るだろう。そしてケイを敵だと判断する。

客観的に見て、相麻菫はケイの弱点に成り得る。彼との交渉に使う人間として、春埼美空の次に効果的なのが相麻菫だ。

——私自身が、ケイにとって不利な要素になってはならない。

だから決して、浦地正宗に捕まってはならない。

どんな方法を使ってでも、徹底して彼から逃げ延びる必要がある。

そのために、相麻菫は夜の街角を進む。

＊

索引さんは青い軽自動車の運転席で、ハンドルを握っていた。

後部座席では浦地正宗が窓の外を眺め、他人事《ひとごと》のように囁《ささや》く。

「探してみると、意外とみつからないものだね」

駐車場のことだ。

相麻菫と会う予定の喫茶店には駐車場がない。予定していたパーキングには「満車」と書かれた赤い看板が出ていて、街中を走り回っても代わりの場所がなかなかみつからない。

ため息混じりに、索引さんは答える。

「運転手を雇ってください」

「それは難しいな。管理局には人材が足りない」

「運転手ひとりくらいなら、どうにでもなるでしょう」

予算なら有り余っているはずだ。

管理局員は、傍目《はため》には完璧《かんぺき》であることが義務付けられている。駐車場を探して街角をさまよっているなんてあまりに恰好《かっこう》がつかない。

「私たちの仕事に関わって良い運転手というのは、そう簡単にみつかるものではないよ。管理局の対策室室長が、いつ、どこからどこまで移動したのか。それだけで情報としてはトップシークレットだ」

窓の外を眺めていた浦地は、斜め前方を指さす。

「ああ、ほら。そこにパーキングの看板が出ているよ」

索引さんはハンドルをきり、車線を変更する。色が変わる寸前の信号を走り抜けたとき、ポケットの中で携帯電話が鳴った。管理局から配布されているものだ。仕方なく索引さんは道端で停車する。

携帯電話を取り出すと、後部座席から手が伸びてきた。

「私が出よう。急がないと、女の子との約束に遅刻してしまう」

索引さんは鳴りっぱなしの携帯電話を彼に渡して、また車を走らせる。よかった、前方に見える駐車場には、まだ空きがあるようだ。

ルームミラーに視線を向ける。そこには後部座席の浦地正宗が映っている。彼は短い会話の後、電話を切った。

「駐車場に行く必要はなくなったようだ」

「なにかあったんですか？」

「喫茶店に向かっていた二代目の魔女がコースを変えた。どうやら約束をすっぽかすつもりらしい」

なるほど。

相麻菫が廃ホテルで生活していることは知っていた。二週間ほど前から、彼女には監視をつけている。

「どうしますか？」

「追いかける。現在地は把握している。まずは加賀谷《かがや》を拾おう」

加賀谷とは別行動を取っている。彼はもう喫茶店にいるはずだ。

「わかりました」

目的地だった駐車場に車を突っ込み、向きを変えてまた車道に出た。

──なにがあったのだろう？

相麻菫は初めからこちらと会うつもりがなかったのか？　おそらく違う。彼女は先ほどまで、予定通りに喫茶店に向かっていたはずだ。

浦地正宗は、こちらの思考を覗《のぞ》きみたように告げる。

「二代目の魔女は道を外れる直前、通行人に喫茶店の場所を尋ねたようだ」

「それが？」

まさか道を間違えたわけではないだろう。

「彼女は会話によって相手の未来を知るんだよ」

「通行人の未来を知って、どうするんですか？」

それも、ただ道を尋ねただけだ。それほど長い時間、相手の未来を覗きみていたわけではないだろう。

「わかるさ。ほんのわずかな時間、たとえば三日後を知るだけで、彼女にはわかることがある」

三日後、と浦地が言ったことで、気がついた。

「リセットですか？」

あの能力が使われる前と後で、「三日後」のみえ方が変化するはずだ。

リセットが使われる前に、三日後を眺めても、そこにあるのはカレンダー上の三日後ではない。途中で時間が遡《さかのぼ》り、また正しい方向に流れ始めるから、三日後よりはいくらか手前の時間がみえる。

でも、すでにリセットが使われた後であれば、状況が違う。三日後はきちんとカレンダー上の三日後になるはずだ。

浦地正宗はポケットから、黒い手帳を取り出した。

それは開かないまま、手のひらの上で弄《もてあそ》ぶ。

「あの能力が使われたか否かを確認して、彼女はルートを変えた。というのが、説得力があるように思えるね」

喫茶店がみえた。店の前に加賀谷が立っている。索引さんは車を脇に寄せて、ブレーキを踏んだ。

加賀谷がドアを開き、助手席に乗り込む。

「やあ、お疲れさま。これを」

浦地は黒い手帳を渡す。

それを加賀谷が右手で受け取り、懐にしまった。次に左手で、また同じような手帳を取り出し、浦地に手渡す。

右手でロック。左手で解除。そして、加賀谷がロックを掛けたものは、決して変化しない。リセット後にも、手帳に記載された内容を持ち込むことができる。

浦地はロックが解除されたばかりの手帳を開く。

「監視に連絡を。すぐに未来視能力者の跡を追う」

「はい」

加賀谷が短く答えて、携帯電話を取り出した。浦地は手帳のページをめくっている。

つい、索引さんは尋ねた。

「リセットは使われていますか？」

「ああ。面白い。どうやら私の計画は、問題なく成功したようだよ」

「意味がわかりません」

「つまりリセットは、咲良田中から能力に関する記憶がなくなってから使用された」

そんなことが、あり得るのか？　未来の咲良田で、能力のことを覚えているのは浅井ケイだけだ。どうして春埼美空は、使い方のわからない能力を使えた？

相麻菫を監視している管理局員に電話を掛けていた加賀谷が、小さな声で行き先を指示した。

索引さんはアクセルを踏み込む。

エンジンが低い音を立てて加速する。

浦地正宗が、独り言のように囁くのが聞こえた。

「浅井くんがなにかしたんだ。使ったのは、あの老人の写真かな。どうして未来の私はそれを見落とした？　不思議だねぇ。ま、ともかく」

ルームミラーに映る彼は、楽しげに笑っている。

「なにも、問題はない。このタイミングでのリセットは想定されている。私たちは計画を次の段階に進めるだけだ」

彼は音をたてて、手帳を閉じる。

「あの少年と、彼の関係者すべてを、私の計画における障害だと判断する。効率的に排除しよう」

浅井ケイ。

彼はいつだって、問題の中心にいる。

＊

左手首に違和感がある。きつめに締めた腕時計のせいだ。

浅井ケイは滅多に腕時計を使わない。手首を返すだけで現在時刻を知る必要があるような、忙《せわ》しない生活はしたくない。だが今は、そうも言っていられなかった。

すべてを効率的に処理する必要がある。困難を細分化し、整理して並べて、順序よく乗り越えていかなければいけない。

腕時計の針は午後七時二七分頃を指している。浅井ケイは春埼美空と共に、バスを降りた。七坂《ななさか》中学校の近くの停留所だった。

停留所のベンチには、中野智樹が座っている。事前に電話で呼び出しておいたのだ。彼はケイや春埼と同じく、まだ制服を着たままだから、学校からの帰り道に直接ここに来てくれたのだろう。

「よう、ケイ」

「やあ」

「春埼もこんばんは」

「こんばんは」

短く挨拶《あいさつ》を交わしてから、歩き出す。ケイが先頭に立った。

智樹が人差し指で額を掻《か》く。

「いったい、なにが起こってるんだ？」

彼にはまだ事情を説明していない。

「簡単には説明できないくらい状況は複雑だし、時間もないし、僕は少し疲れている。

三〇分だけ、なにも聞かずに手伝ってくれないかな？」

余裕ができたら、彼にはすべてを説明しようと思う。他の、ケイが協力を求めるすべての人にも。だが今は、詳しく話している時間がおしい。

「まあいいけどな。お前はいつも忙しそうだ」

「そんなこともないよ。君に協力を頼むときが、たいてい忙しいだけだ」

「でも学園祭の夜に走り回ることもないだろう？　今夜はぐっすり眠って、明日の片づけと打ち上げに備えるのがスタンダードな過ごし方だ」

リセットを挟んだせいで、まったくそんな気がしないけれど、ほんの数時間前まで芦原橋高校では学園祭が行われていた。春埼主演の舞台を終えてから、まだ五時間ほどしか経っていない。

智樹は、ケイ、春埼と順に視線を動かしてから言った。

「メンバーは三人か？」

「いや。この先で待ち合わせをしている人がいる」

「誰だ？」

「坂上さんだよ。僕たちが中学二年生のとき、生徒会長だった」

「へぇ」

智樹は笑う。

「懐かしいな。なんて名前だったっけ、あの小さな女の子」

「クラカワマリ。たしかに、あのときと同じメンバーだね」

「相麻がいねぇよ」

「いや。いる」

ケイはポケットから、一枚の写真を取り出した。夕暮れ時のテトラポットを写した、佐々野宏幸の写真。そこには二年前の相麻が写っている。

「なんだ、それ？」

「写真だよ。能力を使って撮った、特別な写真だ。破ると写っている世界を一〇分間だけ再現できる」

智樹は首を傾げる。

「よく意味がわからん」

「写真の中に入れるんだと思ってくれればいい。『はてしない物語』でバスチアン少年が本の世界に入り込んだように、僕たちはこれから写真の中に入り込む」

智樹はくるんとした大きな目をさらに大きくさせる。

「つまり、相麻に会えるのか？」

「うん。一〇分間だけ、二年前の彼女にね」

彼はしばらく、空にある月を見上げて、それからまた視線をこちらに落とした。

「それ、オレもついて行っていいのか？」

「君が来てくれないと困る。一方通行の連絡なら、携帯電話よりも君の能力の方がよほど信頼できる」

彼は首を傾げてから、頷《うなず》いた。考えるのが面倒になったのだろう。

「ところで、『はてしない物語』ってのはなんだ？」

「小説だよ。名作だから読んでみたら？『ネバーエンディング・ストーリー』という映画の原作になった」

「ああ、そっちはガキの頃に観た。映画より面白いのか？」

「どうかな。僕は小説の方しか知らない」

「そういやお前、あんまり映画は観ないよな」

「映画館は好きだよ。ポップコーンも。でも、のめり込んだときにページをめくれないのがもどかしいんだ」

雑談を交わしながら歩く。ケイと智樹が並んでいて、その三歩ほど後方に春埼がいる形だ。春埼は無言だった。ふたりきりでなければ、彼女が喋《しゃべ》ることは少ない。

五分ほどで川沿いの道に出た。

日が沈んだ後の川は、深い闇が流れているようにみえる。前方、河原にテトラポットが積まれている。その手前、街灯の下に、坂上央介が立っていた。

彼はなんだか寂しげな笑みを浮かべている。笑顔からはいちばん遠い場所にいるけれど、それでも笑っているしかないのだという風な。

ケイは彼に歩み寄る。

「お久しぶりです、坂上さん」

「うん。久しぶり」

坂上が咲良田を出たのは、二年前の冬のことだ。リセットで消えた時間を別にすれば、それ以来一年と半年間ほど彼とは顔を合わせていない。

坂上は足元の影を見るようにうつむく。

「どうして僕は、ここに呼ばれたのかな?」

「相麻の指示です。貴方《あなた》の下に、彼女から手紙が届いた。そうでしょう?」

リセット前に、春埼から聞いた情報だ。相麻からの手紙を受け取った坂上は、咲良田を訪れたけれど、どうしていいのかわからず春埼に連絡した。

「でも、彼女がいるはずがない。——そうか、あの手紙を出したのは、君だね?」

ケイは首を振る。

「いいえ。相麻本人ですよ」

うつむいたまま、坂上は顔をしかめた。

「そんなのいったい、どうやって信じろっていうんだ?」

いや。信じることは、簡単だ。

「貴方は――咲良田の外にいて、能力のことさえ忘れてしまっていた貴方は、それでも手紙を出したのが相麻自身だと、どこかで信じていたんでしょう？　わずかでも信じられたから、貴方はこの街に戻ってきたんでしょう？」

人は大抵、身勝手だから。

信じたいことなら、根拠なんかなくても信じる。

言葉を詰まらせた坂上に向かって、ケイは続けた。

「僕は彼女を助けたい。ともかく、相麻に会いましょう」

坂上は顔を上げる。

「会えるの？」

「ええ。ほんの一〇分間だけ」

ついて来てください、と告げて、ケイはテトラポットに上る。写真の中、相麻菫が立っている場所を目指して進んだ。

「能力によって、僕たちは一〇分間だけ、写真の中に入ることができます。たった一〇分間です。その間に、相麻の未来が決まります」

「君がなにを言っているのか、わからないよ」

「もう少し余裕ができたら説明します。今は事情を話している時間もありません。必要なことだけ理解してください」

ケイはまっすぐに坂上の瞳《ひとみ》をみつめる。

「これから僕たちは写真の中に入り、相麻に会う。貴方はすぐに、相麻の能力を僕にコピーしてください」

「はい。相麻は能力を持っています。僕もつい最近まで、知らなかったけれど」

「相麻さんの、能力？」

ケイはテトラポットの上で足を止める。すぐ隣を指さした。

「写真の中に入ると、ここに相麻がいます。季節は夏、時間は夕刻です。驚かないで、坂上さんはすぐに、相麻の能力を僕にコピーしてください。あとは一〇分間、彼女と好きに話していてくださって構いません」

坂上は頷く。

隣に立った智樹が口を開いた。

「オレはどうすればいいんだ？」

「必要に応じて能力を使ってもらう。写真の中に入っても、僕たちが持ち込んだものは変化しないから、時計でもみていてよ」

中野智樹の能力は、日時を指定して声を届ける。今すぐメッセージを送りたいなら、現在時刻を正確に知っている必要がある。

最後に、じっとこちらをみる春埼と向き合った。

「君はなんでもいいから、僕と話をしていて欲しい」

「話、ですか？」

「未来をみるために必要な手順だよ」

相麻菫の能力の発動条件は、「能力の対象と会話をしていること」だ。

会話をしている相手の未来しかみえない。自分自身の未来はわからない。他者の未来を眺めることで、間接的に自分の未来を知るしかない。

なら春埼の未来をみるのが最適だ。これから先、重要な情報はすべて春埼に伝える。春埼の未来を知ればケイの未来も大抵わかるはずだ。

「みんな、それぞれこの写真の端を持って」

差し出した写真の四隅を、春埼、智樹、坂上がつかむ。

躊躇《ためら》っている時間はない。腕時計に視線を向ける。午後七時三七分一一秒。

――僕はこれから、一〇分間で消えてしまう少女を生み出す。

能力を利用するためだけに。どうしようもなく救われない少女を作る。相麻菫にそっくりな少女を。

これがどれだけ残酷なことなのか、正確に理解しているのはケイだけだ。

笑って、

「では、始めます」

と、浅井ケイは告げた。

目の前で弾《はじ》けたまっ白な光は、やがて赤く染まった。

深い赤。夕陽の赤。

辺りが熱気に包まれている。二年前の八月に、浅井ケイは立っている。

すぐ隣から、声が聞こえる。

「待っていたわ、ケイ」

相麻菫の声だ。写真の中の彼女。

たった一〇分間で消えてしまう相麻菫が、そこにいる。

＊

足早に、相麻菫は歩く。

——浦地正宗は、私を追っているだろうか？

わからない。だが、未来視能力者をすっかり放置することはないだろう。

不安だった。いつの間にか、未来を知っていることに慣れ過ぎていた。五分後の世界がわからないまま踏み出す一歩は、こんなにも心許《こころもと》ない。

——でも、私はもう、能力を使ってはならない。

能力によってみた未来は、未来視能力者だけが変化させられる。

——つまり、私が能力を使うと未来が変化する。

未来視は、未来視自体が原因で正確な結果を得られない。構造に矛盾のある能力だ。

——なら私は、能力を使ってはならない。

浅井ケイは今、写真の中で、未来視能力を使っているはずだ。相麻が不用意に能力を使うと、彼が知った未来を変化させてしまうかもしれない。それは避けたかった。

商店街を通り抜け、大通りに出た。人通りが多い道を選んで歩く。

目指しているのは非通知くんと呼ばれる情報屋の下だ。

管理局から逃げようと考えたとき、まだしも可能性がありそうなのが、彼に協力を求めることだった。非通知くんがその気になれば、多少なりとも管理局の動向がわかる。

——ま、彼に会ったところで、事態が劇的に好転するとも思えないけれど。

他にはなにも思いつかないのだから仕方がない。

停留所が視界に入り、相麻はバスを利用するべきか悩む。だが答えが出るよりも先に、道路の向こうから走ってくる、一台の車をみつけた。

青い軽自動車。浦地正宗の車だ。

その車はバスの停留所の、少し手前で停まる。相麻は咄嗟《とっさ》に踵《きびす》を返した。一八〇度向きを変えて歩き出す。怪訝《けげん》そうな顔でこちらをみる、サラリーマン風の男性とすれ違った。

——さて、どうしたものかしらね。

彼らはこちらの居場所を正確に理解しているのだろう。そうでなければ、あの位置で青い軽自動車が停まるはずがない。つまり、相麻が気づかないだけで、どこかに見張りがいるのだと考えた方が良い。

浦地たちが走って追いかけてくれれば、相麻が逃げ切れるとは思えない。彼らがまだ暴力的な方法を取らないのは、周囲の目を気にしているからだろう。大人たちが女子中学生を取り囲むのは問題だ。いざとなれば相麻だって、悲鳴くらい上げる。

だが非通知くんが暮らすマンションは人通りの少ない住宅街にある。周囲から人気《ひとけ》がなくなれば、きっと彼らは強引な手段を使う。

――なら、目的地を変えましょう。

別に、どうしても非通知くんに会わなければならないわけではないのだ。

相麻菫は辺りを見渡した。七階建てのビルをみつける。その外壁には、非常階段がついている。

都合が良い。そのビルを目指して、相麻菫は進む。

＊

浅井ケイは唇を噛《か》む。

真っ赤な夕陽に照らされて、まったく記憶通りの相麻菫が、まったく記憶通りに笑っている。

彼女は自然な動作で辺りを見回す。智樹、坂上、春埼、そしてまたケイ。

「みんな、久しぶりね」

一〇分間で消えてしまう相麻菫。せめてこの一〇分間は、彼女のためだけにあって欲しかった。

でも、そんな余裕はない。

浅井ケイが救おうとしているのは、この少女ではない。

「相麻。君はどこまで知っているの？」

「だいたい全部、わかっているはずよ。きっとここまでは、私のシナリオ通りに物事が進んでいるのでしょう」

相麻は、泣き出しそうな表情の坂上に視線を向ける。

「さあ、私の能力を、ケイへ」

事態が飲み込めていない坂上は、首を振る。

「相麻さん。君は――」

「話は後にしましょう。本当に時間がないのよ」

坂上は複雑な表情を浮かべていた。口元は嬉《うれ》しげで、目元は悲しげだ。だが、ともかく頷《うなず》いて、相麻の肩に右手を、ケイの肩に左手を置く。彼はふたりの人間に触れることで、一方の能力を、もう一方にコピーする能力を持っている。

彼は不器用に笑った。

「準備できたよ」

これで相麻が能力を使えば、ケイも同じ効果を受ける。

相麻は頷き、こちらに視線を向けた。

「ケイ。指示をして」

「春埼の未来をみる。まずは、四八時間くらい先がいい」

「わかったわ」

坂上が相麻に何か語りかけている。智樹は珍しく真剣な面持ちで、じっと相麻を眺めている。すべて無視して、ケイは春埼と向き合った。

「さあ、なにか話をしよう」

春埼は頷く。

「わかりました」

彼女の声を聞いた、その瞬間だった。

世界が、変貌《へんぼう》する。うねるように急激に。

みえるものが変わるわけではない。聞こえる音が変わるわけではない。でも、違う。

ほんの一瞬前とは、まったく世界が違っている。

——変化は、僕の内側で起こっている。

いつの間にか、知っているはずのないことを、知っている。

おそらくは今から四八時間後に春埼美空が知っていることを、考えていることを、彼女の感情を、浅井ケイは今、知っている。

　――だから、か。

　四八時間後の春埼美空。彼女の一部が、浅井ケイに溶け込んで。それだけで、今みている世界まで変貌する。夕陽の赤の感じ方が、影の黒の感じ方が、こんなにも違う。

　これはたしかに未来を知る能力だ。

　――でも、未来視なんて単純な言葉で表現できる能力じゃない。

　まったく異質だ。

「私の能力は、使用した相手の影響を受け過ぎる。たぶん私が生まれた直後、自分を自覚する前に手に入れた能力だからでしょうね。この能力は、自我を守ってはくれない」

　坂上と話していたはずの、相麻が言った。

「だから、ケイ。私は貴方《あなた》と出会った直後、貴方から逃れられなくなった。貴方を通してみた未来は、その世界は、他の誰のものよりも優しくて、悲しくて、綺麗《きれい》だった」

　ケイは首を振る。

　今だけは色々なことを考えている時間がない。感情や感傷まで含めてすべてを、もっとも効率的に処理する必要がある。

「続けよう。春埼」

「はい」

「さて、なにを話そうか」

「貴方が望むことを、なんでも」

まったく、なんて能力だ。

誰かと会話をしながら、その誰かの未来を自分に溶かしていく。誰よりも強固な記憶を持つケイでさえ、自分の存在があやふやになる。たしかにこの能力は、使用者の自我を守ってはくれない。

「なにか、くだらない話がいいな。なんの害もないような」

「たとえば？」

「たとえば、そうだね。どうして手を繋《つな》ぐと、お互いの手が温かくなるんだろう？」

「それは不思議なことですか？」

「手のひらだって、温度はそれぞれ違う。より温かい手の方は、自分よりは冷たい手に触れるんだから、冷たくなりそうなものじゃない？」

「冷たい手のひらもあります」

「そうだね。でもずっと握り合っていたなら、やがてふたりとも温かくなるよ」

「なるほど」

四八時間後の春埼の記憶は、ケイの意識と混じり合い、濁っている。

会話を続けながら、ケイは必要な情報を拾い上げていく。まるで古い記憶を苦労して思い出すように。

「いったい、なぜだろう？」

「貴方は物理的な回答を望んでいますか？」

「いや。僕は小さな頃にみた夢みたいな答えが好きだ」

「それでは、きっと――」

女の子にしては低い、少しだけ掠《かす》れている、春埼の声は心地がいい。

ケイは弱い力で瞼《まぶた》を下ろす。

「きっと、手のひらは温かなものなのです。絶対的な真理として、そう決まっているのです。温かなものに触れるのだから、温かく感じるのが自然です」

未来視能力で、まず調べることは決めていた。

相麻菫について。

二日後の春埼美空が知っているなにもかもを、浅井ケイは思い出す。

＊

明かりのない階段だった。

段差を踏み外さないかと心配になる。だが手すりは錆《さ》びついていて、触れる気にならない。相麻菫は一歩ずつ足元を確認しながら進む。

薄い鉄板製の階段は、無暗《むやみ》に足音を響かせた。相麻のものだけではない。おそらくはあと、ふたりぶん。ちょうど真下を誰かが歩いている。相麻を追いかけ、この階段を上ってくる。浦地正宗か。それとも別の管理局員か。

七階ぶんの階段を上る。その先、屋上へ向かう階段は鉄格子で閉じられていた。鉄格子には古風な南京錠がついている。

――ラストシーンにしては、いまいち美しくないわね。

だが仕方がない。見上げると、夜空に浮かぶ月だけはどうにか綺麗で、それで満足しておくことにする。

荒れた息を整えながら、振り返った。階下から足音が近づいてくる。

現れたのはふたりの管理局員だった。

浦地正宗と索引さん。浦地は微笑み、索引さんは無表情に近い。

悪くない展開だ。ふたりが追いかけてきたのは好都合だった。

――今、私が第一に考えるべきなのは、浦地正宗に捕まらないことだ。

浅井ケイに迷惑をかけないよう、浦地たちに捕らわれない。そのためなら方法を選ぶつもりはなかった。

ケイのためにできることは、すでに終わらせている。

――私はもう、なにを犠牲にしてもかまわない。

浦地から逃げ切る、もっとも効率的な方法には気づいていた。

――綺麗さっぱり、私が消えてなくなればいいのだ。

積極的に死ぬつもりはなかったが、他の方法も思いつかない。

二年前と同じように、死を決意することは、それほど困難ではなかった。おそらくは未来視なんて能力に馴染《なじ》んでしまったせいだろう。

生きたいというのは、言い換えれば未来を体験したいという願望だ。未来を現在に置き換え続けるのが、生命の能力だ。

でも相麻は、能力によって他の人よりもずっと早く、未来を知ることができた。十数年間で一生ぶんの未来を体験することができた。生き続けることにそれほどの価値はない。

問題は、相手が浦地正宗だということだ。

彼の能力は、特定の対象の時間を巻き戻す。相麻が手首を切ったところで、彼に能力を使われてしまえば、無傷の状態が再現される。彼の前では悠長に血が流れるのを待つ暇もない。

――でも、浦地正宗の能力にだって、制限がある。

彼は能力によって死者を生き返らせることだけができない。

二年前、浅井ケイが求めた死者を生き返らせる能力は、咲良田のどこにも存在しなかった。いくつもの能力を組み合わせる、反則のような方法でしか、相麻が再生することはなかった。

――やっぱり人間は普通、生き返ってはいけないのだろう。

人を生き返らせたいと、誰も望まなかったとは思えない。それでも能力が生まれなかったのなら、きっと神さまのような誰かが、人を生き返らせることだけは禁じたのだ。根拠もないが、そう思う。

――私の存在は能力にさえ否定されている。

これから、上手《うま》く死ななければならない。浦地正宗が能力を使うよりも先に、短い時間で、確実に。

七階ぶんの距離の落下。落ち方にもよるだろうが、おそらくは望む結果を得られるだろう。

――厄介なのは、階段の下にも誰かがいた場合だ。

なんらかの方法で、相麻が救われるのが、いちばん困る。

相麻菫はちらりと手すりの向こうを眺める。

今のところ、人影はみえない。非常階段は当然、建物内に通じているから、ビルの入り口にも人手を回さざるを得ない。アスファルトに突っ立って、ぼんやりとこちらを見上げている役割までは用意できなかったのだと信じる。

階段を踏みしめる音が聞こえて、相麻は正面に視線を戻した。

一歩、一歩。浦地がこちらに近づいてくる。

「こんばんは。君が、二代目の魔女だね？」

いまさら彼と話すことなどない。

相麻は手すりに手を掛ける。錆びて、ざらりとした感触。気持ちが悪い。

そのまま飛び越える。――直前。

聞こえるはずのない声が聞こえた。

＊

夕陽の赤は血を連想する。

テトラポットの上に立つ浅井ケイは、その未来を理解する。

ひとりの少女が、この世界から完全に消え去ってしまう未来を。絶対に避けなければならない未来が、このままでは訪れることを理解する。

「智樹」

思わず、声を張り上げる。

「能力を。対象は相麻菫。いますぐに」

「相麻？」

「早く」

次にケイは、すぐ隣の相麻菫を睨《にら》む。佐々野の能力によって再現された、たった一〇分間で消えてしまう少女を。

彼女に言いたいことは無数にあった。だが、そんな時間はない。必要なことだけを指示する。

「未来視を解除。すぐに再使用。二四時間後だ」

未来視能力だけが、未来を変えられる。

ケイは未来をみて、行動を変えた。これで未来が変わったはずだ。能力を使いなおせば、別の未来がみえる。

「なにがあったのですか？」

と春埼が言う。彼女と会話しなければ、未来はみえない。

「まったく、馬鹿げたことだよ。信じられない」

「貴方《あなた》が叫ぶ声を久しぶりに聞きました」

「僕も思わず叫んだのは久しぶりだ」

答えながら未来を眺める。必要な情報を拾い上げ、出来事の関係性を整理する。

「ケイ。準備できたぜ」

智樹の声が聞こえた。

相麻菫に語りかけるために、浅井ケイは軽く息を吸う。

＊

聞こえるはずのない声が聞こえた。

——待って、相麻。五分だけ、時間を稼げ。

それは浅井ケイの声だった。

彼の声が、相麻菫の頭の中で聞こえた。

――彼はいつ、中野智樹の能力が、私にも有効だと確信したのだろう？

最初に思い浮かんだ疑問は、そんなことだった。他のいかなる事情よりも、そんな、些細《ささい》なことが気になった。

だが彼の、次の言葉で、つまらない疑問はすぐに忘れる。

――僕はこの一〇分間の未来視を、君の未来を知るためだけに使う。浦地正宗にはなんの対処もしない。

なんてことを言い出すのだ。

それでは、相麻菫の行動すべてが無駄になる。浦地正宗の計画は成功する。未来視能力で対処しない限り、未来視によって知ったことは、間違いなく現実になる。

――僕が言っている意味がわかるね？　相麻。

冷え冷えとした声で、彼は告げる。

――君はもう一度、僕に会わなければならない。僕のために、能力を使わなければならない。そうしなければなにも解決しない。

なにを、勝手なことを。

相麻菫は唇を噛《か》み締める。――充分、私は頑張ったでしょう？　できるだけのことはしたでしょう？　これ以上、どうしろって言うのよ。

もう疲れた。本当に、疲れた。すべてを終わらせたい。相麻自身が設定した、ゴールは通過したのだ。終わりにしても良いはずだ。

――僕に悲しみだけを植えつけて、勝手にいなくなるんじゃない。そんなことは許さない。僕を救いたいのなら、とにかく五分、時間を稼げ。

身勝手な台詞《せりふ》だ。昔からそうだ。彼はなにかを決めると、とたんに我儘《わがまま》になる。

誰にも聞こえない声で、相麻は囁《ささや》く。

「たった五分間で、なにができるって言うのよ」

その声が、ケイに届いたはずがない。中野智樹の能力は一方通行だ。

でも彼はまるで相麻に答えるように告げる。

――五分で君が逃げるルートを用意する。また連絡する。

浅井ケイがやるというのなら、きっとそれはできるのだろう。

「なにか言ったかな？」

気がつけばすぐ目の前に、浦地正宗が立っている。

相麻は彼に視線を向けた。

「近づかないで、と言ったのよ」

「ひどいな。約束をすっぽかしたのはそちらだろう？」

「女の子にふられたら、素直に引き下がるものよ」

「どうかな。諦《あきら》めないことには価値がある。私は努力というものを信じているんだ」

そう言った浦地正宗の声は、なにも信じていないように、冷たく響いた。

相麻菫は彼に向かって微笑む。二代目の魔女のように。なにもかもすべてを見通しているように。

「喫茶店に行かなかったことは、謝るわ。約束は守られるべきだもの」

「今からでも遅くないさ。君は私に協力してくれる約束だった」

「そうね。だから、貴方が求めている情報をあげましょう」

「聞こう。楽しみだ」

浦地正宗は一度、後方に立つ索引さんに視線を向けた。嘘は無意味だという単純な警告だろう。索引さんの能力があれば、相手の嘘を見分けられる。

五分間。時間を稼ぐためだけに、相麻菫は語る。

「浅井ケイはリセットを使ったわ」

「それは知っている」

「ならどうして彼がリセットを使えたのか、リセットする前の貴方はなにを間違えたのか、貴方は知っているかしら？」

浦地はゆっくりと首を振った。

「気になっていたことだよ。どうやら私は、なにかを見落としているらしい」

「ええ。リセット前、貴方はひとつだけ間違えた」

「私はなにを間違えたんだろう？」

「疑うべきことを、疑えなかった。私に対して尋ねるべきことを尋ねられなかった」

「それは？」

「貴方はまず、君は誰だ、と質問するべきだった」

浦地は人差し指で、トン、トンとこめかみを叩《たた》く。

「君は、誰だ？」

微笑んで、答えた。

「相麻菫、ではないわ」

少なくとも二年前に死んだ彼女と同じ人間ではない。

「私だって、私が誰なのか知らない。私は名前のないシステム。相麻菫によって二年前から生まれることが規定されていた、ただのシステムよ」

二代目の魔女。二代目の、名前を持たないシステム。

――それが、私だ。

人間そっくりに作られた、だが人間ではない何者かだ。

綺麗《きれい》な月の下、薄汚れた非常階段で、浦地正宗はふいに声を上げて笑い出した。さも楽しそうに。身をよじり、口を歪《ゆが》めて笑う。

「驚いたよ。感銘さえ受けた。それはたしかに、予想していなかった。なるほど、なるほど。実に不愉快だ。なんて気持ちの悪いことを思いつくんだ」

浦地の声が、次第に大きくなる。

「まったく狂気じみている。人間はそこまで、自己を足蹴《あしげ》にできるものなのか」

彼は相変わらず笑っている。だが瞳《ひとみ》はこちらを睨《にら》みつけていた。

「君はアイデンティティを捨て去るためだけに一度死んで、蘇《よみがえ》ったんだね？　写真から生まれた複製の君は、自身を相麻菫だと思っていない。相麻菫がしたことを、自分自身がしたことだとは思っていない。なのに私は間違えた」

リセット前の世界で、浦地正宗は、ふたつの決定的な質問をした。ひとつ目は「私の計画は成功するのか？」。ふたつ目は「君は、私の計画を阻止するか？」。

ふたつ目が、間違いだ。

相麻菫は――名前を持たない二代目の魔女は笑っていた。

ほかにはどうしようもなかった。それ以外の表情を思いつかなかった。

「相麻菫について聞き出すとき、貴方は私に、『君は』と尋ねてはいけなかった。だって私は相麻菫ではないのだから。私はなにもしないけれど、相麻菫は貴方に逆らう」

浦地正宗も笑っていた。変わらず笑ったまま、こちらを睨んでいた。

「今こそ正しく、質問しよう。すべてを仕組んだのは、相麻菫だね？　二年前に死んでしまったひとりの少女が、なにもかも準備した」

もう嘘をつく必要はない。

「ええ、そうよ。私ではない、本物の相麻菫がすべてを計画した。私でさえ、彼女に操られる駒《こま》でしかない」

単純な発想だ。

浅井ケイに協力したい。

だが相麻菫は、浦地正宗から逃げ切ることができない。彼に捕まれば、索引さんの能力により嘘をつき通すことができない。

だからスケープゴートを用意した。

——それが、私だ。私を相麻菫だと思っている限り、彼らに真実を知ることはできなかった。

相麻菫とまったく同じで、だが相麻菫としてのアイデンティティだけを持たない。そんな人形を生み出すために、相麻菫は、二年前に死んだ。

浦地は囁く。

「まったく、驚愕《きょうがく》だ。そんな嘘、誰にも見抜けない」

相麻菫は首を振る。

「いいえ。ケイは気づいた」

ほんのわずかな手がかりを根拠に、その構造に思い至った。

どうしたところで、彼だけは正解に辿《たど》り着く。悩んで迷いながら、でも足を止めずに思考し続け、やがてゴールに立っている。

「なるほど。浅井ケイ。あの少年も、狂気的だ」

違う。

「彼はまともよ。彼だけがまともで、いつだって正しい」

浦地正宗は首を振る。

「いつだって正しい人間が、なにも間違えない人間が、まともなわけがないだろう？　仲の良い女の子が、アイデンティティを捨てるためだけに自殺した。そんな構造にさえ思い当たってしまう少年が、まともなわけがないだろう？」

「そうかもね」

どちらでもいい。浅井ケイがまともでも、狂気的でも。観測者によって認識が変わるだけだ。彼は誰よりもまともにも、誰よりも狂気的にもみえる。だが実体は同じものだ。優しく強い、ただの少年だ。

浦地正宗は視線をこちらに向けた。道端に転がる石ころを眺めるような目だった。

「君に尋ねなければならないことがある」

「私にわかるかしら？」

「リセットの前、能力がなくなった世界で、浅井ケイはなにをした？」

浦地には、決して知り得ない時間がある。

咲良田から能力に関する情報がすべて消え去ってから、浅井ケイがリセットを使うまでのおよそ二三時間。その間に起こったことを知る方法が、浦地にはない。彼の手帳にだって、なにも記述されていないはずだ。ケイ以外の誰もが能力のことを忘れていたのだから、新たに手帳にロックを掛けなおすこともできなかったはずだ。

「ケイがしたことは色々よ。高校生になった私に会ったり、故郷の街に戻ったり」

「そんなことはどうでもいい。浅井くんは――」

浦地は、懐から一冊の手帳を取り出す。

「浅井くんは、この手帳を読んだんじゃないのか？　能力に関する記憶をすべて忘れた私から強引にでもこの手帳を奪い取り、私の計画すべてを確認したのではないのか？」

たしかにそれが、最適なやり方に思える。

実際に咲良田から能力がなくなった直後、浅井ケイは浦地正宗を捜した。あの夜、唐突に降り出した雨の中を走り回り、靴をずぶ濡《ぬ》れにしながら浦地正宗をみつけ出した。

「ケイは」

相麻が口を開いた、その直後に。

頭の中に、再び声が聞こえた。

――五分だ。お疲れさま、相麻。

彼の、場違いに優しい声。

――もういい。そのまま、真後ろに落ちろ。

安らかな気持ちで、相麻菫は背中を手すりに預ける。

浦地正宗に向かって、告げた。

「あの夜ケイは、貴方《あなた》には思いつきもしないことをした」

身体の重心を後ろに移動させ、床を蹴《け》る。

索引さんが目を見開くのがみえた。浦地さえ笑みを消している。

——ああ、そうか。

相麻菫は思わず笑う。

ふたりの表情に、ではない。自身の鈍い思考に、笑う。

これはまともな行動じゃない。考えるまでもないことだが、彼らの表情をみるまで思い当たらなかった。

——こんなことにさえ怯《おび》えない人間は、人形のようなものよね。

欠片《かけら》の疑いもなく、後ろ向きに一〇メートルではきかない距離を落下できるのは、たぶん世界でふたりだけだ。

——春埼美空。それと、私。

自覚している。強すぎる信頼は、狂気のようなものだ。

視界がくるりと回転して、空がみえた。やはり綺麗な月夜だった。そのまま頭から真っ逆さまに、相麻菫は七階ぶんの距離を落下する。

周囲の景色が月に向かって飛んでいく。ビルの窓、コンクリートの壁、鉄製の非常階段。相麻菫の身体だけが、月から離れる方向へと進む。

このまま死んでも良いと思った。決して死なないことを、知ってもいた。

地面に向かってまっすぐに、落ちて、落ちて、落ちて——。最後までなんの衝撃を感じることもなく、相麻菫の身体は停止した。

月を遮って、不機嫌そうな顔がみえる。眼鏡をかけた女の子だった。

——なんだ。ケイじゃないのか。

まあ、当然だ。彼は今、写真の中にいるはずだから。

ほんの短い時間、目を閉じて。

相麻菫は村瀬陽香《むらせようか》の腕の中から、アスファルトに下り立った。

＊

村瀬陽香に頼るのが、最適だった。

彼女には元々、相麻菫の捜索を頼んでいた。リセットしたすぐ後、中野智樹と坂上央介を呼び出すのと同じタイミングで。

浅井ケイは考える。

——相麻菫は、効率的に行動し過ぎる。

判断が早い。見切りをつけるのも。役割を終えた相麻が、彼女自身に無頓着《むとんちゃく》になるのは予想できた。

二年前の彼女ですら、目的のために死ぬことができたのだ。写真の中から現れた、自分が人間なのかも信じられない彼女が、死を躊躇《ためら》うとは思えない。

——相麻の近くにいるのが、村瀬さんでよかった。

七階ぶんの距離を落下した少女の身体を受け止められる能力者は、そう多くはないだろう。「全身、衝撃」とコールするだけで、すべての衝撃を消し去ってしまえる村瀬陽香は適任だ。

血流のような赤い夕陽に照らされて、ケイは腕時計に視線を向ける。午後七時四五分一五秒。この、写真の中の世界にいられるのは、あと三分間といったところだ。

「相麻、未来視を再使用。目標は二四時間後」

写真の中の、あと三分で消えてしまう相麻菫は首を振る。

「ねぇ、ケイ。私のことを考えている場合では――」

その言葉を遮って、ケイは告げる。

「時間がない。早く」

悲しげな、よくみれば寂しげな表情で、彼女は頷《うなず》く。

春埼美空が言った。

「ケイの好きな色はなんですか？」

「青かな。深い、深い青。あるいは透明みたいな水色。どちらも同じくらい好きだよ」

会話を続けながら、未来の情報をすくい上げる。

最適な解答をみつけ出さなければならない。そのまま時間が流れれば、相麻は浦地に捕まってしまう。

――僕は、相麻菫に再会する必要がある。

相麻菫を、浦地正宗の手が届かない場所まで、送り届けるルートがいる。

――それをみつけ出さなければならないんだ。

未来視が使える、あとほんの三分足らずで、必ず発見しなければならない。

写真の中の、もうすぐ消えてしまう相麻に視線を向けて、また告げる。

「能力を再使用。目標は明日の正午」

未来を知って、ケイは行動を変える。同時に未来も変化する。

でも変化した未来をみるためには、もう一度能力を使いなおす必要があるようだ。リロードのようなものだ。能力を使いなおして、最新のデータに更新する。

「赤色は嫌いですか？」

「嫌いではないよ。でも、ちょっと目立ちすぎる。僕はもう少し、目立たない色の方が好きだ」

「では、木の葉のような緑は？」

「とても良いね。大好きだ」

――よし。これだ。

相麻菫を浦地から逃がすためのルートをみつける。

「智樹、メッセージを。目標は相麻」

「おう。いつでもいける」

軽く息を吸って、ケイは告げる。

「相麻、お疲れさま。そのまま通りを北へ進んで、三つ目の交差点を東へ。すぐ正面に信号待ちをしているタクシーがいるはずだ。村瀬さんと一緒にそれに乗って、まずは七坂中学校へ行くように指示を」

だがそれだけではいけない。

咲良田中のどこに逃げたとしても、浦地正宗にみつけ出せない場所はないだろう。なら、相麻が向かう先は決まっている。

「タクシーに乗り込んだらすぐ、村瀬さんに時間を確認してもらって。きっかり四分三〇秒後に、タクシーを下車。目の前にある停留所からバスに乗って駅へ。到着後、次にくる電車に君ひとりで乗れば完了だ」

このルートなら、相麻は浦地に捕まらない。咲良田を抜け出すことができる。

――咲良田のどこにいるよりも、外に出てしまった方が安全だ。

そこは誰もが能力を忘れてしまう世界なのだから、管理局の力だってずっと弱まるはずだ。咲良田の外に出てしまえば、浦地の脅威は劇的に軽減される。

「僕のことは気にせず、未来視を使え。君は咲良田の外に出ると能力のことを忘れてしまう。それでも明日の正午までは咲良田に戻ってこないよう、自分の未来を操作しておくんだ。じゃあね、また会おう」

腕時計に視線を向けた。残り時間はもう二分もない。

ケイはすぐ隣にいる、写真の中の相麻菫に視線を向ける。

「能力を再使用。目標は同じく明日の正午。これから僕が人差し指を立てるたびに、同じように能力を使いなおして」

——僕はこの一〇分間の未来視を、君の未来を知るためだけに使う。浦地正宗にはなんの対処もしない。

と、ケイは相麻に告げた。

それは嘘だ。

相麻は自身の役割が終わったから死ぬつもりだった。なら彼女の役割を、さらに継続させればいい。ただの時間稼ぎでしかないけれど、その間に次の手を打てる。それだけの理由でついた嘘だ。

あと二分に足りない時間。浦地正宗に関する情報の収集に集中しようと思う。

「春埼。君の好きな色は?」

「私は、深い赤が好きです」

「へえ。少し意外だね」

「そうですか?」

「うん。特にありません、と答えると思ってたよ」

「私はこの二年間で、色々なものを好きになったのです。猫とシュークリームも、どちらかといえば好きです」

「それはよかった。好きなものが増えるのは、幸せなことだと思う」

「私もそう思います」

ゆったりとした口調で会話しながら、急速に流れ込む情報を処理する。

ケイは小まめに人差し指を立てた。その度にみえる未来が変わる。あるときは劇的に、あるときはほんの僅《わず》かに。誰かに会う順番を少し入れ替えるだけで、未来はまったくの別物になる。思い切った行動の結果、同じような未来に辿《たど》り着くこともある。

未来視能力者の視点。そこでは時間が圧縮される。手のひらに載るほどのサイズにまで圧縮した時間に現実味はない。すべてが作り物めいてみえる。

それを眺めることに、予想したほどの全能感はなかった。むしろ無力だとさえ思った。未来はこんなにも、思い通りにならない。

――でも、僕はなにかをみつけなければならない。

より理想に近い未来を手に入れるための、なにかを。

それを必死に探し続けた。

最後の一〇秒間で、ケイは相麻菫をみつめる。

写真の中の相麻菫。能力のためだけに、勝手に生み出されて、たった一〇分間で消えてしまう、なんの救いもないような少女。

彼女に向かって、ケイは言った。

「ありがとう、相麻。僕は君のことを、絶対に忘れない」

写真の中の相麻菫は、なんだか困った風な、子供じみた顔で微笑んで、

「いいのよ。一〇分間なんて、悲しむ暇もないもの」

軽やかにそう告げた。

直後、目の前に光が溢《あふ》れる。まっ白な光。眩《まぶ》しくて目を開けていられない。

一〇分が経過した。断片的な過去の世界が崩壊する。一緒に、写真の中の相麻菫も消えてしまう。

「さようなら、ケイ」

と、声が聞こえた気がした。


目を開いたとき、浅井ケイはテトラポットの上に立っていた。

深い夜空。夕焼けの残滓《ざんし》はもう、記憶の中にしか残っていない。足元に落ちていた、破れた写真が、風に舞って飛んだ。

中野智樹と坂上央介が、なにかを言いたそうにこちらをみている。彼らにしてみればケイがなにをしていたのか、まったく訳がわからなかっただろう。

だが最初に口を開いたのは、春埼美空だった。

「相麻菫は救われますか？」

彼女の言葉に、ケイは答える。

「もちろんだよ」

本当はわからなかった。ひとりの人間を救うということが。

しかも相手は相麻菫だ。

まるで完璧《かんぺき》で、きっと絶対的で、時に全能にさえみえた少女だ。好きだと告げられ、でも君よりも好きな子がいると答えざるを得なかった女の子だ。

浅井ケイのために、死んでしまった女の子だ。

――僕がもっとも、彼女を救う権利を持たない。

そもそも救うってなんだよ。気持ち悪いんだよ。ただの高校生に誰を救えるっていうんだ。調子に乗るんじゃない。神さまにでもなったつもりなのか。

――ああ、これが僕だ。

本当は弱くて、ネガティブで、色々な面倒事から逃げ回りたいんだ。

でも。

――でも僕は、たったひとつだけ、強さを持っている。

二年前、純粋な善の象徴みたいな少女に、憧《あこが》れることができた。正しいものを正しい形のまま受け入れる彼女を、美しいと思うことができた。彼女に好かれたいと望めた。純粋な善の価値を根拠もなく信じられた。

だから浅井ケイは嘘をつく。背伸びをして、強がることを決める。

「相麻は幸せになる。朝を迎える度に気持ちよく目を覚まして、眠りにつくときには満ち足りている。そして毎日を笑って過ごす。彼女がそんな日常を送れるように、必ず僕がしてみせる」

救われないより、救われた方が良い。

不幸より、幸福の方が良い。

涙は消し去るべきものだ。自然に生まれる笑顔が、なによりも価値を持つ。

――僕は純粋に、それを信じられるんだ。

なら、そこを目指すために、臆病《おくびょう》で怠惰な本心を隠し通せる。なにも諦《あきら》めずに進み、いつかすべてを手に入れるのだと、強い嘘をつき続けることさえできる。

あとはその嘘が、本心よりもずっと、自身の本質に近いことを祈るだけだ。

2　一〇月二三日（月曜日）／午前九時

一〇月二三日、月曜日。

午前九時に、岡絵里は普段曲がらない角を曲がった。

眠い。目を細める。空の爽《さわ》やかな青に苛立《いらだ》つ。ミュージックプレイヤーの音量を上げて、歩調を速める。

耳元で流れているのは、古典的なロックンロールのスタンダード・ナンバーらしい。ロックのことはよく知らない。まだクラシックの方がわかる。もうすっかり止めてしまったけれど、それなりに長い期間、ピアノを習っていたのだ。

今聴いている曲は、ロックなのにタイトルにベートーヴェンと入っていたのが面白くて購入した。音楽配信サイトにずらりと並ぶ、小銭で買える古い楽曲のひとつだ。

著名なミュージシャンの代表曲が、五〇〇ミリリットルのコーラと同じ値段で売られていることには違和感がある。だがそれはつまり、額面の方に大した意味がないということだろう。有名なクラシックの多くは著作権切れのおかげで、無料で音源をダウンロードできるけれど、だからといってそれらの曲の価値がゼロになるはずがない。ものの価値と値段がしばしば釣り合わないことの証明だ。

耳元で流れるロックンロールのスタンダード・ナンバーは、なんだか古臭くて、英語の歌詞の意味なんかちっともわからなかった。でも愉快で、気持ちの良い音だ。つい歩調を合わせたくなるメロディだ。ようやく気分が良くなりかけたタイミングで、赤信号に足を止められ、岡絵里はまた顔をしかめた。

目の前を数台の自動車が続けて通り過ぎる。やがて信号が、青に変わる。横断歩道を渡ろうとして、岡絵里はその先にひとりの青年が立っているのをみつける。

反射的に、踵《きびす》を返そうかと思った。一八〇度向きを変えて歩き出したかった。だがそれも恰好《かっこう》が悪いから、仕方なくまっすぐ進む。

浅井ケイ。彼は横断歩道の向こうで、仄《ほの》かに微笑んでいる。ふたりの距離が充分に縮まってから、彼は軽く手を上げた。

「おはよう、岡絵里。気持ちの良い朝だね」

「やっほう、先輩。気分の悪い朝だよ」

「こんなにもよく晴れているのに」

「私は大雨が好きなんだ」

「それは残念だね。ところでなにを聴いているの？」

「土砂降りの雨音だよ」

岡絵里はミュージックプレイヤーを停止させ、両耳からイヤホンを外した。適当にコードを丸めてポケットに突っ込む。

「そんなことをしたら絡まるよ」

彼の言葉に、岡絵里は肩をすくめた。

「仕方ないね。コードは絡まるし、靴紐《くつひも》は解《ほど》ける」

「なるほど。真理だ」

深々と頷《うなず》く浅井ケイを一瞥《いちべつ》して、尋ねた。

「で、なにか用かな？　先輩」

「うん。中学校は反対だよ。君は今、どこに向かっているんだろう？」

「どこでもないさ。ぶらぶらと遊び歩くだけだよ。悪者は授業になんかでない」

「どうかな。悪者は、公務員の手伝いもしないと思うけれど」

一瞬、息が詰まった。

なるほど、彼はある程度、こちらの状況を知っている様子だ。

心を落ち着けて。けけけ、と作り物の笑い声を上げる。

「答えを知っている質問をするのは、性格が悪いよ」

「自信がなかったんだ。やっぱり、浦地さんを手伝いに行くんだね？」

「さぁね。私は今日一日、遊び歩くだけだ。その間に誰に会おうが、あんたには関係のないことでしょ」

浅井ケイは首を振った。

それから不意に笑みを消して、冷水みたいに真剣な瞳《ひとみ》でこちらを覗《のぞ》き込む。

「今、僕と浦地さんは対立している。まったく正反対の未来を目指している。岡絵里。君には僕の方について欲しい」

はっ、と岡絵里は笑う。胸を反らして、見下すように彼を眺める。

「なんにもわかってないね。先輩と浦地さんが敵対することなんて知ってるさ。だからだよ。だから私は、浦地さんの方につくんだ。私の敵はいつだってあんたで、私がみたいのはあんたが負けるところなんだよ」

ケイの瞳は、相変わらず冷ややかだ。

「君は浦地さんの目的を知っているか？」

首を振る。

「そんなのは、どうでもいいことなんだよ。管理局員の目的がなんであれ、私には関係ない」

　強い口調で、浅井ケイは言った。

「浦地さんは咲良田から能力を無くそうとしている」

　彼は口早に続ける。

「みんなが能力の存在を忘れた、平凡なただの街に咲良田を修正してしまうのが、浦地正宗の目的だ。僕はそれを阻止したい。咲良田の能力を護《まも》りたい」

　混乱する。能力を、忘れる？　よく意味がわからない。

　ふいに、ケイは頭を下げた。深々と、綺麗《きれい》に腰を折り曲げて、言った。

「だから、お願いします、岡絵里。僕を助けてください」

　彼の後頭部を、岡絵里は眺める。なんだよ、それは、いったい。

「頭を下げれば、私が手を貸すと思ってるの？」

　苛立つ。

　――そんなことで、私の心が動くわけがないだろう？

　無意味だってことくらい、先輩なら、わかるだろう？

「もちろん」

　浅井ケイは顔を上げる。

　そして微笑む。

　口元だけを歪《ゆが》めた笑みだ。決して優しげではない、尖《とが》った微笑みだった。

「君は僕を助けてくれるよ」

「どうして？」

「決まっている。それが君の目的だからだ」

彼の表情は初めて出会ったころの浅井ケイに似ていた。

口元だけは悠然と笑っていて、視線はなにもかもを見下すようだ。根拠なんて必要としないくらい、自分は強くて、なんだってできるのだと信じ切っているようだ。

平気で世界中のなにもかもと敵対できる、悪くて強い、浅井ケイに似ていた。

「岡絵里。八月に君は、僕に勝ちたいと言ったね？　僕の弱さを証明したいと言った。今だってそうだろう？」

「もちろんだよ、先輩。だから――」

私が先輩に手を貸すことなんてあり得ない、と告げるつもりだった。

だが浅井ケイはこちらの言葉を遮る。

首を振って、言った。

「だから、君は僕を助けてくれるんだ。いいかい、岡絵里。僕はリセットを使った」

「それが？」

「僕は君と浦地さんに、さんざん追いつめられたんだよ。一度、はっきりと敗北して、だからリセットで逃げ出したんだ。そして今、君に会いに来た」

彼は笑みを大きくする。

唇の両端を持ち上げて、さも楽しそうに笑う。

「君はもう、僕に勝ったようなものだ。あとは今、このタイミングで、君が戦いを終わらせるだけだ。どうすればいいかわかるね？　岡絵里。僕はこういっているんだ。ギブアップするから助けてください、と」

思わず、岡絵里も笑う。

――なんて高圧的なギブアップだ。

浅井ケイはちっとも敗者にみえない。

「さぁ、岡絵里。僕を助けろ。それで、君の完勝だ」

岡絵里はもう一度、けけけ、と下品に笑った。

「先輩。今の先輩はまるで、二年前のあんたみたいだ」

初めて彼に出会ったころの、誰よりも強くみえた、浅井ケイみたいだ。

彼はつまらなそうに首を傾げる。

「そうかな。僕にはよくわからないけれど」

わからない、訳がない。

「全部、狙ってやっているんだろう？　あんたが二年前の先輩を演じれば、私は先輩に協力する。そう思ったんだろう？」

「まったく見当外れだ」

彼は、鋭利な視線でこちらを眺める。

「これが、僕の心からのギブアップなんだよ。いちばん純粋な敗北宣言だ。岡絵里。僕は今でも二年前の僕は間違えたのだと思っている。あのときの僕が君にしたことは間違いだったと思っている」

二年前。浅井ケイは、まだ藤川《ふじかわ》絵里という名前だった、岡絵里を救った。

藤川絵里と彼女の母にとって最大の敵だった、父を倒す武器をくれた。

その武器を使って、両親は離婚して、藤川絵里は岡絵里になった。

「私は――」

あれが、正しかったのだと思っている。

あの強さを、ずっと求めている。

浅井ケイはまた岡絵里の言葉を遮る。

「でも、今だけは負けを受け入れよう。君が主張する通り、二年前の僕は強かったのだと認めよう。だから僕は、まるで二年前の僕のように振る舞うんだ」

彼の口調は理性的で、反面暴力的だった。彼の口元に浮かぶ笑みは混沌《こんとん》として複雑で、だが瞳は純粋だった。

今の浅井ケイは、確かに二年前の彼にみえる。

紛《まが》い物ではない、生温くない、岡絵里が信じた強さを持つ彼にみえる。

口の中に溜《た》まっていた唾液《だえき》を飲み込み、岡絵里は彼を睨《にら》む。

まぁ、いい。

「で？」

　気に入らなければ、裏切ればいいだけだ。

「先輩は、私に何をさせたいの？」

　岡絵里はもうしばらく、彼を観察することに決めた。

＊

　岡絵里が、最後のひとりだった。

　ケイは彼女と共にバスに乗り、商店街の近くにある停留所まで移動した。

「どこに行くのさ？」

　岡絵里に尋ねられ、ケイは道路の向かいを指した。

「そこだよ」

「カラオケボックス？」

「うん。どこでもよかったんだけどね」

　大勢の学生が堂々と入れて、打ち合わせをしやすい個室を借りられる店というのは、他にちょっと思いつかない。

「平日の朝から、学生がこんなところにいていいの？」

「芦原橋高校は昨日、学園祭だったからね。今日は振替休日ということにしている」

本当は、休日は明日だ。今日は学園祭の片づけだけど、カラオケボックスの店員はそんなこと気にしないだろう。

「私は普通に学校があるけどね」

「黙っていれば、高校一年生と中学三年生の見分けなんてつかないよ」

ケイは道路を渡り、カラオケボックスのドアをくぐる。そのまま、ロビーの正面にあるエレベーターに乗った。

「受付は？」

「先に済ませてもらっているよ」

「他に誰かいるの？」

「いる。今回はなりふり構わず、できることはすべてすることに決めた」

エレベーターが三階で止まる。さすがに午前九時からカラオケボックスを利用する客は珍しいようだ。歌声は廊下の先の一室からしか聞こえてこなかった。アップテンポの、明るいリズム。ケイの知らない曲だ。そちらに向かって歩く。

「なんだか、聞いたことがある声だね」

「数少ない僕の友達だよ」

薄いグレーのドアに、金色の文字で『305』と書かれた部屋に入る。

部屋の壁に沿うように、コの字形にソファーが並んでいる。ケイはそこに座る面々をぐるりと見渡す。

手前に、坂上央介。彼は困った風に微笑み、部屋の前方にある、歌詞が表示されるモニターを眺めている。

その隣に、宇川沙々音《うかわささね》。彼女はグラスにささったポッキーの束を正面に置き、そのうちの一本をくわえている。

ややスペースを置いて、村瀬陽香。彼女は足を組み、膝《ひざ》の上で文庫本を広げている。暇そうだ。

彼女の横には、春埼美空。春埼は両手でグラスを持ち、ストローを口に含んでいる。氷の入った、琥珀色《こはくいろ》の飲み物——たぶんストレートのアイスティーを吸い上げる。

そして最後に、中野智樹。彼はマイクを握り、立ち上がってバイリンガルな歌詞を熱唱していた。智樹だけがカラオケを満喫している。今この部屋にいるメンバーの中で、人前で歌いたがるのは彼くらいだろう。

以上五人に、加えてケイと岡絵里。かなりの大人数だ。

入室したケイに視線が集まったので、「お待たせしました」と声をかける。春埼が座っている位置を変え、ソファーにスペースを空けてくれたので、そこに腰を下ろす。岡絵里は坂上と宇川の間に座る。

歌詞の切れ目で、智樹がリモコンを操作し、演奏中の曲を中止した。

「では、始めましょう」

と、ケイは告げる。

宇川沙々音が首を傾げた。

「いったいなにを？」

にっこり笑って、ケイは答える。

「咲良田の未来を決める会議を」

というのは、嘘だ。

これから始まるのは、咲良田の未来を、ケイが望む方向へと誘導するための会議だ。

＊

午前九時三〇分を回った。

浦地正宗は窓から車外を眺めていた。

「うん。やはり、違っている」

予定と違う。

手帳によれば、今日——一〇月二三日の午前九時三〇分に、最初の能力暴発事件が起こるはずだった。ある少女が自身の能力を暴発させ、周囲の人々の視線を操り、結果交通事故が起こる。そのはずだった。

だが交差点を見渡しても、事故なんて起こっていない。意図せず少女が能力を使うこともない。窓の向こうにあるのは、ごくありきたりな、平日の午前九時三〇分だ。

「失敗ですか？」

と、運転席の索引さんが言った。

浦地正宗は頷《うなず》く。

「ああ、失敗だ。あの少年がなにかしたんだろう」

加賀谷からは、待ち合わせの場所に岡絵里が現れなかったと連絡が入った。これも、手帳によれば、リセット前には起こらなかったことだ。

浦地は人差し指で、トン、トンとこめかみを叩《たた》く。それから座席の背もたれに体重を預けた。

「なにがしたいんだろうね。浅井くんは」

ルームミラー越しに、索引さんがこちらをみるのがわかる。

「咲良田の能力を護《まも》りたいのではないんですか？」

「もちろんそうだろう。けれどね」

浦地正宗は目を閉じる。思考に集中するために。寝言のような、ぼんやりとした口調で続けた。

「いったい、どうやって？浅井くんは高校生で、私は管理局対策室室長だよ。それは知恵や努力で埋められる差ではない」

時間を掛けることさえ躊躇《ためら》わなければ、浅井ケイなんて障害は、簡単に取り除くことができる。彼に協力する能力者をすべて咲良田から追い出すことだって難しくない。対策室とはそんな部署だ。あらゆる能力に対策する権限が与えられた部署だ。

「よほど愚かでなければ、私の邪魔をし続けることなど不可能だと理解しているはずだ」

「彼が愚かだとは思えません」

「なら、可能性はひとつだ」

目を閉じたまま、浦地は口元で微笑む。

「愚かでないなら、優秀なのだろうね。私よりも優秀で、私に勝つ方法をみつけているのだろう」

だから浦地正宗は思考する。

――彼はいったい、どうすれば私に勝てる？

単純に考えれば不可能だ。彼には勝利条件がない。

――たとえば彼は今、私の計画を阻止してみせた。

起こるはずだった能力の暴発が、起こらなかった。

――それがどうしたというんだ？

なにも変わらない。浦地正宗は次の計画を立案し、実行するだけだ。

浅井ケイは守備側ばかりを担当する野球の試合をやっているようなものだ。彼がどれだけ優秀でも、スコアはゼロ対ゼロから動かない。決して彼が勝利することはなく、一度でも間違えれば、それで敗北が確定する。

守備側ばかりの試合に、どうすれば勝利できる？

索引さんが言った。

「浅井ケイは、勝つ必要がないのではないですか？」

「どういうことかな？」

「私たちの目的は咲良田から能力を消し去ることで、彼の目的は能力を護ることです。護るだけなら、勝つ必要はないように思います」

確かに、間違っていない。

理論上、浅井ケイは勝たなくていい。引き分け続ければいい。現状を維持するだけで、彼の目的は達成できる。

だが、浦地は首を振る。

「それは現実的な考え方ではないよ。タイムアウトがない試合に引き分けるなんてこと、まず不可能だ」

彼が引き分けるためには、これから先、何年も何十年も、現状を維持し続けなければならない。ただの一度も失敗は許されない。継続する、というのはそれだけで難易度が上がる。続ければ続けるほど跳ね上がっていく。

「彼が理性的なら、そんな方法は選ばない。勝ち方をみつけたはずだ。なにか――」

守備側ばかりの試合に勝利する方法。

とりあえず思いつくのは、ふたつだ。

ひとつは相手のチームがルールに違反し、反則で負ける場合。今回の場合、ルールとは管理局だろう。たしかに管理局が浦地の敵に回れば、まったく状況は変わる。

だが、それもあり得ることだとは思えなかった。浦地正宗の計画で「ルール違反」に当たるのは、能力の連続暴発事件を意図的に起こそうとしている点だけだ。そして管理局内で、その問題を担当するのは対策室だ。浦地正宗の問題について、浦地自身がもっとも権限を持つ。

もちろん、警戒すべき点はある。対策室を抑制する権限を持った部署もある。だがその辺りのルールに関する知識で、浦地正宗が浅井ケイに劣るとは思えない。さらにつけ加えるなら、浦地は今回の計画のため、長い時間をかけて管理局のルールの一部を改変した。大きな問題は起こらないはずだ。

では、ふたつ目。

――あらゆる戦いで、確実に勝利と呼べる条件がある。

それは相手のギブアップだ。どんな手段でもいい。相手を説得し、負けを認めさせてしまえばいい。

――とはいえ私を説得するなんてことが、可能だとも思えないな。

なら浅井ケイの目的は、別にあるのだろうか？　それとも、およそ不可能だとしか思えないことを、目標として設定したのだろうか？

まぁいい。

「試してみよう」

浦地正宗は瞼《まぶた》を持ち上げる。

「なにを試すんですか？」

「浅井くんのやり方だよ。君、彼の電話番号を知っているかな？」

もしも浅井ケイが、浦地正宗を説得するつもりなら、対話の機会を無視することはできないだろう。

どれだけ危険だとわかっていても、彼はきっと、丁寧に相手をしてくれる。

＊

カラオケボックスの浅井ケイは、長い説明を終えて息を吐き出した。

途中、ドリンクの注文を取るために店員が入って来たときの他は、二〇分ほどずっとしゃべり続けていたのだ。喉《のど》が渇いて、テーブルの上のウーロン茶に口をつける。

リセット前に起こったことと、これからケイがしようとしていることを、基本的には隠さず話した。相麻菫の再生と、彼女の能力まで話した。

全員の顔を見渡して、

「なにか質問はありますか？」

と、ケイは尋ねた。

他の六人の様子は、大別すると三通りにみえた。

春埼美空と中野智樹、そして坂上央介には、昨夜のうちに事情を話していた。だからもう驚くこともなく、ケイの話を聞いていただけだ。

村瀬陽香と岡絵里は、真剣な表情で、注意深く辺りの様子を観察している。自身の反応を決めかねて、判断の材料を探しているようだ。

不満げなのは最後のひとり――宇川沙々音だった。

彼女は睨《にら》むような目つきでこちらをみている。だが、口を開くことはない。

ケイは彼女に向き直る。

「宇川さん。なにかありますか？」

彼女は目を逸《そ》らさない。

「あるよ。無数に。なにも話す気になれないくらいに」

「でも、話してもらえないとわかりません」

「キミは約束を覚えているね？」

まっすぐに宇川を見返して、ケイは頷く。

「もちろんです。僕がなにかを忘れることはありません」

宇川沙々音との約束。

二年前に交わした、相麻菫の再生に関する約束だ。

――その女の子を、勝手に生き返らせないこと。すべてを私の、目が届くところで行うこと。

あの約束を受け入れることで、ケイは宇川の協力を取りつけた。そして約束を破って勝手に相麻菫を写真の中から連れ出した。

彼女は胸の前で、腕を組む。

「言い訳を聞こうか」

「ええ。話しましょう」

ケイはテーブルに両肘《りょうひじ》をつき、手を組み合わせる。

「僕は初めから、貴女《あなた》との約束を守るつもりがありませんでした。正直でいるよりも優先すべきことがあるのだと、僕は考えています」

二年前、宇川沙々音は言ったのだ。

――死んでしまった人を生き返らせるのが、正しいことだと思う？

宇川は相麻菫を生き返らせることの善悪を判断しようとしていた。だからすべてを彼女の目の届くところで行うことを、協力の条件にした。

あのとき、ケイは尋ねた。もしも、相麻菫を生き返らせることが、宇川沙々音にとって間違いだったなら。相麻菫を生き返らせてからそれに気づいたなら、どうするのか？

彼女は答えた。

――もしそんなことになったら、責任を取るしかない。私がその子を殺すか、それとも私が死んでしまうか。たぶんそのどちらかだよ。

どちらも、正しいはずがない。

「貴女が相麻菫を殺すことも、貴女自身を殺すことも、正しいはずがない。そんなことが起こる可能性がわずかでもあるなら、どんな方法を使ってでも、それを回避するべきだと僕は考えます」

そのためなら嘘をつくことだって、約束を破ることだって、躊躇《ためら》わない。

宇川沙々音は口を開かない。彼女はあらゆる判断を、自身の心に委《ゆだ》ねる。きっと今も自分の心を、詳細に観察しているのだろう。

ケイは単語のひとつひとつを、丁寧に並べるように告げる。

「約束よりも、人の命の方が、重い。当然です」

ふたりはそのまま、しばらく視線を外さなかった。

まっすぐに、互いが互いの目をみつめていた。

――わかっている。僕はとても、身勝手な話をしているんだ。

彼女を一度、裏切って。謝りもせず、開き直って、また手を貸せと言っている。普通なら受け入れられることではない。

――でも彼女は、宇川沙々音だ。

とても純粋な正義の味方だ。

だからこんなやり方が、きっと最適だ。

「僕は浦地さんと話をしたいだけなんです。本心で語り合いたいだけなんです。できるなら最後は、握手で別れられるように。だから僕が求めているのは戦いじゃない。ただの議論で、意見交換です。僕は貴女に、その話し合いの場を護《まも》って欲しい」

正義の味方はきっと、対立しているふたりが手を取り合おうとしていることを、否定なんてできない。

「僕は貴女が、冷徹なくらいにフェアな正義の味方だと知っています。そうあって欲しいと思っています。だからすべてを知った貴女が、浦地さんの方につくというのなら仕方がない。僕を信じられなくても、僕の考えを間違いだと判断しても、仕方がない」

これも、言ってみれば嘘のような言葉だ。

彼女がなにを選ぶのか、ケイはもう知っている。

「でも貴女がこの出来事の、部外者になるとは思えません。どんな形でも、当事者でいるはずです」

二年前、相麻菫を再生させる計画にさえ参加したように。

彼女は目の前の問題を無視できない。

「だから宇川さん。貴女は僕を観察してください。僕は貴女にとっての正義でいられる自信がある。その自信が正しいのか、間違っているのか。貴女は近くで、観察してください」

口ではそう告げながら、内心でため息をつく。

――僕はまったく、正義じゃない。

きっと正義の味方でさえない。でも、そんなことに拘《こだわ》っている場合でもない。

正義なんて言葉は重くて、窮屈で、気恥ずかしくて、なにも良いところがないけれど。

でもそれを掲げるくらいの責任が必要なのだと思う。

最後まで、宇川沙々音はなにも答えなかった。ただ胸の前で組んでいた腕を解き、ソファーの背もたれに身体を預けただけだ。

今は、このくらいが精一杯だろう。

正直なところ、彼女には少しくらい疑われている方が、気分がいい。

――僕だって、完全には僕を信じられない。

理想や、目標や、正しさを、自分自身が裏切ることだってあるだろう。

それがなによりも怖い。口には出せないけれど、でも。決して忘れてはいけない恐怖なのだと思う。

ケイはもう一度、室内にいる全員を見渡す。

「他に質問は――」

ありませんか、と尋ねようとしたとき。

携帯電話のコールが響いた。冷たい指先で心臓をつかまれるような、嫌な音だ。

――きた、か。

ケイはポケットから携帯電話を取り出す。

見覚えのないナンバーがモニターに表示されている。通話ボタンを押してから耳に当てた。

「やあ」

声が聞こえる。聞き覚えのある、男性の声だ。

「お久しぶりです、浦地さん」

「久しぶり？　そうなのかな？　私たちは、昨日か一昨日《おととい》にも会っているんじゃないかな？」

浦地正宗の声は楽しげだ。意味もなく笑うようだ。

ケイは抑えた口調で答える。

「でもそれからリセットを使いました。だから傍《はた》からみると、僕たちが最後に会ったのは先月のことです」

先月、夢の中で会ったのが最後だ。

「どうして君は、リセットを使ったのだろう？」

「決まっています。気に入らないことが起こったからですよ」

「へぇ。どんな？」

「リセット前には交通事故が起こったし、咲良田からは能力が無くなりました」

携帯の向こうで、小さな笑い声が聞こえた。

「だから君はリセットを使って、交通事故を未然に防いだわけだ」

「はい」

「いったい、どうやって？」

簡単なことだ。

「交通事故の原因は、ひとりの女の子がうっかり能力を使ってしまったことです。浦地さん、女の子がどんな能力を使ってしまったのか、知っていますか？」

「いや、わからないな」

「手帳には書いているでしょう？」

音で、浦地が息を吐き出すのがわかる。呆《あき》れた風に。

「浅井くん。私は今、片手で電話を持っているんだよ。もう片方の手で手帳を開いてしまったら、いったいどうやってページをめくれというんだ？」

そんなもの、どうにでもなりそうだけど。

ケイは説明を続ける。

「女の子が使ったのは、誰ひとりとして彼女の方を向いていられなくなる能力です。能力によって、周囲の人々は彼女から目を逸《そ》らしました。その結果、前方がみえなくなった運転手が事故を起こしました」

へぇ、と呑気《のんき》に、浦地は答える。

「ずいぶん恥ずかしがり屋な能力だ」

まったくだ。

「本当に、彼女は恥ずかしかったんだと思います。能力を使う直前に、その女の子は転んでしまったんです。歩道のタイルが割れていて、そこに足を取られて。人前で転んだことが恥ずかしくって、きっと彼女は能力を使ったんです」

「なるほど」

浦地の声は、楽しげでさえあった。

「その少女が転ばなければ、事故は起こらないわけだ」

「はい」

具体的には、こうだ。

歩道の脇にはいくつも、花を植えたプランターが並んでいた。ケイは今朝のうちに、そのプランターのうちのひとつを動かしておいた。歩道の、割れたタイルの上へ。割れたタイルの上にプランターがあれば、少女はそこを避けて進むだろう。それだけで彼女が転ぶことがなくなる。思わず能力を使ってしまうことがなくなる。交通事故の発生を、防ぐことができる。

「浅井くん。君がしたことの意味が、わかっているのかな？」

「不幸な事故を一件、防ぎました」

「それは良いことだ。素晴らしいことだ。片手で電話を持っていなければ、手のひらが痛くなるまで拍手を続けていたところだよ。でも、君は大切なことを忘れている」

浦地正宗の口調はまるで演劇のようだ。決まりきったシナリオを、大仰に演じているようだ。

「たとえ微塵《みじん》の悪意さえなくても。すべてが純粋で正しい心から生まれた行為だったとしても。リセット前、咲良田から能力すべてを消し去るような問題が起こったなら、それを管理局に伝えなければならなかった。君は——」

浦地は一度、言葉を止める。

それから威圧するように、低い声で、彼は言った。

「君は管理局の決定に逆らった。管理局の決定を、リセットで消し去った。それはルール違反だよ。言い逃れできない罪だ」

ケイは足を組む。軽く息を吸い込んで答える。

「それはこちらの台詞《せりふ》ですよ、浦地さん。貴方《あなた》は作為的に問題を起こし、管理局が誤った判断をするように仕向けた。ルール違反で、言い逃れできない罪です」

「すべて君の憶測だ。そんな事実はないよ」

「もし、客観的な根拠があるなら？」

「聞きたいものだね。その根拠というのを」

そんなものありはしない。ここまで、どこにも、彼は証拠を残していない。

——でも、ないなら作ればいいだけだ。

「相麻菫という少女がいます。二年前に死んだけれど、この夏、再生しました」

「それが？」

「彼女は未来視能力者です」

電波障害のような、一瞬の静寂。直後に電話の向こうから、笑い声が聞こえた。

「なるほど。君は意地が悪い」

魔女の未来視は咲良田でもっとも優れた能力だとされていた。

ある少女がそれと同等の能力を、管理局に知られないまま所有しているなんて情報、本来なら浦地正宗でも秘匿してはならないだろう。きっと管理局内の適切な部署に伝える義務がある。

だが浦地にはそれができない。

管理局が相麻菫を――二代目の魔女を発見すると面倒だ。管理局はまた安定し、混乱させることが難しくなる。浦地の、咲良田から能力を奪う計画を、大幅に変更する必要が生まれるはずだ。

浅井ケイは、あえて告げる。

「もし貴方が相麻のことを管理局に秘匿するなら、それはルール違反です。言い逃れできない、客観的な根拠のある罪ですよ」

――なんてことは、実はどうでもいい。

ケイも、おそらくは浦地も、わかっている。このやり取りは儀礼的な握手のようなものだ。互いが互いの目的を隠しながら、問題のないところでじゃれ合っているだけだ。

――こんなことが、脅しになるはずがないんだ。

こちらはただの高校生で、あちらは対策室室長だ。管理局を相手にした情報戦で、浦地正宗に敵《かな》うとは思えない。

事情を丁寧に説明するだけですべてが解決するなら、相麻菫があれほど苦労する必要はなかった。二年前に死んでしまう必要なんてなかった。

それでも。

「浦地さん、顔を合わせて、話をしませんか？　互いに、余計な時間を掛けるのはやめましょう」

彼はこの提案を受け入れる。

当たり前だ。弱くて逃げ回っている方が、強くて追いかけている方に、会おうと持ちかけているのだから。一方的に、あちらに都合の良い話だ。

低い声で彼は言う。

「会うのはいい。でも、なんの話をするんだろう？」

決まっている。

──浦地正宗を、僕の味方にする。

それが目的だ。

「きっと僕たちは、互いに誤解し合っていると思うんです。その誤解を解消しましょう」

浦地正宗の笑い声は、今までよりもずっと小さく、どこか濁っていて、だが自然だった。

「なるほど。わかった、そうしよう。君は勇気がある」

「勇気ではありませんよ。ただ、効率的に進めたいだけです」

「効率。良い言葉だ。私も大好きだ」

彼は電話の向こうで、そうだね、と呟《つぶや》いてから続けた。

「では、一時間後に会おう」

「ずいぶん性急ですね」

「なにか不満でも？」

浦地の意図はわかる。

――こちらに準備をさせないつもりだ。

つまりは次にセーブできるようになるまでに、すべてを終わらせるつもりだろう。

リセットしてからの二四時間、ケイたちは極めて無防備になる。リセットで再現したのは昨日の午後七時頃だから、次にセーブできるまで、まだ九時間以上ある。

ケイは腕時計に視線を落とした。現在、午前九時五三分。

「今夜か、明日《あした》に会いたい。それではだめですか？」

「だめだよ。私だって忙しいんだ。すぐに会えないなら、当分は機会がないな」

秒針が三回、音をたてる間、ケイは沈黙する。

だが初めから答えは決まっていた。

「わかりました。一時間後――午前一一時に会いましょう。場所は折り返し、索引さんに連絡します」

「ああ、それでいい」

楽しみにしているよ、とそう告げて、電話が切れる。

ケイは携帯電話をソファーの上に投げ出した。

周りの六人を、ざっと見渡す。

「一一時に、浦地さんに会います。ただ顔を合わせて歓談するだけでは済みそうにないし、僕たちはセーブもできません」

それから、ひとりの少女で視線を留める。

「春埼。僕はとても困っている。手伝ってくれるかな？」

彼女は頷《うなず》く。微笑んでさえいた。

「はい。もちろん」

ケイも彼女に向かって微笑み、「ありがとう」と告げる。

「皆さんは、しばらく考えてください。僕は三〇分くらい、席をはずします。咲良田に能力があるべきだと思うなら――能力を護《まも》るためなら、面倒事に巻き込まれてもいいと思うなら、この部屋に残ってください。そうでないなら、早くここを出た方がいい」

ケイはソファーから立ち上がる。

それから、もう一度室内の全員を眺めて、笑って。

「では、できるなら三〇分後に」

そう告げて、彼らに背を向けた。

＊

浅井ケイが言い出さなければ、こちらから提案するつもりだった。

――顔を合わせて、話をしませんか？

都合の良い申し出だ。

「どうでしたか？」

運転席の索引さんが言った。

携帯電話を操作しながら、浦地は頷く。

「うん。やっぱり、彼は私を説得したがっているように思える」

ルームミラーに映った索引さんが、眉間《みけん》に皺《しわ》を寄せる。

「わかりません。彼はそんなことが、可能だと考えているのですか？」

「というより、他の方法にはまったく可能性がないと判断したのではないかな。だから
わずかな希望に賭《か》ける。物語の主人公のように」

だが現実において、フィクションの主人公のように振る舞うべきではない。奇跡に頼らなければならないような方法を選択するのは愚かだ。周囲を巻き込むなら、罪悪でさえある。

「どうするつもりですか？」

「決まっているよ。彼らを拘束する」

せっかくセーブしていない状況で彼らに会えるのだ。今のうちに無力化する。

初めから、それが目的だった。浅井ケイがこちらを説得しようとするなら、危険でも顔を合わせてくれるかもしれない。

浦地は携帯電話から視線を上げて、索引さんの後頭部に視線を向ける。

「ところで、尋ねたいことがあるんだけどね」

「はい。なんでしょう？」

「アドレス帳はどこにあるんだろう？」

いつもは索引さんが操作しているので、携帯電話はよくわからない。メニューを詳細に眺めても、ツールという項目を選択してみても、アドレス帳はみつからない。

呆《あき》れた時の口調で、索引さんは答える。

「専用のキーがあります。ノートを開いたようなイラストがついたキーです」

「へぇ。なるほど」

モニターばかり眺めていたのが問題だったようだ。キーの方だったか。

「おかしいと思っていたんだよ。アドレス帳よりも先に電卓がみつかるのは、電話機として明らかな欠陥だからね」

言われた通りにキーを押し、ようやくモニターにアドレス帳が表示される。

「そろそろ、携帯電話の使い方くらい覚えてください」

「君、アインシュタインが自宅の電話番号を尋ねられたとき、なんと答えたか知っているかな？」

「いえ」

「どうして調べればわかることを覚えなければいけないんだ、だよ」

索引さんが、ルームミラー越しに、こちらをみたのがわかった。

「その逸話も、調べればわかりそうですが」

ルームミラーに向かって、浦地は軽く肩をすくめる。

「そうだね。だから私は、アインシュタインではない」

無意味なこともたまには覚える。

ため息が混じった声で、索引さんは言う。

「発信は真ん中の、いちばん大きなキーです」

「なるほど。ありがとう」

笑顔で答えて、浦地正宗は携帯電話のキーを押した。

*

浅井ケイはドアを押し開けて通路に出る。すぐに春埼美空が後を追ってきた。

深いグレーの床に、足音が響く。

「ケイ」

彼女は隣に並び、こちらを見上げた。

「説得しなくても良いのですか？」

部屋にいる五人のことだろう。

「必要ないよ」

なるたけ自虐的にみえないよう注意して、ケイは微笑む。

「僕は少しだけ未来を知っているんだ」

昨夜、写真の中で、相麻菫の能力をコピーしてもらった。

それで少しだけ、未来を知った。

――本当に、少しだけだ。

知らないことの方がずっと多い。浦地正宗の計画を上手《うま》く阻止できるのかも、相麻菫がどうなるのかも、まだわからない。昨日は相麻が浦地から逃げられるよう手を回すのに必死だったのだ。

でも、ひとつだけ知っていることがある。

――僕はあの五人に、選択肢を与えたふりをしただけだ。

彼らがなにを選ぶのか知っている。まったく酷《ひど》い話だ。

ケイは通路の奥にある、白いドアに手をかけた。

その先は非常階段だ。檻《おり》のような鉄格子の間から、すっきりと晴れた空がみえる。まるで、なんにもないような。そこには空さえないような、開放的な明るい水色だ。

非常階段に腰を下ろして、春埼を見上げた。

「僕は逃げてきたんだよ。実は知っているのに、知らないふりをしてみんなと一緒にいるのに疲れて、逃げ出してきたんだ」

知っていることは、疲れる。

どんなに誠実な言葉でも、相手の答えを知ってから話せば嘘みたいだ。改めて、相麻菫は強いのだと思った。長い時間、未来視なんて能力に耐えていたのだから。

春埼がちょこんと隣に座る。

彼女はこちらの顔を覗《のぞ》き込んで、微笑んだ。

「よかったです」

意外な言葉だ。

でも驚かない。最近の春埼美空はしばしば意外な言葉を口にする。

「なにがよかったの？」

「貴方《あなた》は、いつも我慢してしまうから。ちゃんと逃げ出して、よかったです」

ケイは両手をついて、胸を反らした。空の遠くに視線が向いて、薄い雲がみつかった。爪でひっかいた跡みたいな雲だった。

「実はね。僕は、僕の能力が、少しだけ誇らしい」

なんでも思い出せる能力。

決して、忘れないでいる能力。

それで力が強くなるわけでも、とても速く走れるわけでもないけれど。メモが要らない程度の意味しかない、傍目《はため》にはつまらない能力だと知っているけれど。

「僕は忘れないいんだよ。最初に決めた目標と、そこを目指す理由を忘れないいんだ。あらゆる人の、あらゆる言葉と行動を、忘れないいんだ」

それは、うん。そこそこ素敵な能力だ。

春埼のリセットや、智樹の声を届ける能力の方が、ずっと美しいと思うけれど。相麻の未来視や、村瀬の消去能力の方が、ずっと強力だと思うけれど。

でも浅井ケイの記憶保持だって、悪くない。なにも忘れない能力は純粋で、純情で、それなりに素敵だ。

「目標を忘れなければ、なんだって我慢できると思っていた。ゴールを忘れなければ、どこまでも進めると思っていた」

すぐ隣に、少女の体温を感じる。

温かいだけじゃない。鼓動の震えと、吐息の湿り気を帯びた、リアルな温度だ。

「でも、僕は初めて、なにかを忘れたいと思ったんだ」

神さまよりも母親に懺悔《ざんげ》する気持ちで、ケイは続けた。

「僕はほんの少しだけ、相麻のことを忘れたいと思ってしまったんだよ」

春埼はケイを抱きしめも、手を握りもしなかった。ケイは空ばかりみていたから、彼女の表情もわからなかった。

だからケイに届いたのは、春埼の声だけだ。女の子にしては少し低くて、少しだけ掠《かす》れている。触り心地の良い麻布みたいな声だ。

「貴方は忘れませんよ」

彼女の声は抱きしめるのに似ていた。手を握るのに似ていた。

「もし能力がなかったとしても、貴方は相麻菫を忘れません。もし貴方が忘れたいことを忘れられる能力を持っていたとしても、それを相麻菫のことには使いません。能力なんて関係なく、貴方は浅井ケイだから、忘れないことを選択するのだと思います」

その通りなのだろう。

たぶん強さではない。どちらかというと弱さで、浅井ケイは相麻菫のことを忘れられない。

「でも、忘れてしまった方が、楽なこともある。効率的で、賢いやり方だよ」

きっと、忘却という能力は。

生きていく上で、とても便利だ。

慈悲深い、赦《ゆる》しのような、神さまが人間に与えた能力だ。

「効率的であることが必要ですか？　賢くあることが重要ですか？」

空気が揺れる。春埼が微笑んだのだとわかる。

ケイは彼女の表情を、正確に想像する。

「貴方はもっと大切なものを知っているから、きっとなにも忘れないのでしょう。あらゆる記憶を丁寧に抱えたまま進むのでしょう」

もっと大切なものとは、なんだろう？

おそらくそれがあるのだろうということは、わかる。

効率よりも、賢さよりも重要ななにかが、胸の真ん中の、みぞおちより少し上の辺りにある。相麻菫のことを考えると、じくじくと痛む場所だ。

その名前をいちばん単純に答えるなら、心なのだろう。いくつもの感情と意思を縒《よ》り合わせて出来た形のない器官だ。

でも人間なんて、全部が全部、心みたいなものだ。あらゆる行動の根拠は、結局のところ心だ。その言葉では意味が広すぎる。なにも語っていないのと変わらない。

もっと正確な表現があるような気がした。ピンポイントに言いたいことを指し示す、適切な言葉が。

なのにそれはみつからなかった。辞書に載っている言葉はだいたい知っているのに、どうしても思い当たらなかった。

長い時間をかけて、ようやく気がつく。

――言葉にする必要なんてない。

名前のみつからないなにかが、胸の真ん中にある。浅井ケイも春埼美空も、その実在を信じている。なら、大丈夫だ。不足はない。

「ケイ」

春埼に名前を呼ばれて、ケイは青空から彼女に視線を移す。

彼女は口元に仄《ほの》かな笑みを浮かべて、ガラス球みたいに澄んだ瞳《ひとみ》で、まっすぐにこちらをみつめている。

「できるだけたくさん、好ましい記憶を増やしましょう。なにも忘れられない貴方の能力が好ましくなるように、些細《ささい》なことまで忘れようとは思えない、好ましい記憶ばかりを作りましょう」

ああ、それだって。

本当は、能力なんて関係ない。

誰だって良い記憶を増やして、嫌な記憶を減らしたいんだ。それを目的に、生きているようなものだ。

――僕の能力は、当たり前のことを、少しだけ過剰にする。

それだけだ。

やっぱり、そこそこ素敵で、少しだけ誇っても良い能力だ。

「じゃあ、春埼。なにか約束をしてくれるかな？」

彼女はほんの少しだけ首を傾げる。

「約束ですか？」

「うん。素敵な約束は、好ましい記憶の代表だよ」

思い出すたびにわくわくして、待ちわびて、幸せな気分になれるような約束だ。それさえあればきっと、色々なことを頑張れる。

春埼美空は微笑む。

「どんな約束ですか？」

「なんでもいいの？」

「はい。貴方が好むものを」

「じゃあ、一通りすべて終わったら、一緒に夕食を作ろう」

ずっと気になっていたんだ。リセット前、咲良田から能力がなくなる直前、春埼美空から受け取った二通のメールが。

——レストランを探す必要はありません。ケイの部屋で、チキンカレーを作ります。

——ごめんなさい。やはり、外食の方がいいですか？

あんなメールが、春埼からの最後のメッセージになることが、悲しくて堪《たま》らなかった。

それは苦痛で、恐怖だった。

「僕の部屋で、ふたりで並んで料理を作るんだ。僕はあまり料理をしたことがないけれど、簡単な手伝いならできると思う。難しいことも、これから覚えればいい」

口にして、胸が熱くなる。

——春埼。知っているかな？

これが、たったこれだけのことが、すべてなんだ。相麻菫が命を懸けて届けようとした伝言のすべてなんだ。

もちろん、それは比喩《ひゆ》でしかない。

――これから僕と君が交わす、幸せな言葉や、ささやかな言葉はすべて、彼女が伝えるメッセージのようなものだ。

でも、それはほとんど、同じだ。ひとつの言葉でも、一〇〇万の言葉でも。

結局はこの程度のことに、ケイにとってはなによりも価値を持つこれに、相麻菫は命を懸けたのだ。

彼女は、浅井ケイから春埼美空へ、言葉を届けた。

ケイが春埼にまた語りかけられるのは、彼女の力だ。

「できれば、チキンカレーがいい。約束してくれるかな?」

春埼美空はしばらく、ぼんやりとこちらを眺めていた。

それから、溶けた粉砂糖のように笑う。

「はい。是非」

頷《うなず》いてから、ケイは尋ねる。

「カレーに入れるじゃがいもは、男爵かな? メークインかな?」

どちらでもいい。彼女にとって、自然なものがいい。

春埼美空の家庭のチキンカレーを、できるなら食べてみたいと思う。

3

同日／午前一〇時四五分

目を閉じていた。

走る自動車の振動を感じながら、浦地正宗は思い出す。

二年前のことだ。浅井ケイと、二度目に対面したときのことだ。

彼の傍らにはリセット能力者がいた。コピー能力を持つ少年と、世界の一部を書き換える能力を持つ少女が、彼に協力していた。浦地正宗は索引さんの前に立ち、他の管理局員たちに交じって彼と向かい合っていた。

まだ中学二年生だった浅井ケイの、なにもかもを見下した笑みを思い出す。きっと自分自身さえ見下した、自棄《やけ》のような笑みを。

あの少年は言った。

「女の子を生き返らせたいんだ。それができる能力を探している」

まるで、茶番だ。

浦地正宗は必死に笑みを押し殺していた。

咲良田に、純粋な意味で人を生き返らせる能力なんて存在しない。歴史上観測されたことがない。それにもっとも近い力を持つのが、彼に寄り添うリセット能力者だろう。

――浅井くん。君はありもしないものに向かって、手を伸ばしていた。

確かに今、この世界には二代目の魔女がいる。見方によっては、彼の目的は達成されたのだろう。だがそれは二代目の魔女自身の力だ。彼女が事前に、すべてを用意していただけだ。浅井ケイはなにも成し遂げていない。

二年前、勝利条件が欠落したゲームに、あの少年は挑んでいた。

――さて、ところで。今回はどうなのかな？

彼は二年間で、成長したのだろうか。それとも今もまだ、幻影に手を伸ばすだけの、夢見がちな少年なのだろうか。

――少なくとも、浅井くん。私には君に、勝ち目があるとは思えない。

彼がこちらを説得するつもりなら、そんなことは不可能だ。

自動車が停まったのがわかる。索引さんの声が聞こえた。

「到着しました」

浦地正宗は目を開く。少し眩《まぶ》しい。

「では、行こうか」

これで、ようやく、すべて終わる。

＊

カラオケボックスのロビーには、聞いたことのない音楽が流れていた。あるいはどこかで耳にしたのかもしれないが、覚えていないなら同じことだ。知らない曲は上手《うま》く歌詞を聞き取れないなと浦地正宗は思う。おそらく日本語だが、それさえ確信はない。

受付には加賀谷が立っている。黒いスーツを着込んだ、体格のいい加賀谷はカラオケボックスにはまったく似合わなくて愉快だ。カウンターの奥にいる若い店員も困惑気味だった。

しばらく様子を観察していたかったが、あまりじろじろとみるのも失礼だろう。浦地は隣の索引さんに視線を向けた。

「浅井くんがこういう場所を指定するのは、意外だね」

索引さんは首を傾げる。

「そうですか？　学生にもレンタルできる個室の中では、ありきたりなものだと思いますが」

「だからだよ」

「え？」

「私が浅井くんなら、個室は避ける」

こちらには加賀谷がいるのだ。入室する前に、彼がドアをロックする可能性を、浅井ケイは考えているのだろうか？　そもそも人目というのは弱者を護《まも》る性質がある。浦地よりも彼らに有利に働くはずだ。

「ま、なにか思惑があるんだろう」

受付から加賀谷が戻ってくる。

「こちらです」

彼は店の奥へと進む。浦地と索引さんも、その後に続いた。

エレベーターを待ちながら、浦地は手帳をポケットから抜き出した。浅井ケイと繋《つな》がりのある能力者たちについてまとめたページを開く。

索引さんが言った。

「村瀬陽香、あるいは宇川沙々音が彼に協力していると、厄介ですね」

浦地正宗は人の名前を覚えない。だがそのふたりは、聞けば思い当たった。共に強力な能力者だ。

浦地は頷く。

「少なくとも、どちらかはいるだろう」

その辺りの能力者がいれば、加賀谷のロックに対応できる。ドアをロックしても、壁に穴を開けてしまえばいいのだから。

エレベーターのドアが開いた。狭いエレベーターだ。加賀谷がまず乗り込み、ボタンが並ぶパネルの前に立った。

浦地と索引さんもそれに続く。ドアが閉まり、モーターの駆動音が聞こえる。

手帳に視線を落としたまま、浦地は呟《つぶや》いた。

「浅井くんの友人には優秀な能力者が多いね。うらやましい限りだ」

「あってはならないレベルですよ、彼の人間関係は。名前のないシステムにまで目を掛けられ、管理局よりも先に二代目の未来視能力者とコンタクトしています。他にも、若い世代の能力者が、強力な順に彼に近づいているようなものです」

「まったく、怖ろしい話だ。とはいえ――」

浦地は笑う。

「能力に頼ってくれるなら、楽な話なんだけれどね」

その時点で、ゲームセットだ。

エレベーターのドアが開く。浦地は通路に足を踏み出す。索引さんと加賀谷も後に続いた。

「どういう意味ですか？」

小さな声で索引さんが尋ねる。

だが、浦地は答えない。代わりに、前方を指して、加賀谷に尋ねた。

「あの部屋かな？」

通路の先、『３０４』と書かれたドアの前に少年が立っている。

「はい」

加賀谷は頷く。だが、ドアの前の少年は、浅井ケイではなかった。背の高い少年だ。髪を短く刈り込んでいる。

少年はドアを開け、深々と頭を下げた。

「ようこそ。いらっしゃいませ」

浦地は足を止める。

「君は？」

少年は顔を上げて笑う。幼く、純粋にみえる笑みだった。

「ただのドアマンですよ」

背後で、索引さんが囁《ささや》く。

「彼は中野智樹です」

ああ、先ほど、手帳で読んだ。浅井ケイの友人だ。声を届ける能力を持っている。

「ケイが中で待っています。どうぞ」

少年は手のひらで、室内を指す。

その部屋は、どうみてもただのカラオケボックスだった。まぁ、当然だ。ここには何度か来店したことがある。カラオケは嫌いではない。

右側のソファーに浅井ケイが座っていた。それだけだ。彼の他には、部屋には誰もいない。

三人が入室すると、ドアが閉まった。あの少年はまだドアマンの役を続けるようだ。

浅井ケイは微笑んで立ち上がり、頭を下げる。

「お久しぶりです、浦地さん、索引さん、それに加賀谷さん。わざわざいらしていただいて、ありがとうございます」

視線でドアを指して、浦地は尋ねた。

「通路の彼は見張りかな？」

浅井ケイは首を振る。

「いえ。彼の仕事は、とりあえずドアの開け閉めで終わっていますよ」

嘘だろう、と思ったが、索引さんの指摘がない。なら真実なのだろうか。

ソファーに腰を下ろした浅井ケイは、笑顔で「なにか歌いますか？」と尋ねる。

浦地は彼の向かいに座り、首を振った。

「せっかくだけどね。管理局員は勤務中、歌ってはいけないことになっているんだ」

「本当に？」

「さぁ。どうだったかな」

冗談のつもりだったが、実際にそんなルールがあってもおかしくはない。管理局員は生真面目であることが強制される。

「浅井くん。効率的に、話を進めよう」

「でも、この店はワンドリンク制なんです。もうすぐ店員が注文を取りに来るから、話はそれからにしましょう」

「気にすることはないさ。店員には、この部屋に近づかないよう頼んでおいたよ」

加賀谷に交渉してもらった。

「なるほど。では、さっそく本題に入りましょう」

口元だけを歪《ゆが》めて、浅井ケイは笑う。

「僕は咲良田に、能力を残そうと思っています。この、綺麗《きれい》な祈りのような力を捨てるのは、惜しい」

浦地正宗も笑う。顔全体に、淡い笑みを張りつけるように。

「私は能力がすべて、世界から消えてなくなるべきだと思っているよ。この、希望にみせかけて悲劇ばかりを生む力は、悪魔のようなものだ」

「まるで意見は平行線ですね」

「そうだね。互いに妥協の余地がないなら、あとはもう好きにするしかない」

「どうかな。浦地さん、能力を消すというのは、つまり能力を絶対的に管理したいということではないですか？」

「うん。そうだね」

強制的な使用禁止は、もっとも強固な能力の管理だ。管理局が目指すべきものだ。

深く、浅井ケイは頷《うなず》く。

「その点では、僕も同じです。この街には、能力があるべきだ。でも、能力は絶対的に管理されるべきだとも思っています」

　浦地は首を傾げる。

「それが？」

「僕たちは良く似ているということですよ。正反対のようだけど、少し視点を変えると良く似ている」

　浅井ケイは口元だけで笑ったまま、目を細めた。

「僕も、能力を管理するつもりです。この街にある、数万という能力すべてを、忘れないまま管理してみせましょう」

　浅井ケイは、観察するような、感情のない静かな瞳《ひとみ》でこちらをみる。まるで採点するような視線だった。

　浦地正宗は、息を吐き出しながら天井の片隅に視線を移した。

「それは、高校生の仕事ではないな」

「わかっています。能力を管理するなら管理局に入るべきだし、現実的に考えてそれは何年か先になるでしょう」

「まだ違う。管理局員の仕事でさえない」

　管理局員になっても、能力の管理なんてできはしない。

　浅井ケイは軽やかに微笑む。

「それも、わかっています。能力を管理しているのは、管理局員ではなく、管理局というシステムすべてだ」

つられるように浦地も微笑む。

「ああ。管理局は独裁者を認めない」

黒い手帳を取り出し、開いた。そろそろ、記憶を破棄するタイミングだ。

今の状況をざっとメモしようとして、だが浅井ケイの言葉に手が止まる。

「でも、浦地さん。管理局のシステムが絶対で、管理局員さえそれに逆らえないのであれば、そんなもの独裁と同じではないですか？」

浦地は浅井ケイに視線を向ける。

「まったくだよ」

初めて彼に、心の底から同意できる。

システムによって支配された管理局はつまり、システムの独裁の下にあるのだ。管理局というシステムを構築した、始まりの三人の支配下に、今もまだある。

「浅井くん。それが、管理局が抱える問題のひとつだ。システムに支配されたあの組織は、成長することができない。システムそのものにエラーがあった場合、それに対処できない。未来永劫《えいごう》、間違えたままだ」

「わかります」

浅井ケイは変わらず笑っていた。

笑顔で、深く頷いて、彼は加賀谷に——浦地ではなく加賀谷に視線を向けた。

正面から加賀谷の瞳を覗《のぞ》き込む風にして、彼は言った。

「システムの生贄《いけにえ》になった能力者は、決して救われないということですね？　つまり境界線を作るふたりの能力者を、管理局のシステムはいつまでも救わないということだ」

浦地正宗は、内心で手を叩《たた》く。小さな驚きと共に、納得する。

――なるほど。この少年は、面白い。

想像より気味が悪い。

境界線を作るふたり。それは始まりの三人のうちのふたりであり、管理局の創始者たちであり、浦地正宗の両親だ。そして、彼らの時間を、加賀谷が止めた。

――彼らのことを、加賀谷に告げるか。

ふたりの子である浦地正宗の前で、あえて加賀谷に。

それは極めて効果的な手順だ。

あのふたりが犠牲になったことを気に病んでいるのは、浦地よりも加賀谷だ。浦地は彼らの犠牲を受け入れている。だが加賀谷は、彼らの時間を止めたことに、未《いま》だ罪悪感を持っている。強い罪悪感だ。加賀谷は自身の行為を殺人と同等の罪だと考えている節がある。

一体、どんな方法を使ったのだろう？

浅井ケイはこちらの心理を、正確に理解しているようだ。そしてこの少年は、効果的であれば、相手の心理的な弱点を躊躇《ためら》いなくついてみせる。笑顔のままで、トラップに誘導するように会話を操作して。

　加賀谷を観察する浅井ケイの視線に割って入るように、浦地正宗は口を開いた。

「つまり、浅井くん。君はシステムに支配された管理局の問題を取り除くために、あえて独裁者になるというんだね？　心と意志を持った支配者が、システムのエラーを取り除ける環境を作るのだと」

　浅井ケイは笑顔のままで、平然と頷く。

「だいたい、正解です。でも一点だけ補足があります」

「それは？」

「僕は僕自身を、完全には信頼できない。どこかで間違えるかもしれない。僕が正しいと信じていることが、貴方《あなた》の言うシステムのエラーになるかもしれない」

「うん。それを怖れるのは、正常だ」

「そこで、浦地さん。貴方にお願いがあります」

　彼は背筋を伸ばし、笑みを消して、まっすぐに浦地と向き合う。

　真剣な瞳――折れてしまいそうなくらいに、真っ直ぐな瞳だ。

　浦地正宗は目を閉じる。なにかをリセットするように。

　少年の声が聞こえた。

「僕には僕を監視する人間が必要です。システムではない、きちんと感情を持った何人かが、僕を見張っているべきです」

目を開いたとき、浅井ケイは頭を下げていた。

深く――テーブルに額がつくほどまで。

「そのうちのひとりが、貴方だと思っています。浦地さん。お願いします。僕に、協力してください」

ずいぶんストレートに来たものだ。

――浅井くん。私がそんな提案を、受け入れると思っているのかな？

あり得ない。

能力を消し去ろうとしている浦地正宗が、能力を管理しようという提案を、受け入れられるわけがない。

浦地は軽く身を乗り出し、膝《ひざ》の上で頬杖《ほおづえ》をつく。その体勢のまま頷いた。

「いいよ」

少年が顔を上げる。きょとんとした表情だ。

それをみて、浦地正宗はつい本心から笑った。

「素晴らしい提案だ。まったく、私は感服した。君に全面的に協力しよう」

もちろん、嘘だ。この少年だってわかっている。だが嘘だと指摘しても意味はない。

――もし私と話し合えると思っていたなら、君は愚かだ。

初めから少年の言葉に耳を貸すつもりはない。彼が対話によって目的を達成しようと思っていたなら、そんなことは不可能だ。

てしまいそうな。

浦地正宗は、右手を差し出す。

「よろしく。浅井くん」

浅井ケイは躊躇いながら浦地の右手を握る。柔らかな、子供の手だ。強く握れば壊れ
浦地は彼の手を放し、隣のソファーを指す。

「加賀谷のことも知っているようだね。彼は私が、もっとも信頼している同僚だ」

次の展開を理解したのだろう。浅井ケイがわずかに眉《まゆ》を持ち上げる。

優しく笑ったまま、浦地は続けた。

「きっと、加賀谷も浅井くんに手を貸してくれるよ。仲良くしてやってほしい」

言葉もなく、加賀谷は右手を差し出す。

浅井ケイは険しい目つきで、加賀谷を睨《にら》む。

浦地は口元の笑みをさらに大きくした。

「どうしたのかな？　浅井くん」

加賀谷の能力。それは、右手で触れたものをロックする。人間であれ決して変化しない、思考することもできない、石ころのような存在に作り変えてしまう。

「さぁ、握手だ」

浅井ケイは、加賀谷の右手を取るだろうか？　拳銃《けんじゅう》よりも致命的な、その右手を。

もし彼が加賀谷の握手に応じるなら、そんなものは蛮勇だ。彼の時間は止まり、そこ

でゲームセットだ。もし彼が加賀谷の握手に応じないなら、交渉は決裂だ。彼の目的が、こちらの説得にあるなら、やはりそこでゲームセットだ。

蛮勇か、臆病《おくびょう》か。どちらでもいけない。だが、ここに中庸はない。

――さぁ、どうする？　聡明《そうめい》な浅井くん。

浅井ケイは、目を閉じた。目を閉じると、一層幼くみえる。

ゆっくりと吸って、吐いて、彼が一度だけ深呼吸したのがわかった。

それから、また瞼《まぶた》を持ち上げて。

少年は笑った。

「よろしくお願いします。加賀谷さん」

彼は右手を持ち上げて、自然な動作で加賀谷の手をつかむ。

「これで、終わりだ」

浦地正宗がささやく。

「いえ。これから始まるんですよ」

平然と、浅井ケイは答えた。時間が止まらない。

彼は二秒ほどの短い握手の後で、加賀谷の右手を放し、ソファーの背もたれに身体を預けた。変わらず、平然と笑っている。

小さな声で、加賀谷が告げた。

「能力の使い方を、思い出せません」

我慢できなかった。

浦地正宗は声を上げて笑う。くつくつと咳《せ》き込むように笑いながら、ぱん、と一度だけ大きく手を叩く。

「浅井くん。君には素敵な友達が、大勢いるようだね」

「大勢はいません。でも、そうですね。みんな僕を助けてくれる」

「すべて予定通りで、さぞかし気持ちが良いだろう？」

「そうでもありません。浦地さん。貴方はちっとも目を合わせてくれませんでした」

「当たり前だよ。そんなに危ないことが、できるはずがない」

浅井ケイはこちらの顔を覗《のぞ》き込む。

「いつから気づいていたんです？」

決まっている。

「君が待ち合わせの場所に、カラオケボックスを指定したときからだよ」

多少の不利には目を瞑《つぶ》ってでも、この少年は個室を用意する必要があったのだ。隣り合った、ふたつの個室を。だから、カラオケボックスを使うことにした。カラオケボックスには個室が規則正しく並んでいるものだ。

「浅井くん。私の拙《つたな》い推理を、聞いてもらっても良いかな？」

「ええ。是非」

浦地はゆったりとした動作で、顎《あご》を撫《な》でた。

「君はきっと、隣の部屋に友人を集めているんだ」

「どうかな。みんな、僕を友人だと思っていてくれるといいけれど」

「友人を作るコツは、とにかくこちらが、相手を友人なのだと信じ込むことだよ。相手の都合なんて考えずにね」

「なるほど。勉強になります」

「ま、そんなことはいい」

ともかく、隣の部屋には浅井ケイの仲間がいる。

「そのうちのひとりは、記憶を操作する能力者だ。能力の発動条件はたしか、五秒間、目を合わせること。彼女はなんという名前だったかな？」

「岡絵里」

「そうだ。岡絵里。素敵な名前だ。それからもうひとり、コピー能力者がいる。人から人へ、能力を移し替える能力者だ。その効果によって、君は記憶を操作する能力を、一時的に手に入れた」

浅井ケイは首を傾げる。

「コピー能力の持ち主は、坂上さんです。でも彼は、直接相手に触れている間しか、能力をコピーできません」

浦地は肩をすくめる。わかり切ったことだ。

「触れなければならないなら、触れればいい。壁に穴を開けるなんて簡単だろう」

きっと彼の背後には、彼の身体で隠れてしまうサイズの穴が開いているのだ。そこからコピー能力者が手を出して、浅井ケイに記憶操作能力を渡した。触れたものをなんでも消し去る能力者がいれば、そんなこと、なにも難しくはない。

「君は一時的に、記憶を操作する能力を手に入れた。そして加賀谷の記憶を操作して、能力の使い方を忘れさせた」

彼は頷《うなず》く。

「ええ。その通りです」

外れているわけがない。

浅井ケイの勝利条件は、それくらいしかないのだから。

「その能力は、本来なら、私に使う予定だったのだろう？　君は私の記憶を操作して、強引に言うことをきかせるつもりだった」

人格を踏みにじった、野蛮な方法だ。そんな方法でしかこちらを説得できないと、浅井ケイだって理解していたのだろう。

――でも、無意味だ。

浦地正宗は加賀谷の肩に触れる。

「浅井くん。君の努力は、まったくの徒労だ」

能力を使う。対象の時間を巻き戻す能力を。

時間をほんの一〇分間巻き戻すだけで、加賀谷は能力の使い方を思い出す。

「ほら、元通りだ」

彼は驚いた風に眉を動かし、辺りを見回していた。きっと時間を巻き戻したせいで、記憶が繋《つな》がらないのだろう。

「もう一度言おう、浅井くん。これで、終わりだ」

わずかにも動かずにこちらの話を聞いていた浅井ケイは、ようやく、ほんの少し首を傾げた。

「終わり？　まったく、理解できない。始まるのはこれからです」

浦地は首を振る。ゆっくりと。動作で説得するように。

「どうして私が長々と無駄話を続けていると思っているんだ？　そもそも、どうして、君の仕掛けに気づいていながら加賀谷に注意を促さなかったと思っているんだ？」

まさか管理局員に向かって能力を使うことに、問題がないと思っているのだろうか？　管理局員の能力を封じても、咎《とが》められもしないと思っているのだろうか？　なら、あまりに愚鈍だ。

「すべて想定していた通りだよ。私たちに向かって能力を使用したとき、君の敗北は確定した」

事前に、何人かの管理局員を使えるよう手を回しておいた。そして浦地が手を叩《たた》けば管理局に連絡が入るよう、索引さんに頼んでおいたのだ。

タイミングよくドアが開く。黒いスーツの男たちが部屋に踏み込む。ほんの四、五人だが、小さなカラオケボックスの一室はすぐに満杯になる。

口調を変えて、浦地は告げた。

「浅井ケイ。貴方《あなた》は管理局員に対し、業務を妨害する能力を使用しました。管理局の規定に従い、一時的に拘束させていただきます」

少年はまだ笑っていた。

疲れた風な笑みだった。

「やっぱり、理解できないな」

彼は天井を見上げ、それから続ける。

「浦地さん。どうして時間を稼いでいたのが、貴方だけだと思うのだろう？　相手の手の内を理解しているのが、貴方の方だと信じられるのだろう？　こんなにもつまらない勘違いをする貴方に、どうして、あの相麻菫がてこずったのだろう？」

浅井ケイは、ゆっくりとした動作で立ち上がる。

「必要であれば、管理局を足蹴《あしげ》にする覚悟なんて、二年も前からできているんですよ。そんなことで勝ち誇られても、困る」

彼はこちらを見下ろした。視線は空から落ちてくるようだ。なんだか悲しげなふたつの瞳《ひとみ》と目が合った。

「浦地さん。始まるのは、これからだ」

その言葉と同時に、ふいに。

落下に似た、奇妙な浮遊感に、浦地正宗の身体は包まれた。

＊

強がってみせたけれど、状況は最悪だ。

——まったく、疲れるね。

浅井ケイは内心でぼやく。やり辛《づら》い相手だ。こちらがして欲しくなかった選択を、浦地正宗はことごとく選んでみせた。お蔭《かげ》でこんなにも強引な方法をとることになってしまった。

——とはいえ、すべて、予定通りだ。

強引な手順まで、計画していた通りだ。

ケイは長いすべり台を下る。傾斜が急だから、すべるというより落下しているような心地だった。

そのすべり台はカラオケボックスのビルから飛び出し、道路の上で弧を描いていた。

ケイの身体は高速でその弧の上をたどる。街並みが空の方向に飛んでいく感覚。

そのまま、純白で柔らかな、いくつものクッションに突っ込む。

視界がホワイトアウトして、息が詰まった。直後、ふいに視界がクリーンになる。クッションもすべり台も消えてなくなっている。

気がつけばケイは自動車の後部座席にいた。すぐ隣には浦地正宗がいる。さすがに彼も驚いたのだろう。わずかに裏返った声が聞こえた。

「今のは――そうか。宇川沙々音か」

「ええ。一分間で、どんな工事も思いのままです」

宇川は生き物以外の何もかもを、自由に作り変える能力を持っている。彼女の能力ですべり台とクッションを作り、車の屋根に穴を開けて、カラオケボックスから浦地正宗を連れ出した。

ケイの隣で、浦地は呆《あき》れたように笑う。

「すべり台なんて、きっと小学生のころ以来だよ」

「それはもったいないですね、よい移動手段なのに。原始的だけどオートマチックで、とてもエコロジカルです」

「だがスーツが皺《しわ》になる」

彼はおどけた風に肩をすくめてみせた。その様子は、むしろ楽しげでさえある。

「助手席にいるのは、先ほどのドアマンだね？　運転席の彼は誰だろう？」

ケイは前方に視線を向ける。助手席にいるのは、浦地の言う通り、中野智樹だ。彼は目を閉じて半分口を開けている。寝息まで聞こえた。遊び疲れた子供のようだ。

そして運転席にいるのは、癖の強い髪の、眠たげな目つきの男性だった。津島信太郎《つしましんたろう》。

彼は、不機嫌そうに鼻を鳴らして。

「俺も知りたいね。ケイ、その高そうなスーツを着たオッサンは誰だ？」

内心で、ケイは笑う。

ふたりの関係を考えれば、津島が浦地をぞんざいに扱って良いはずがない。浦地は津島のずいぶんな上司に当たるはずだ。だが、ふたりが顔を合わせていた時間は、リセットによって消えてしまった。互いに面識がないのなら仕方がない。

「移動しながら説明します。車を出してください」

早くしなければ管理局員たちがやってきてしまう。彼らから逃げ出すために、車を運転できる津島を頼ったのだ。

彼は小さく舌打ちして、アクセルを踏み込んだ。乱暴な速度で車が進みだす。

「おいケイ。どこに行きゃいいんだよ？」

「とりあえず、この道をまっすぐ」

「まったく。教師が生徒に頼まれて学校を休むなんて、あり得ないことだぞ？」

「あり得ないような事情があるんですよ」

浦地正宗は、ケイの隣で手帳をめくっていた。

「運転手の君」

「ん？」

「まさか、君の名前は、津島信太郎か？」

「ああ。そうだよ」

「まったく、無茶苦茶だ」

浦地は手帳を閉じた。天を仰ぐように、すぐ目の前の天井を見上げる。

「浅井くん。正直なところ、私には君の考えが理解できない」

「そうですか？」

「ああ。どうして運転手に、こちら側の人間を使う？　そこにどんなメリットがある？　私には不必要に問題を抱え込んでいるようにしかみえない」

まぁ、そうかもしれない。

「でも仕方がないでしょう。他に運転免許を持っている知り合いがいなかったんですよ」

そんな理由かよ、と津島が呟《つぶや》く。

「おいケイ、そろそろ説明しろ。一体、なにが起こっている？」

あまり気が進むことではなかったが、このままなにも答えないわけにはいかない。

仕方なくケイは、手のひらで隣の席を指す。

「浦地正宗さんです。管理局の対策室という部署で、室長をしています」

浦地は運転席に向かって微笑む。

「初めまして、津島くん。優秀な管理局員だと聞いているよ」

ルームミラーに映る津島の表情が、あからさまに変化する。気だるげな顔つきから、尖《とが》った雰囲気の真顔へと。どちらがより素顔に近いのかは、ケイにはわからなかった。

「驚きました」

「私もだ」

津島は低く抑えた声で言った。

「ケイ。どうして、対策室室長と？」

「僕が呼び出して、誘拐したんです」

ケイの言葉に、浦地は頷《うなず》く。

「そう。私は今、浅井くんに誘拐されているんだよ。津島くんは、浅井くんの共犯者ということになる」

津島は眉間《みけん》に皺を寄せた。

きっとまだ状況をよく理解できていないのだろう。誘拐という言葉を、比喩《ひゆ》か冗談の一種だと考えたのかもしれない。

――言葉のまま、僕は浦地さんを誘拐しているんだけどね。

膝《ひざ》の上で両手の指を組む。

「事情を説明しましょう」

要点のみをまとめてしまえば、状況はずいぶんシンプルだ。

「浦地さんは咲良田から能力を消し去ろうとしていて、僕は能力を護《まも》ろうと思っています」

それだけだ。

隣から浦地が口を挟む。

「つまり私たちは、意見がきっぱりと対立しているわけだ」

「だから僕は、話し合いをするために浦地さんを呼び出しました。でも──」

「でも私は、浅井くんの話を聞くつもりなんてなかった。適当に話を合わせて、浅井くんを捕まえてしまうつもりだった」

「そこで僕は、浦地さんを誘拐することにしました」

「ちょっと待て」

津島がケイの言葉を遮る。

「訳がわからない。どうしてその流れで、誘拐になる？」

ケイは軽く、肩をすくめた。

「まともな手段では、浦地さんは僕の話を聞いてくれない。交渉のテーブルにもついてくれない。だから僕は、浦地さんが勝手に立ち去ってしまわないように、強引にでも椅子に縛りつける必要があったわけです」

運転席の津島は、また眉間に皺を寄せている。

「ケイ。俺は室長の方につくぞ」

「わかっていますよ。──ああ、そうだ。それも、津島先生に運転を頼んだ理由です」

微笑んで、ケイは告げる。

「津島先生はリセット前から、浦地さんの味方でした。能力なんてあるべきではないと考えていたんです。ふたりとも説得しなければいけないのなら、まとめてしてしまった方が効率的でしょう」

ルームミラー越しに、津島がこちらを睨《にら》んだ。

「そんな問題じゃないだろ。室長が停めろと言えば、俺は車を停める。こんなもん、誘拐として成立していない」

ま、そうだろう。

「なら、仕方がありませんね。古典的に人質を取りましょう」

ケイは息を吐き出し、ポケットに手を突っ込んだ。

指先に触れた、冷たく硬質なものを取り出す。それは二つ折りになった、小さな果物ナイフだ。スーパーマーケットの片隅で買った、ちゃちなものだ。

――こんなもの、ただのポーズだ。

突き刺す気なんてないし、そんなこと津島も浦地もわかっているだろう。なのにケイはナイフを取り出す必要がある。それを、浦地に突きつける必要がある。彼と会話ができる環境をつくるためだけに、こんなにも無意味なパフォーマンスが必要だ。まったく気分が重くなる。

折り畳まれていたナイフの刃を引き出そうとしたとき、津島は言った。

「ケイ。それは、やり過ぎだ」

「そうですね。まったく気が進みません。でも、必要な手順です」

「必要なわけがない」

ルームミラーに、津島の瞳《ひとみ》が映っている。

濁った、悲しげな、疲れたような目だ。

「室長」

「なんだ？」

「貴方《あなた》の言う通りです。どうやら俺は、浅井ケイの共犯者みたいだ」

浦地正宗は膝の上で頬杖《ほおづえ》をつく。

「浅井くんに味方するのか」

「とりあえず、そうせざるを得ないみたいです」

「つまり管理局員としての仕事よりも、教師としての仕事を優先するということかな？」

「こんなもの教師の仕事ではありませんよ」

浦地は首を振った。

「わからないな。浅井くんは周到だ。きっと、君が庇《かば》おうとすることまで、この少年は想定しているよ」

「ええ。そうなんでしょうね」

「ならどうして、わざわざ思惑に乗る？」

「そいつは貴方を刺せなくても、自分なら刺せる。もし俺が車を停めたなら、次は浅井ケイ自身を人質に取るでしょう。そんな手順、割愛した方がいいに決まっている」

浅井ケイは、ほんの微《かす》かに、視線を落とす。

知っていた。

未来視の効果ではない。津島信太郎について、考えればわかる。彼がこの状況でどう行動するか、予想して、ケイは彼を計画に組み込んだ。

津島信太郎の声が聞こえる。

「そいつは本当に、暴力的なことが嫌いなんです。きっと大嫌いなんです。嫌いなことをするのは、誰だって疲れる」

車は走る。

ケイも、浦地も、津島も、同じ慣性の中にいる。

津島は続けた。

「大人は子供の面倒をみるものですよ。どちらかが疲れなければならないなら、まず大人から疲れるべきです」

ケイはほんの短い時間、目を閉じた。

――僕は、色々な人に護られている。

どんな理由があろうと、ナイフを使うようなことはしたくなかったのだ。嫌で、嫌で仕方がなかったのだ。

再びナイフを、ポケットの底に落とす。

津島に対する色々な言葉を飲み込んでから、ケイは告げた。

「それでは、始めましょう」

これから、本当の説得を始めようと思う。

望む未来を手繰り寄せられるように、できることは全部しよう。

＊

宇川沙々音は自身の小指を撫《な》でた。そこにはごつごつとした、金属製の指輪がはまっている。きつめの指輪は一定の力で小指を締めつけていた。

宇川は物質を自由に作り変えられる能力を持っている。だが宇川自身が「なにをどう作り変えているのか」を忘れてしまうと、能力は効果を失う。だから宇川は、能力を使う毎にきつめの指輪をはめることにしている。指の付け根に違和感があるのは、自身が能力を使っているのを忘れないためだ。そう考えると、多少は集中力を保つ手助けになる。

今、宇川沙々音は、カラオケボックスのビルに対して能力を使っていた。あらゆるドアというドアを、窓という窓を、ただの壁に作り変えている。中の管理局員たちの足を止めるためだ。宇川は道路の片隅に立ち、そのビルを眺めていた。

　隣から声が掛かる。

「こっちは終わったわよ」

　眼鏡をかけた少女――たしか村瀬という名前だったはずだ――が立っている。彼女は触れた物をなんでも消す能力を持っている。今は管理局員たちの移動手段を奪うように頼んでおいた。

「なにをしたの？」

　宇川は道路の端に視線を向ける。だがそこにはまだ、黒いセダンが三台並んでいる。

「ガソリンタンクに穴を開けたわ」

「ああ。なるほど」

　よくみると確かに、自動車の下に黒い染みができている。

「次はあれを消してもらえるかな？」

　宇川は電柱の隣に停めてある、何台かの自転車を指す。

「二台分でいい。鍵《かぎ》を消しておいてほしい」

「盗むの？」

「一時的にね。そろそろ、ここから逃げ出さないと」

　宇川は鉄製の指輪をもうひとつ、ポケットから取り出す。それを左手の中指にはめた。新たに能力を使うためだ。中指の付け根の違和感に意識を集中させて、宇川の思い通りに物質が変化した後の景色を想像する。

村瀬の声が聞こえた。

「貴女《あなた》、正義の味方でしょう？」

この程度なら、集中は乱れない。

宇川は頷《うなず》く。

「うん」

「良いの？　自転車泥棒なんて」

「良くはないけど、そういうのが必要なこともあるよ。あの自転車は不法駐輪だから撤去されても文句は言えないし、それに私は善人じゃなくて、正義の味方だからね」

「どう違うのよ？」

「殴られても抵抗しないのが善人で、殴られれば殴り返すのが正義の味方だ」

正義を守るためなら何かを傷つけられるのが、正義の味方になる条件だ。

村瀬が顔をしかめる。

「そういう風に自覚的な正義の味方ってどうなの」

「どうなのと言われても困るな。正義の味方は自分が正義の味方だと知っているものだよ」

そうでないと、正義の味方ではいられない。

雑談を交わしていると、ふいにカラオケボックスの一角が、崩壊した。砂の城が崩れるように、細かな粒子になって崩れる。管理局員たちがなにか能力を使ったのだろう。

初めから、ドアを消し去ったくらいで彼らの足止めができるとは考えていない。

「早く」

「仕方ないわね」

村瀬はしぶしぶといった様子で、自転車の方へと向かう。

カラオケボックスから、黒いスーツの管理局員がふたり、姿をみせる。

宇川の能力は発動まで、一分ほどの時間が必要だ。

――あと二〇秒くらいかな？

ちょっと間に合いそうにない。困ったな、と思っていると、温かな手のひらが宇川の背に触れた。

「片方と目を合わせて」

意図を理解して、宇川は黒いスーツの目を睨《にら》む。彼らはこちらに向かって走ってくる。間に合うだろうか？

宇川は内心でカウントを取る。五、四、三――

黒いスーツの一方が、数メートル手前で足を止めた。彼は片手を地面に突く。

直後、宇川はバランスを崩す。深雪の上に立つように、足元がずぶずぶと地面に埋まっていく。みると足元のアスファルトが、細かな粒子の砂粒に変形している。

――カラオケボックスの壁を崩したのと、同じ能力か。

歩くのにずいぶん苦労しそうだが、今のところ、関係ない。

宇川はもう一方――こちらに向かってくる黒いスーツの瞳《ひとみ》を睨んでいた。彼もこちらから視線をそらさない。まっすぐに目があっている。カウントは進行する。二、一――ゼロ。ふいにその黒スーツが、足を止めた。

無駄のない身のこなしで一八〇度向きを変える。そのまま後方でアスファルトに触れる、もうひとりの黒スーツに向かって跳びかかる。宇川たちを守るように。

宇川の背中に触れていた手が離れた。後方に向かって、声をかける。

「ナイスだよ。坂上、岡絵里」

坂上が、岡絵里の能力を宇川にコピーしたのだ。このふたりも宇川や村瀬と一緒に、カラオケボックスから逃げ出していた。

黒いスーツふたりがもつれ合って地面に倒れる。一方の黒スーツの記憶を、「宇川たちを守らなければならない」という風にでも書き換えたのだろう。

岡絵里が答える。

「できれば、自分で能力を使いたいけどね。誰も目を合わせてくれないんだ」

「ま、そうだろうね」

「もうあいつらは、あんたとも目を合わせようとしないだろうね。それに私の記憶操作は簡単に解けるよ」

どうすんの？　と岡絵里は言う。

「そろそろ逃げ出した方がいいいな」

浅井からは、捕まりそうなら無理せず捕まった方が良い、と言われていたけれど。

——ま、どうせなら、華麗に逃げ切ろう。

宇川が自転車の方に視線を向けると、村瀬と目が合った。ちょうど、鍵開けが終わったようだ。

「どうするのよ、これ」

「もちろん乗るんだよ」

坂上と岡絵里に、同じ自転車に乗るように指示を出し、宇川自身は村瀬がまたがった自転車に近づいた。荷台がついているので、二人乗りしやすい。背中と背中を合わせるように、後ろ向きに座る。

「じゃ、行くよ——」

中指に指輪をはめてから、もう充分、一分以上の時間が経過している。

「漕《こ》ぎ出せ」

声をかけた直後、能力を使う。

変化は劇的だった。視界がぐんと持ち上がる。空に向かって飛び上がるように。だが、上昇しているのは宇川だけではなかった。自転車ですらない。地面そのものが、高く隆起する。

不意に生まれた斜度の強い坂道を、重力に引かれた二台の自転車が滑り落ちる。背後から小さな悲鳴が聞こえた。

「可愛い声だね」

宇川は思ったことをそのまま口にした。

不機嫌そうに、村瀬が答える。

「こういうことするなら、先に言っときなさいよ」

自転車は落ちるように加速していく。

「じゃ、先に言っておくけど、そろそろ坂道がなくなるよ」

伝えてから、宇川沙々音は左手の中指と小指にはめていた指輪を取る。もう能力は必要ないだろう。

宇川は併走する自転車に視線を向けた。ハンドルを握った岡絵里は楽しげだ。その後ろの坂上央介は、歯を食いしばったような表情で、必死に岡絵里の肩をつかんでいる。

「ねぇ坂上」

彼は怖々と、眼球だけを動かすような動作でこちらをみた。

宇川は続ける。

「懐かしいね、こういうの。まるで二年前みたい」

浅井ケイと、春埼美空と、坂上央介と、宇川沙々音。

二年前に、管理局と対立したメンバーだ。

坂上は引きつった笑みを浮かべている。

「ですね。できればもう、経験したくはなかったけど」

「うん。君、こういうの嫌いそうだもんね」

管理局と戦ったり、逃げ出したり。社会のルールに反するようなことを、きっとこの少年は嫌うだろう。

坂上は視線を落とした。

「そうですね、とても嫌いです。嫌いだし、気持ちが悪いです」

「恐怖は？」

「もちろんあります。怖くないわけがありません。僕は学校の先生に反論するだけでも足が震えるんです」

坂上は泣き顔のような表情で微笑んだ。

「でも、怖いのには慣れました。息を止めて我慢すれば、なんとかなります」

「へぇ」

二年前から、不思議だったのだ。坂上は社会のルールに反抗するようなタイプの人間にはみえなかった。

「嫌いだし、気持ちが悪いし、もちろん怖いのに、君は浅井に協力するんだね」

坂上は首を振った。

「別に、浅井くんに協力しているわけじゃない」

「そうなの？」

「はい。みんな浅井くんが気になるみたいだけど。僕は正直、彼の味方ではありません。

できるなら彼の傍にはいたくないくらいです」

ああ、そうか。

「君は相麻菫が好きなのだったね」

相麻菫という女の子には会ったことがないけれど、興味深い人ではある。

坂上は目を大きくして、それから笑った。

「ずいぶん、はっきり言いますね」

「本当のことでしょう？」

「まぁ、そうだけど」

坂上は下を向く。

「でも、僕はきっと、相麻さんを嫌いになるだろうと思っていたんです」

「へぇ、どうして」

「嘘をついて、僕を騙《だま》していたから。相麻さんは普通の女の子だと思っていました。能力なんて持っていない、ただ正しいだけの女の子だと思っていたんです」

「全然違ったわけだ」

「はい。だから僕は浅井くんから相麻さんの話を聞いたとき、本当に混乱したし、きっとその混乱が収まれば、彼女を嫌いになるだろうと思ったんです」

なるほど。

「結果は？」

「わかりません」

「どうして？」

「まだ混乱していますから」

自転車の車輪が、小石かなにかを踏みつけたようだ。自転車が大きく揺れて、耳元で聞こえる、風を切る音が変化した。

その隙間で、どうにか聞こえる声で、坂上は言った。

「でもなにが嘘でも、どれだけ思っていたのと違っていても、僕は彼女を嫌いになりたくない。もしかしたらこれから嫌いになるかもしれないけれど、好意的なままの方が良いと思っているんです。なぜだか――」

うつむきがちな彼は、だがふいに顔を上げた。

「なぜだか、管理局に逆らうよりも、大人たちに追いかけられるよりも、相麻さんを嫌いになる方が、怖いことのような気がするんです」

宇川沙々音は笑う。

「君はとても臆病《おくびょう》で、とても勇敢なんだね」

坂上央介も笑う。

「それは矛盾していますよ」

違う。

「そんなことはないよ。本当は、臆病な人しか勇敢にはなれないんだ。怯《おび》えながら前に進むのが、勇気だよ」

だから宇川沙々音は、本当に勇敢な人間にはなれない。なにかを怖がることがないから、あらゆる行動に勇気が伴わない。きっと浅井ケイも宇川に似た人種だ。浦地正宗もそうだろう。

でもこの件に関しては、もっとわかり易《やす》い例がある。

「たとえば春埼美空がなにをしたとしても、勇気があるようにはみえないよ」

彼女ならロシアンルーレットで六回目の引き金を引くようなことだって、平気でしてみせるだろう。

「彼女にあるのは愛と信頼だけで、たぶん勇気は、欠片《かけら》もない」

春埼美空は勇気を持たないまま、なんだってできてしまう。

今だって彼女は、ひとりきり、もっとも敵の近くにいる。

＊

「どうして、ここにいるの？」

そう言ったのは索引さんだった。

春埼美空は落ち着いた口調で答える。

「人に会うためです。貴女《あなた》ではありません」

浅井ケイや、浦地正宗や、管理局員たちがばたばたと慌ただしく動き回っているあいだ、春埼はずっとカラオケボックスの一室にいた。そして管理局員たちがこのカラオケボックスから出て行ったのを確認して、部屋を出た。

通路には索引さんが立っていた。その可能性は充分に想定していたので、とくに驚きはない。

索引さんは睨《にら》むような目つきでこちらを眺めている。

「貴女は逃げないの？」

「逃げることは私の役割ではありません」

「役割？」

「私は貴女たちに捕まえられてもいいのです。逃げ切る必要なんか、どこにもないのです。ただひとつだけ、割り当てられた仕事を終えられれば、それで構いません」

だから春埼はケイとも離れ、村瀬や宇川たちとも離れ、ここでひとりタイミングを計っていたのだ。

「それは、浅井ケイに指示された役割？」

「はい。そうです」

索引さんは、呆《あき》れた風に呟《つぶや》く。

「貴女は彼を信頼し過ぎている」

そうだろうか。

「でも貴女だって、浦地正宗を信頼しているのではないですか?」

索引さんは心の底から嫌そうに首を振った。

「まったく違うわよ。貴女と浅井くんとの関係とは、まったく」

「どう違うのですか?」

「私は浦地さんを疑っているもの。彼に恐怖して、どちらかというと嫌ってさえいる」

なるほど。

「それは確かに、まったく違います」

春埼にも、ほんの少しだけ、恐怖はわかる。浅井ケイに対する恐怖心は、完全なゼロではない。だが嫌うというのはわからない。なら恐怖さえ違うのかもしれない。まったく違うふたつの感情を、同じ恐怖という言葉で呼んでいるだけなのかもしれない。

索引さんはじっとこちらをみている。銃口で照準を合わせるような視線だった。

「浦地さんが間違っていると思ったなら、私は彼から離れることができるのよ。でも貴女は、正しいも間違いも関係なく、浅井くんについて行くだけでしょう?」

春埼は首を傾げる。

索引さんの指摘が、なにかとても的外れなものに思えたのだ。まったく間違った前提を土台にして、彼女が語っているように。

少し考えて、違和感の原因に気づいた。

「私だってケイが間違っているのだと思えば、きっと彼に反論するでしょう」

「そうはみえないけれど」

「ただ、彼がなにかを間違えるとは思えないだけです」

「あり得ないわ」

索引さんは、疲れた風な息を吐き出す。

「なにも間違えない人間なんていない。貴女は浅井くんを過剰に信頼している。まるで貴女自身の意志が、どこにもないくらいに」

その指摘は、今までだって何度も受けた。様々な人の口から、様々な言葉で。でも納得できない。「その通りだ」と頷《うなず》けない。胸の中の引っかかりを、一度、言葉にしておいた方が良いだろうか。

つまり――

「私には私の意志があります。私の感情と、私の哲学を持っています」

「そうはみえないけれど」

「でも、あるのです」

春埼自身にも、その実在を確信できたのはつい最近だ。

他者に理論立てて説明することは難しい。だが、確かにそれは実在するのだ。

「私はいつも浅井ケイを観察しています。私の感情と私の哲学に照らし合わせて、彼は正しいのだと判断しています。私自身が私の意志で、彼を信じることに決めたのです」

理性的に考えるたび、いつだって、春埼美空にとって浅井ケイは正しいのだという結論に至る。ただそれだけのことだ。自身の意志を無視しているわけではない。

「きっと、反対です。強く、私自身があるから、彼を信じるのです」

索引さんは眉《まゆ》をひそめる。

「その言葉のひとつひとつが、とても過剰に聞こえるわね」

春埼美空はまた首を傾げた。

「そうですか」

索引さんは言った。

「でも、浅井くんは貴女を切り捨てた。それが本当に正しいの？」

切り捨てた？

「意味がわかりません」

「だって貴女をひとりだけここに残したというのは、そういうことでしょう？　もう貴女は管理局に捕まってしまうしかないことを、浅井くんだって知っていたはずよ」

仮に、索引さんの言う通りだったとして、

「いったいどこが、私を切り捨てたことになるのですか？」

「だって貴女は管理局に捕まるのだから」

「もし管理局に捕まっても、問題ありません」

管理局員たちから逃げ回るよりも、あっさり捕まってしまった方が安全なくらいだ。もう危険な能力の対象になることも、偶発的な事故に巻き込まれることもないのだから。

春埼はまっすぐに、索引さんの瞳《ひとみ》を覗《のぞ》き込む。

「それに、私はおそらく捕まりません」

「どうして？」

「ケイがそう決めたからです」

「浅井くんが決めれば捕まらないの？」

当たり前だ。

「浅井ケイは、間違えません」

もし彼が間違えるなら、初めから、その問題に正解なんてない。

索引さんは肩をすくめてみせた。

「確かに私の同僚たちは、貴女の仲間たちを追いかけて行ってしまった」

「そうですね」

「でも、私ひとりでも、貴女を捕まえるくらいのことはできるわよ」

「ええ。きっとそうでしょう。でも」

春埼は通路の先に視線を向ける。

「私たちは、ふたりきりではありませんよ」

索引さんも、つられたように通路の先に視線を向ける。

そちらは角になっていてよく見通せない。だが、わずかに足音が聞こえてきた。こつん、こつん、と、ゆっくりとした歩調で誰かが歩いてくる。

通路の先から誰が現れるのか、春埼美空は知っている。そのことについては、すでに浅井ケイが予告している。

春埼美空は索引さんに視線を戻した。

彼女の能力は、人を捕らえることに向いたものではない。

「貴女にはおそらく、ふたりを同時に相手にすることはできません」

索引さんは頷く。

「そうね。だけど——」

彼が立ち止まり、足音が聞こえなくなる。

「ふたりを相手にしなければいけないのは、貴女のようだけれど？」

通路の奥から現れたのは、管理局員だった。

加賀谷という名前の、管理局員だ。

索引さんは、胸の前で腕を組む。

「どうやらなにもかもが、浅井くんの思い通りに行くわけでもないみたいね」

春埼美空は、内心で首を振る。

——いや。彼の言った通りだ。

春埼美空の役割は、加賀谷に会うことだ。彼に向かって、春埼は言った。

「これから議論が始まります」

咲良田の未来を決める、もっとも重要な議論が、ある車の中で始まる。

＊

「それでは、始めましょう」

と、浅井ケイは言った。

運転席の津島信太郎は、もう口を開く気配もない。

助手席の中野智樹は、相変わらず目を閉じている。

ケイの隣で、浦地正宗が肩をすくめた。

「君は本気で私を説得できると思っているのか？」

「ええ、もちろん」

「こうみえて、私は頑固だよ。たぶん君が思っているよりも、ずっと頑固だ」

「でも貴方《あなた》は冷静です。僕のやり方にメリットがあるなら、きっと頷いてくれます」

浦地は顎《あご》に手を当てて、窓の外、流れる景色を眺めた。

「まぁいいさ。今の私は囚《とら》われの身だ。席を立つこともできないなら、君の話を聞く他にない」

ケイも窓の外に視線を向けた。咲良田を東西に横断する、まっすぐな道を車は走る。

ありふれた道だ。地方都市の外れには必ずあるような。たまに利用する、郊外型の大型書店の前を通過した。

「これから、どんな話が始まるんだろうね？」

浦地の言葉に、ケイは答える。

「もちろん咲良田の能力に関する話ですよ。咲良田には能力があるべきなのか、それともなくなってしまうべきなのか。僕たちの間にある議論は、それしかない」

「なら、そんなものは無意味だ。私たちはもう、互いに答えを出している。それぞれ相反する答えを正しいのだと確信している。一方が、もう一方に自分の正しさを信じさせたいなら、戦争しかない」

ケイは首を振った。

「そういう風に行き詰まってしまうことがあるのはわかります。強引に相手を殴りつけるような方法でしか意思の疎通ができない事態というのも、たぶんあるのでしょう。でも今回は違う」

「いったい、どこが違うというんだ？」

いちばんの違いは、今回は審判がいることだ。浅井ケイが正しいのか、それとも浦地正宗が正しいのか、判断する権利を第三者が握っている。

だが、そのことについて詳しく説明するつもりはなかった。

強引に話を進める。

「浦地さん。僕にはどれだけ考えても、能力が悪いものだとは思えないんです。それが消えてしまった方がいいだなんて、思えない」

「そうかい。私は考えるまでもなく、能力が悪いものだと思っているよ」

ケイは頷《うなず》く。

「能力は人を救いながら、人を傷つけてきたのだと思います。救われた人も、傷つけられた人もいるのなら、能力を好きになる人と、嫌いになる人がいて当然です」

「そして、そのふたりの意見は平行線だ」

「ええ。過去をみている限りは」

でも、理論上の平行線なんて、きっと誰にも描けない。

人はもっと歪《いびつ》で、思考は直線でさえなくて、だからふたつの線を伸ばし続ければ必ずいつか交わる。過去で交わらなかったなら、きっと未来で交わるだろう。

「浦地さん。カルネアデスの板を知っていますか？」

彼は軽く頷く。

「ひとりの懐疑主義者が語った、命を天秤《てんびん》にかける方法だ」

カルネアデスというのは、哲学者の名前だ。彼が語ったひとつの問題が、カルネアデスの板と呼ばれる。

ある船が難破し、乗組員たちは海に放り出されてしまう。

乗組員だった男は、どうにか海面に浮かぶ木の板にしがみつくことに成功する。それほど大きな板ではない。男には、ひとりぶんの体重を支えるのが精一杯に思えた。

そこにもうひとり、別の乗組員が手を伸ばす。彼も男と同じ板につかまろうとしているようだ。だが、彼が板をつかめば、それは沈んでしまうだろう。

男は手を伸ばす彼を突き飛ばした。彼は水死し、男は助かった。

「乗組員がしたことは正しかったのだと、浦地さんは思いますか？」

男がなにもしなければ、木の板はそのまま沈んでいただろう。ふたり共に死亡していた可能性が高い。だが、男は自分が生き残るために、他者を殺したのだ。それも間違いのない事実だ。

浦地正宗は頷く。

「私であれば、その乗組員は正しかったのだと判断するよ。ふたりとも死ぬよりは、ひとりでも生き残った方が良い。それに人間はいつだって必死に生きていようとするべきだ。生き残るために、最善を尽くすべきだと私は思う」

「なるほど」

「君はどうかな？　まさか、ふたりで生き残る方法を探せとは言わないだろう？」

「そう思っていますよ。ふたりとも生き残るのがいちばん良い結末です」

浦地は笑った。

「その回答は問題の本質から目を逸《そ》らしているよ。前提を理解していない、愚かな答えだ」

「前提、ですか」

「そう。できないことは、できない。カルネアデスの板では、どちらか一方が死んでしまうしかなかった。それが絶対的な前提だよ。君にだって、それくらいのことはわかるだろう？」

ケイは、肯定も否定もしなかった。

ただ、落ち着いたリズムで話を続ける。

「浦地さんの言う、命を天秤にかける話は、ほかにもいくつもあります。直接的に人を殺《あや》める話も、間接的に殺める話もあります。昔から繰り返し議論されてきた問題です」

「それが？」

「僕はもうひとつ、似た話を知っています」

浅井ケイは、軽く目を閉じた。

罪悪感は、もちろんある。それでも語る。

「ひとりの少年が、特別な能力を持っていました。右手で触れれば、あらゆるものの変化を──つまりは時間を、止めてしまえる能力です」

その少年の前に、ある男性が現れる。

男性は、この世界のルールを護《まも》っている。彼が死んだとき、世界のルールは大きく変化して、人々は混乱してしまう。それを防ぐには、男性が決して死なないように、時間を止めてしまうしかない。

世界のルールを護るために、少年は男性の時間を止めた。

人々の幸せのために、ひとりの人間を、犠牲にすることを選んだ。

「さて、問題です」

ケイは笑う。

こういう話をするときに、適した表情を知らないのだ。

「その少年がしたことは、正しかったのでしょうか？」

浦地正宗は、自然に笑みを消した。

不機嫌そうにこちらを睨《にら》む。

「悪質な冗談だ。そんなことが問題になる余地はない。加賀谷がしたことは正しかったし、そもそも彼はなにも選んでなどいない。すべて管理局に強制されたことだ」

ケイは浦地の瞳《ひとみ》を眺める。

「では、加賀谷さんが管理局の決定に逆らっていたとして。罪悪感から、貴方《あなた》のお父さんの時間を止められなかったとして。貴方はそれが、悪だと思いますか？」

ほんのわずかな時間。

だが確かに、浦地正宗は言葉を詰まらせた。ケイが知る限り初めて、演技ではなく、浦地正宗が困惑した。

ケイは笑う。本当は笑いたくなどない。だが笑う。

「同じことですよ。たとえば海上で板をめぐって相手を突き落とすこともできず、ふたり仲良く海の底に沈んでいたなら、それは間違ったことですか？」

浦地は首を振る。

「ふたつは並べて語られる問題ではない。自分ひとりのために何者かを犠牲にするのと、世界のために何者かを犠牲にするのでは、意味合いがまったく違う」

その通りなのだろう。

でも彼の言葉は、問題の本質から目を逸らした回答だ。

「なら言い換えましょう」

生き残ること。世界の平穏を護ること。

「絶対的な幸福のために、ひとりを殺せなければ。誰かを犠牲にする判断ができなければ、それは悪ですか？」

強い語気で、浦地は答えた。

「ああ、悪だ。正しい決断ができていない。自分の弱さや優しさに甘えているなら、それは愚かで、社会的な害悪だ。人はしばしば、全体の幸福のために、一部の人間が不幸になる決断を下さなければならない」

ケイは頷く。

「貴方の考え方は、とても強い」

強くて、正しい。

「でも、浦地さん。すべての人に対して、その強さを持てと主張できますか？　まるで算数で損得を勘定するように、人の命の価値を計算しろと、誰も彼もに言えますか？」

頷けるわけがないのだ。

浦地正宗は、頭が良いから。すぐに色々なことを考えてしまうから。本質的には純粋で優しいから、こんな、答えの出ない問題に、今すぐ答えることなどできないのだ。

ケイは続ける。

「正直、こんな問題の答えなんて、なんでもいいのだと思う」

好きな方を、自分勝手に選べばいい。

「ひとりだけ木の板につかまって、相手を突き落として生き延びた乗組員がいたなら、その勇気を褒め称《たた》えればいいんです。相手を突き落とせず、ふたり一緒に沈んでしまった乗組員がいたなら、その深い愛情に感動すればいいんです。どちらも正解でいい」

一方を正解だと決めつけるから、もう一方が間違いになってしまうのだ。なにが良いことでなにが悪いことかなんて、各々《おのおの》が判断すればいい。

場合によっては、選ぶことは重要だろう。苦しみながら、選ぶ場面はあるだろう。でも選んでしまったなら、それを信じることしかできない。

「僕はカルネアデスの板で、両方の人を救いたいと答えました。浦地さんはそれが問題の前提を理解できていない、愚かな回答だと言った。まったく、その通りです。カルネアデスの板では、少なくとも一方は死ななければいけない。でも」

ケイはまた窓の外に視線を向ける。

咲良田の景色が後方へと流れていく。それは何処にあってもいいような、特別な所なんてなんにもない景色だ。

「でも、より現実的にカルネアデスの板のことを考えるなら。頭の中だけではない、実際に起こった問題として考えるなら、話の焦点はまったく別になる」

生き残るために誰かを突き落とした乗組員のことなんて、問題にはならない。彼の罪なんて、まったく本質ではない。

「本当に考えるべきなのは、もう二度と同じ事故が起こらないようにする方法です。もし同じ事故が起こってしまったなら、ふたりの人間を両方救えるように準備しておくことです」

この手の話の本質は、たったひとつ。悲劇が起こった。それだけだ。

なら考えるべきことは、その悲劇に、いかに対処するかだ。次にまた同じ悲劇が起こらないよう現状を改善する方法だ。当たり前のことだ。

浦地正宗は首を振る。

「浅井くん。君は、なんの話をしているんだ？」

決まっている。

「もちろん咲良田の能力の話ですよ」

できるだけ、すべての涙を消し去りたい。できるだけいつだって笑っていたい。

話の本質は、まとめてしまえば、こんなにもシンプルだ。

「これは加賀谷さんと、貴方のご両親に関する話です。加賀谷さんがふたりにしたことが、正しかったとか、間違っていたとか話していても仕方がない。僕たちはこれから未来で、どうすれば全員を救えるのかについて考えなければならない」

いつだって過去よりも未来について考えるべきなのだ。過去は未来について考えるための参考材料でしかない。

そして未来について考えたとき、「なにかを切り捨てなければならない」なんて事態、まず避けて通らなければいけないことだ。

全員救う。当然だ。

「全員とは、誰だ？」

「今回の問題に関わっている全員ですよ。加賀谷さんと、貴方のご両親と、そして貴方自身です。考えてみてください。その四人みんなが幸せになる方法を」

「私は今でも幸せだよ。能力がなくなれば、なおいい」

「では後の三人は？　たとえば、どうなれば加賀谷さんは、貴方に対する罪悪感を消し去れるでしょう？」

考えるまでもない問いだ。

ため息混じりの口調で、浦地は答えた。

「私の両親にかかった能力を解除する」

ケイは微笑む。

「その通りです」

「不可能だよ、そんなことは。私の父の能力は、絶対的に守られなければならない。あの能力がなければ、世界は混乱の渦中だ」

「ええ、そうですね。でも重要なのは貴方のお父さんではなく、あくまで能力です」

浦地の瞳が、わずかに揺らぐ。

こちらが言いたいことを理解したのだろう。

今度こそ、心の底から笑って。

「なら能力者から、能力だけを取り出してしまえば良い」

浅井ケイはそう告げた。

＊

それぞれの自転車の後ろに乗っている、宇川沙々音と坂上央介が話し込んでいるせいで、自転車の距離を離せない。

仕方なく岡絵里は、村瀬陽香の隣を走っていた。

――なにを気にしているんだろうね。私は。

どうも調子が狂っている。悪者は人の都合なんて考えない。さらにペダルを踏み込もうとしたところで、声を掛けられる。

「意外だったわ。貴女《あなた》は意地でも、浅井には手を貸さないのだと思っていた」

村瀬陽香だ。苦手な相手だった。

とはいえ、無視するのも逃げているようで気分がよくない。

仕方なく無理やりに笑う。

「複雑なんだよ。色々ね」

走る自転車の上では、いつも正面から風が吹く。高く空まで飛びあがってしまいそうな向かい風だ。それは心地いい。盗んだ自転車で走っているなら、なおさらだ。

意味もなく岡絵里はベルを鳴らした。みえない部分が錆《さ》びているのかもしれない、濁った、重たい音が、風景と同じように背後へ流れていく。

「先輩は訳がわからない。二年前と同じようにも、まったく変わってしまったようにも、みえる」

ただの独り言だ。

返事なんて、求めていない。

だが村瀬陽香は言った。

「中学生の浅井は、あんまり想像できないわ」

「背が低かったよ。今よりも」

「それはそうでしょうけど、他には？」

「どうかな」

岡絵里は立ち上がってペダルを踏み込む。少しバランスが崩れて、後ろの坂上が小さな悲鳴を上げる。

村瀬陽香も、ガシャン、と音を立ててペダルを踏み込んだ。

彼女がまた隣に並んだから、岡絵里は口を開く。

「先輩はとても自分勝手だ」

「そうね」

「でも自分のことなんて、ちっとも考えていない」

「それも、そうね」

「訳がわからない」

実は、そうでもない。なんとなくわかる。どこかで理解できる。

車輪が小石を踏みつけた。ほんの小さな石だったけれど、車体が何度か、大きくバウンドした。坂上がうるさい。

「たぶん私は、いつまでも先輩が嫌いだよ。いつも先輩は私の神経を逆なでするんだ。苛立《いらだ》って仕方がない」

岡絵里は空を見上げた。

前がみえないまま自転車を走らせるのは怖いが、そのままペダルを踏む。

「ちょっと前に、先輩は私を映画に誘ったんだ」

たぶん、仲良くなるために、一緒にいようとしたのだろう。

「へえ。行ったの？」

「行くわけないじゃん。あんたのとこの学園祭にも誘われたけど、行かなかった」

そういうところが、むかつくんだ。

「今日のこれだって、きっと先輩にしてみれば、似たようなものなんだ。私の能力が必要だったのも本当だと思うよ。でもね、やっぱり映画とか、学園祭とかと同じような意味もあるんだと思う」

つまりは、こちらと親しくなるために、彼は岡絵里を計画に組み込んだ。

そんな面もあるのだと思う。浅井ケイはそういうところまで、詳細に計算してしまえるのだと思う。

「そういうところは、やっぱり二年前の先輩みたいだ」

管理局と争うついでに、後輩と仲良くなっておこうなんて考えられるのは、たぶん浅井ケイくらいだ。

――実は、知っている。

二年前、藤川絵里がなりたかった岡絵里は。

きっと今の岡絵里よりも、今の浅井ケイに似ている。

目的のためならなんだってする。必ずどこかから、正解の方法をみつけてくる。そしていつも不敵に笑っている。

強い浅井ケイに、藤川絵里はなりたかった。

「だから、むかつくんだよ」

つぶやいた言葉は、たぶん村瀬陽香には届かずに、やはり後方へと流れていった。

＊

口元だけを歪《ゆが》めて、浅井ケイは笑う。

簡単なことだ。シンプルな答えだ。

「浦地さん。貴方《あなた》のお父さんの能力を、坂上さんにコピーしてもらえばいい。他に移し替えてから、そちらを加賀谷さんがロックすれば、それで彼は自由になります」

浦地正宗は、不機嫌そうに顔をしかめる。

「それではなにも変わらない。父の代わりに、別の人間が犠牲になるだけだ」

「なら、人間でなければ？」

もちろんケイだって、初めから、別の人を犠牲にするつもりなんてない。

「たとえば一匹の猫に、能力をコピーしてみてはどうでしょう？」

「猫？」

「ええ。ひとりの人間の代わりに一匹の猫を犠牲にすれば、加賀谷さんも、貴方のお父さんも救われる」

両親を共に救うなら、犠牲になる猫は二匹になる。

浦地正宗はポケットから手帳を取り出した。

ページをめくりながら、口を開く。

「まず無理だ。人間以外が能力を使った例は、未《いま》だかつて存在しない。それに――」

あるページで、彼は手を止めた。

「坂上央介の能力。やはり、コピーできる対象は人間だけだ。猫だろうが犬だろうが、連れてきても仕方がない」

本当に、そうだろうか。

「なぜ、人間にしか能力をコピーできないのだと思いますか？」

「知らないよ。ルールは能力によって様々だ」

「推測してみてください。貴方は、大抵のことは考えればわかる」

音を立てて、浦地は手帳を閉じた。

「単純に考えるなら、意志の有無だ」

咲良田の能力は、使用者が望めば発動する。

望まなければ、発動しない。

能力における絶対的なルールだ。

「猫に、能力を使おうという意志はない」

つまらなそうに語る浦地正宗の言葉で、きっと正解だろう。

だから、チェックメイトだ。

「僕の友達に、猫と意識を共有する能力を持つ女の子がいます。猫に人間と同じ意識を与えることは可能です」

本当は、こんな方法、嫌だ。

どうして猫が犠牲にならないといけないんだ。浅井ケイの理想には反している。一匹の猫の幸せにだって、できるなら全力でありたい。

神さまになりたかった。なにも踏みつけずに、諦《あきら》めずに、思うがままにすべてを救える万能の神さまになりたかった。ずっと。今もまだ。それを願っているけれど、そんなものになれはしないことだって、知っていた。

――今は、これが限界だ。

人間の代わりに、猫を犠牲にする。これよりも説得力のある方法を、ケイはまだ持っていない。

口調だけは淡々と続ける。

「能力を活用すれば、貴方のご両親を救うことだって可能です。咲良田の能力は、貴方が思っているよりも、便利だ」

浦地正宗は、じっとこちらをみていた。

それから、軽く首を振った。

「だから、どうしたというんだ?」

今まで通りの彼の声だ。

定型文を読み上げるように、彼は続ける。

「仮に、それらがすべて上手《うま》くいったとして――私の両親と加賀谷が救われたとして、だからどうしたというんだ?」

　少しずつ、彼は声量を増していく。

「能力が一度、誰かを救ったところで、そんなことはなにも証明しない。例外的に上手くいった場面だけを取り上げても、能力を肯定する理由にはならない」

　浅井ケイは彼から視線を外さない。

「なら一体、どれだけ救えば、能力は許されるのですか?　どれだけの人間を救えるものに、価値があるというんですか?」

　浦地の声は、半ば叫び声のようだった。

「回数の問題ではないよ。人は能力のような、不確かなものに頼ってはいけない。あらゆる困難も絶望も受け入れて、現実から目を逸《そ》らさずに生きなければならない」

　ケイは軽く息を吸い込んだ。

　怒鳴り返そうかとしたのだ。でも、馬鹿馬鹿しくなり、やはり息を吐き出す。

　――そういうのは、僕のやり方じゃない。

　大きな声でなければ言葉が届かないような会話は、したくない。そんなもの獣が吠《ほ》えあっているのと同じだ。もっと言うなら、殴り合っているのと同じだ。

　抑えた口調で、ケイは答える。

「現実から目を逸らしているのは、貴方です」

　だって、能力は実在しているのだから。

「能力は現実の一部なのに、みえないところに追いやって、知らないふりをして。空想の世界に逃げ込もうとしているのは、貴方です」

きっと、彼だって自覚している。

高校一年生に諭せるようなこと、初めから彼は知っている。

「僕たちは、最善を尽くしましょう。リスクに怯《おび》えるのは正しいけれど、それで前に進めなくなってはいけません。怯えながら、慎重に、それでも足を踏み出しましょう。そうするほかに、現実をより良くする方法なんか、ない」

浦地正宗は息を吐き出した。

それは小さな、自虐的な笑い声のようにも聞こえた。あるいは疲れ果ててついた、ため息のようでもあった。きっと浦地自身にも区別できはしないだろう。

「浅井くん。君の言っていることは、あるいは、とても正しいのかもしれない」

彼の瞳《ひとみ》は今もまだ、真摯《しんし》で理性的だ。

落ち着いた、大人びた、でも少年のような瞳だ。

――ああ、たぶん僕たちは、とても良く似ている。

今さら、確信する。

浅井ケイも、浦地正宗も、ふたりとも。ところどころ、とても幼くて。ところどころ、とても脆《もろ》いのだろう。そしてその脆さを、必死に護《まも》っているのだろう。

「でもね、君がどれほど正しくても、私の心は動かないんだ。まだ私は、能力が悪だと思っている。これもどうしようもない現実なんだよ」

少年のような彼は、囁《ささや》いた。

むしろ寂しげな声だった。

「やっぱりだ。やっぱり君に、私は説得できない」

ケイは視線を落とす。

「はい。知っていました」

言葉はとても便利だけれど、でも足りないこともある。

人は、わかり合いたいけれど、でもわかり合えないことだってある。

――こんなの、反則みたいなものだ。

不意打ちで、殴りつけるようなものだ。

「ごめんなさい、浦地さん」

彼はきちんとこちらの話を聴いてくれたのだと思う。真摯に耳を傾けて、その上で素直に自分の感情を信じたのだと思う。

――でも、僕は違う。

とても卑怯《ひきょう》なことをした。

「実は、僕が説得していたのは、貴方ではないんです」

――なにも諦めたくないんだ。

本当に、諦めたくなんかないんだ。

でも、どうしても思いつかなかったから、諦めた。

今は猫を犠牲にしようと決めたように。初めから浦地正宗との対話は、諦めていた。

浅井ケイは助手席に視線を向ける。

「智樹。ありがとう」

眠るように目を閉じていた中野智樹が、身体を起こす。

彼は目元を擦《こす》りながら、振り返った。

「ん？　終わったのか？」

中野智樹の能力は、確実に声を届ける。一方的だけど、決して逃れられない言葉を、彼は届ける。

智樹が能力を使うためには、相手の顔を理解している必要があった。だから彼にドアマンを頼んだのだ。浦地たちが三人でカラオケボックスに現れた時点でもう、説得の準備はできていた。

「もう少しだよ」

腕時計を確認する。午前一一時三〇分。ちょうど、予定の時間だ。

笑みを消して、

「ねぇ、加賀谷さん。能力がなければ救えない人も、能力があれば救えます」

そんな、当たり前のことを、浅井ケイは言葉にした。

＊

春埼美空は告げる。

「浦地正宗よりも貴方《あなた》なのだと、ケイは判断しました」

カラオケボックスの通路だ。

目の前には索引さんと、そして加賀谷がいる。

加賀谷は茫然《ぼうぜん》とした表情で、どこか正面よりも少し高い位置を眺めていた。彼には中野智樹の能力で、ケイと浦地の会話が届いているはずだ。

春埼はケイの言葉を思い出す。

――鍵《かぎ》になるのは、加賀谷さんだよ。

浦地正宗の目的は、咲良田から能力に関する情報すべてを消し去ることにある。そのためには、浦地の母親に掛かった加賀谷の能力を解除しなければならない。対象の時間を止めてしまう、加賀谷のロックを解除するのが、浦地の最終的な計画だ。

そして加賀谷の能力を解除できるのは、彼自身だけだ。

彼がこちらにつけば、浦地の計画は成功しない。

――だから僕はまず、加賀谷さんをこちら側に引き込む。そうすれば浦地さんも、僕たちに譲歩せざるを得ないはずだ。

春埼美空は携帯電話の時刻表示を確認する。午前一一時三〇分。予定の時間だ。

片手に携帯電話を持ったまま、加賀谷に歩み寄る。

「貴方は、選択しなければなりません」

加賀谷は今もまだ機械的だった。無表情で、無感情な、システムに取り込まれた管理局員のひとりにみえた。

「救いたい人を救えるなら、貴方は、その人を救うべきです。かつての問題を修正できるなら、貴方は、それを修正するべきです。加賀谷さん。貴方はどちらを選択しますか？」

能力がない世界か、ある世界か。

浦地正宗の理想か、浅井ケイの理想か。

彼は――

「ケイは言いました。能力というのは、特別な力ではないのだと。自動車や携帯電話と同じように、便利な道具に過ぎないのだと。手足や言葉のように、人間の一部でしかないのだと」

だから、どちらを選んでも、世界の本質は変わらない。

できることはできて、できないことはできない。

「医師が病気を治すように、研究者が新しい技術を開発するように、パン屋がパンを焼くように、母親が子供の頭を撫《な》でるように。能力者は能力を使う。それだけのことでしかないのだと、ケイは言いました」

春埼美空はほんの短い時間、目を閉じる。

わけもわからず、なんだか泣きそうになったのだ。喜びでも悲しみでもない、プラスでもマイナスでもない、奇妙な方向に感情の針が振れた。

「浅井ケイは――」

無理をして、瞼《まぶた》を持ち上げる。

目の前の加賀谷は不思議と幼くみえる。傷つきやすい少年のようにみえる。

「あの人は自分の周りの世界が、できるだけ良くなるよう願っているだけなのです。純粋に、幸せな人が増えるほど、あの人も幸せであれると信じているだけなのです」

初めて会った頃からずっと、彼はそうだった。

世界中の悲しみを、まるで自分自身の悲しみのように嫌っていた。

あの複雑で混沌《こんとん》とした彼の本質は、こんなにもシンプルだ。

「浅井ケイは、貴方の幸せだって望みます。貴方のことだって休まずに考えて、最良の答えを探します」

きっと、彼が説得の対象に加賀谷を選んだのは、効率なんかじゃない。

悲しんでいる人を、苦しんでいる人を、ひとりも忘れずに考えて、考えて。ひとりでも多くの幸福を願って。その結果でしかない。

「だから、加賀谷さん。貴方も選んでください。浅井ケイが正しいのか、間違っているのか選んでください」

春埼美空にとって、彼はなによりも正しい。

どれだけ考えても、疑ってみても、いつだって彼は正しい。

――浅井ケイは、間違えない。

それは、とても頭が良いからではなくて。とても優秀だからではなくて。

なにも忘れられない彼は、彼の正しさを決して失うことがないから、間違えない。

「加賀谷さん。彼の提案した結末が、貴方にとっての幸せなのかを、選んでください」

春埼美空は携帯電話を加賀谷に差し出す。

「そのまま発信すれば浅井ケイに繋《つな》がります。隣には浦地正宗もいます」

加賀谷は震えた手で、携帯電話をつかむ。

彼に背を向けて、春埼は歩き出した。近くに人が立っていると、電話では会話をしづらいものだと聞いたことがある。春埼にはよくわからなかったが、気を遣ったのだ。

「ねぇ」

そう声をかけたのは、索引さんだった。

「わけがわからないわ。一体、なにがどうなっているの？」

春埼美空は足を止める。

彼女を眺めて、答えた。

「加賀谷さんを仲間に引き込みました。ケイが予定した通りです」

索引さんは顔をしかめる。

「そんなの、どうしようもないじゃない」

春埼は頷《うなず》いた。

「はい。ケイはそういう手順を好みます」

他にはなにも選べなくなるくらいに、正しい選択肢を用意して、気がついた時にはもう彼が望む結論を選ぶしかなくなっている。それが彼の、いつものやり口だ。

「ところで――」

春埼美空は、索引さんを睨《にら》む。

「謝罪はまだですか？」

索引さんは、まったく意外なものをみつけたという風に、きょとんとした表情を浮かべる。

「謝罪？」

春埼は頷く。

「ケイは正しいし、私を見捨ててはいません。私はあくまで私の意志で、じっくり観察した結果として正当に彼を信じています」

実は、ずっと不機嫌だったのだ。春埼自身も信じられないことだが。

ほんの少し前まで、彼の正しさを理解しているのは自分ひとりでいいと思っていた。

他の人のことなんて、どうでもよかった。なにを信じるかなんて、各々《おのおの》がそれぞれ考えればいい。

でも、今は違う。

浅井ケイを、できるなら誰もに認めて欲しい。

しばらくこちらを眺めていた索引さんは、やがて疲れた風に息を吐き出す。

「はいはい。私が間違っていたわよ。でも――」

「でも？」

「正しいというだけの理由ですべてを信じてしまうのは、やっぱり過剰よ」

そうなのだろうか？　よくわからない。

正しいものを信じられないなら、その感情の方が過剰にみえる。

別の、正しくはないなにかを過剰に信頼しているように、春埼美空には思える。

＊

永遠に続くことが期待された眠りにつく直前の、彼らの言葉を覚えている。

「すべて、僕たちが決めたことだ」

「貴方は私たちにとって、純粋な救いだっただけ。その他の、なにものでもない」

ふたりが眠りにつくのには、八年もの時間のずれがあった。

なのに、語った言葉は、まったく同じだ。

「ずっと昔から、君が生まれることを、僕たちは知っていた。だから僕は、この街に能力を残せた。僕は、生きることを選べた」

「そして、私たちは子供を産むことさえできた。とても良い子よ。真面目すぎるくらいに真面目で、強い意志を持っている」

同じだったから、ふたりの言葉を、同時に思い出す。

「僕たちは、君が生まれてくることを知っていたから、幸せでいられた」

「だからもし、貴方《あなた》がこのことに罪悪感を抱いているのなら、そんなものは勘違いよ」

忘れようもない言葉を、加賀谷は思い出す。

「胸を張って良い」

「貴方は正しく、その力を使うのだから」

でも、そんなこと。

信じられるはずもなかった。

*

ケイの下にかかってきた、加賀谷からの電話は簡潔だった。

「今回の件に関しては、貴方を支持します」

と、彼は言った。

それから彼は、電話を浦地に代わって欲しいと告げた。

浦地と加賀谷の会話も、長いものではなかった。

ケイが聞き取れた浦地の言葉は、たった三つだけだ。――「私だ」「ああ、そうか」「わかった」。そして彼は携帯電話をこちらに戻す。通話はもう切れていた。

浦地はうつむき、手のひらで額を押さえた。だから彼の表情はよくわからなかった。

「浅井くん。すべて君の予定通りか？」

「ええ」

加賀谷を仲間に引き込むのは、浦地正宗を直接説得するよりも、ずっと簡単だろうと思っていた。それが浦地の計画において、致命的な問題になることも理解していた。

「私はどこで間違えた？」

間違えたわけではない。

マラソンを走り終えて疲れ切ったランナーみたいに、浦地はうつむいたまま続ける。

「加賀谷の心情を、無視したことか？」

半分くらい正解で、だが少しニュアンスが違う。

「貴方が無頓着《むとんちゃく》だったのは、どちらかというと貴方自身の感情だったように、僕には思えます」

浦地は視線だけを持ち上げ、こちらをみる。

「私？」

ケイは頷く。

彼は、彼の弱さに、無自覚だった。

「貴方は加賀谷さんを信頼していました。きっと無意識に、とても強く信頼していたのだと思います。だから加賀谷さんがこちら側につくことを思いつけなかった」

頭の良い彼なら、きっと考えれば、すぐにわかっただろう。

ケイの立場に立てば加賀谷を狙うしかないことに、気づけていただろう。実際に浦地はおそらく、それを警戒していたはずだ。だから加賀谷はケイの協力者を追わず、カラオケボックスに残っていた。ケイの方も同じ想定で、カラオケボックスに春埼を残らせた。

でも、浦地が警戒したのは、物理的な方法までだった。加賀谷の心情を狙い撃つことがいかに有効か、考えればわかるはずなのに、それを無視してしまった。

浦地正宗は、加賀谷だけは信頼していたから。彼の本心が浦地以外を選ぶことを、想像するのを忘れてしまった。

――僕だって、同じだ。

春埼美空が相手側につく事態までは、ちょっと想定できない。相手がそんな方法をみつけだしたなら、頭から勝ち目がない。

浦地正宗は首を振る。

「これが私の弱点だと、いつ思い当たった?」

「貴方の知らない時間ですよ」

「この街から、能力が消えていたあいだか？」

「はい。リセットで消えてしまった時間です」

咲良田から、能力に関する情報が消えた夜。

ケイは雨の中を走り回り、能力のことなんか知らない、ただの公務員になった浦地正宗に会った。

「あの夜、君はなにをしたんだ？」

「話をしたんですよ。貴方と、二時間くらいゆっくりと」

些細《ささい》なことを、色々と話した。ケイはなるたけ丁寧に、浦地正宗の声を聞いた。

「貴方が思っているよりも、僕は貴方のことを二時間ぶんよく理解していました」

たったそれだけなのだ。

ただ二時間、彼を理解しようとしただけで、他に特別なことはなにもしていない。でもそれで、彼が加賀谷を強く信頼していることがわかった。

浦地正宗は弱い力で笑う。

「ああ。君は私とは、まったく違うな」

「僕は、貴方に似ていると思っているけれど」

「君のように非効率的な方法は、私には思いつかない」

そうだろうか？

ケイはもう一度、窓の外に視線を移す。

――僕には、ずるいくらいに効率的な方法に思えるけれど。

やはり浅井ケイと浦地正宗は、どこかが少しだけ違うのだろう。

自動車は川沿いの道を走っていた。距離はあるけれど、やがて海へと至る道だ。川で反射する光がまぶしくて、ケイは視線を車内に戻す。

助手席では中野智樹が、また目を閉じている。今度は本当に眠ってしまったのかもしれない。

津島信太郎は運転席で、やはりなにも言わずにハンドルを握っている。彼はどこまでこちらの話を理解しているのだろう？　説明していないから、なにもわからないはずだけど、でもなんとなくすべてを知っているような気もした。

「浦地さん」

浅井ケイは口を開く。

求める結末を、手繰り寄せるために。

「貴方の計画の鍵《かぎ》を、僕は手に入れました。僕がそれを手放さない限り、貴方の計画は成功しません」

まだなにも終わっていない。ふたりの議題が完結することなんてない。

浦地正宗が顔を上げて、ケイはその瞳《ひとみ》を覗《のぞ》き込む。

「僕は能力を管理したい。管理局に入り、様々な権限を手に入れて、能力を管理するシステム自体を僕の理想に沿うように作り変えたい。だから、浦地さん。僕に手を貸してください。僕には貴方の力が必要です」

彼の瞳は、まだ揺らいでいなかった。

疲弊はしている。でも、強い瞳だ。

「君の理想とは、なんだ？」

そんなもの、わかりきっている。

「あらゆる不幸に抵抗するんです。できるなら、そんなものみんな、ひとつ残らず消してしまうんです」

「幼い理想だ。まるで馬鹿げた夢物語だ。それが本当に、叶《かな》うと思っているのか？」

浅井ケイは笑う。

「叶うわけがない」

当たり前だ。誰にだってわかることだ。

「それでも、問題をひとつずつ正していきましょう。永遠くらい遠い場所を目指して、一歩ずつ進みましょう」

この目標に、タイムアップなんてないんだ。

今までだって、何千年か、何万年か、あるいはそれ以上の時間。人間は同じところを目指してきた。少しでも問題が改善されますように。できるだけ幸せであれますように。

そうやって文明を築いてきた。

これから未来も、変わらない。

人類の時間すべてを費やしてもいいくらいの目標だ。

「現実を受け入れて、それでもなにも諦《あきら》めないでいましょう。仲間を増やして、僕たちがいなくなったあとも進んでいけるシステムを作りましょう。そうすればきっと、千年か一万年後に、僕ではない僕たちが、夢みたいな場所に立っていますよ」

理想には届かなくても、進むことには価値がある。

世界中のみんなを救いたくて、今はひとりしか救えなかったとして、それが無価値だと考える方が愚かだ。

「諦めなければ、敗北はあり得ません。無限と同じくらいの時間を費やして、それでもできないことがあるなんて主張する方が、リアリティがない。次の一歩を止めさえしなければ、どこにだって行けます」

浦地正宗は、しばらくこちらを眺めていた。感情を読み取れない瞳だった。

でも、それから、また笑う。その仮面のような微笑みが、きっと彼の素顔なのだろう。

「千年も未来の話に興味はないよ」

浦地は人差し指で、自身のこめかみを叩《たた》く。

「君に手を貸した場合の、私のメリットはなんだろう？」

彼は譲歩したのだ。

だからケイは、予定していた言葉を口にする。とてもつまらない言葉だ。

「僕が間違えたとき、もっとも早くそれに気づけます。僕がやろうとしていることをみんな知ることができるし、ふい打ちも裏切りも自在です」

本当はとても素直な話をしているのに。伝えたいのはそれだけなのに、こんなにも回りくどい説得しかできない。

「貴方《あなた》の目的にとって、僕が障害なら、敵でいるよりも味方にしておく方がずっと都合がいいですよ」

「そんな、いつか裏切るとわかっている、口先だけの仲間を増やしてどうする？」

「決まっています」

口元だけを歪《ゆが》めて、浅井ケイは笑う。

「いずれ、本物の仲間にするんです。貴方が考える未来より、僕が考える未来の方が優れていると、貴方に信じさせてみせます。そのために、まずは偽物の仲間でも僕の傍にいて欲しい」

互いに顔を合わせることがなければ、相手を理解する方法もない。

「浦地さん。やっぱり僕たちは、ほとんど同じなのだと思う。違っているのは、始まりと終わりだけなんだと思う」

咲良田で生まれ、当然のように能力に接しながら育った浦地正宗は、能力の実在こそが問題なのだと考えた。

遠い街で生まれ、それから咲良田に訪れた浅井ケイの目には、能力はまるで希望の結晶のようにみえた。

「とても似ている僕たちは、もう少しわかり合えます。完全ではなくても、充分に相手を理解できます。僕たちには、それを信じることしかできない」

なにも知らない赤子が、母親の口から漏れる音の羅列を、意味のある言葉なのだと信じるように。その意味を読み解けるのだと無垢《むく》に思い込んでいるように。

相手を理解し、わかり合えるのだと。

いつか同じ結末を目指して進めるのだと、信じることしか、きっとできない。

「だから、浦地さん。今は形だけでも、僕たちは仲間でいましょう」

ケイは右手を差し出す。

これ以外の結末なんて、考えられない。

＊

浦地正宗は膝《ひざ》の上で頰杖《ほおづえ》をついていた。

横目でちらりと、少年の手をみる。

「私はね、浅井くん。握手が嫌いだ」

他人の手のひらは生温くて、気持ちが悪い。

ふと、父の手を思い出す。父が長い眠りについた日の朝、彼はまだ幼かった浦地正宗の頭に片手を乗せて、語った。

——君は、とても強い。あとは弱さを知りなさい。

なんとなく思い出しただけだ。理由などない。

「私は嫌いなものがたくさんあるんだ。無闇に参加者が多い会議、子供じみて現実味のない夢や希望、他人の手のひら。みんな嫌いだ」

軽く、目を閉じる。

ひどく疲れていた。長い間、それなりの努力を続けてきたつもりだが、その疲労が一息に押し寄せてきたようだ。

右手をポケットに突っ込む。すっかり馴染《なじ》んだ手帳が、指先に触れる。計画のすべてを書き込んだ手帳だ。この何週間か、浦地正宗の記憶の代わりだったものだ。

「本当はポケットに物を入れるのも嫌いなんだよ。携帯電話さえ契約していない」

手帳なんて持ち歩きたくはない。必要がなくなればすぐに捨ててしまうつもりだった。

薄く目を開く。

浅井ケイはまだ、こちらに右手を差し出している。

浦地正宗は視線を窓の外に向けた。

咲良田の街並みが流れていく。

——私は、この街も嫌いだ。

能力なんてものを受け入れた街は、気持ちが悪い。
でも、できるならここを、好きになりたいとも思っている。
嫌いなものを、好きになる努力を、純粋に続けてきたつもりだ。
頭の上にまだ、父の手のひらを感じる。
——弱さを知っていると、色々なことを許せるようになる。
彼の言葉を思い出したからといって、なにが変わるわけでもない。
浦地の感情は、浦地以外には決められない。
——自分を許すために、人は優しくなるんだよ。
見慣れた街を今もまだ眺めながら。
浦地正宗は、黒い手帳を少年の方へ差し出した。

3話　少年と少女

電車に揺られる少女は知らない。

彼女自身が失ったものを。いくつかの重要な記憶が彼女の中から抜け落ちていることを、まだ知らない。

咲良田を離れたとき、人は能力のことを忘れてしまう。

能力を忘れた彼女は、自分が誰なのかを疑う必要なんてなかった。

二年前のことも、この夏のことも、すべて偽物の記憶に書き換えられた彼女は、自分がこの世界のどこにでもいる少女のひとりだと信じていた。信じていることさえ意識していないから、疑う余地もなかった。

あるいはそれは、幸福なことなのかもしれない。夢の世界で暮らすように、嘘でも幸福で、誰にも責めようのないことなのかもしれない。

電車は緩やかに減速して小さな駅に入る。向かいに座っていた男性が立ち上がり、ドアの方へ向かった。乗ってくる人はいない。

——次の駅だ。

彼女は窓の外に視線を向ける。ホームには丸い時計がある。午後四時三〇分になろうとしていた。

一〇月下旬の午後四時三〇分は、もうそろそろ夕刻だ。日が沈むのはまだしばらく先だけれど、バニラ色のスクリーンみたいな空の手前を飛ぶ鳥は、影絵のように黒く塗りつぶされている。

一斉にドアが閉まる。電車がまた進み出す。

アナウンスが聞こえた。その声が次の駅を告げる。咲良田という街に、この電車は向かっている。

電車は規則正しく揺れる。その音は、時計の針が進む音に似ている。

少女は少年のことを考える。

明日は高校が休みだ。日曜日に学園祭があった、その振替休日だ。少女は目の前の休日を、どうすれば少年と過ごせるだろうかと考えている。ありきたりで、小規模な、でも彼女にとっては切実な問題だ。

――理由なんて、わざわざ用意しなくてもいいけれど。

まっすぐな線路で、電車は心地良く加速する。

――でも言い訳って、あった方が便利よね。

互いが言い訳だとわかっているような、些細《ささい》な理由がいい。こんなものはなくてもいいんだ。そう思いながら、でも活用できるような。誰かのプレゼントを買いに行くだとか、洒落《しゃれ》たカフェにひとりで入るのは気後れするだとか。そんな、どうでもいい言い訳で、明日は彼と顔を合わせたい。

少女は頭を悩ませる。

思わず口元で、仄《ほの》かに微笑んだりもしながら。

音を立てて、電車は揺れる。目に見えない時計の針が、躊躇《ためら》いもなく進んでいく。

少女は窓の外をみている。

光量を落としつつある、でもまだ暗くはない空には、電線がよく似合っていた。

車内の方が明るいからか、窓にはくっきりと少女の顔が映る。もちろん、見慣れた顔だ。笑顔の練習なんかしてみながら。

そのまま電車は、少女は、ひとつのラインを越えた。

目にはみえない、咲良田と、外側の世界を隔てるラインを越えて、少女はまったく別の世界に放り込まれた。

その、目印のひとつもない、だが劇的な変化で、窓に映っている少女の顔が歪《ゆが》む。それが誰なのか、わからなくなる。

――なに？　これ。

頭を押さえる。

情報が劇薬のように、脳内で暴れ回る。視界が涙で滲《にじ》んだ。涙の理由は、咄嗟《とっさ》には理解できない。苦しさに息が詰まって、目を閉じて、自分が泣いていることもすぐに忘れてしまう。

――やめて。

反射的に叫んだ。だが声は出なかった。

――やめて。お願い。

得体のしれないなにかに願う。本能で理解していた。耐えようのない大きなものが、内側から少女を突き破る。

それは記憶だ。暴力的な記憶だ。

咲良田。能力者の街。自身の能力。二年前の出来事。少女の死。彼女が失ったもの。彼女には手に入れられなかったもの。彼女が傷つけてきたもの。今もまだ、傷ついているもの――

予定していた終わりはもう通過している。

ここから先に、救いなんてない。

――ああ。私は、とても脆《もろ》い。

こんな記憶に、耐えられるはずがない。

なにかが壊れる音が聞こえた。耐えようもない記憶がいくつも、いくつも。暴れて少女の真ん中を壊した。

――浅井ケイ。

少女は少年を思い出す。

自分が、自分に良く似ている二年前に死んだ少女が、救いたくて傷つけた少年を思い出す。

――ごめんなさい。

ごめんなさい。他にはなにも思いつかなかった。でも、ごめんなさい。

――私は、初めから間違えていた。

そんなこと、ずっと昔から知っていた。

――ごめんなさい。ケイ。きっと、なにもかもが、貴方《あなた》のためでさえなかった。

明日、彼に、会えるはずなんてない。

「ごめんなさい」

一度だけ、小さな声で呟《つぶや》いて、それが最後だった。

少女は座席に横たわる。

音を立てて、電車は進む。

やがて大きなカーブに差し掛かり、緩やかに減速する。

窓の外の空は、夕陽に染まりつつあった。世界がシルエットに沈みつつあった。

不審に思った乗客が、彼女に歩み寄って声をかける。だが、なにも答えない。少女は瞼《まぶた》を下ろし、耳に入った音を理解することもない。

少女は思考を止めたのだ。記憶から逃げ出すために、意識のスイッチを切ったのだ。

彼女自身を捨てて、まるで人形のような、静かな表情で。

相麻菫は眠る。

1　同日／午後五時

そして野ノ尾盛夏《ののおせいか》は、不機嫌そうに眉《まゆ》を寄せていた。

夕暮れ時だ。まっ白な彼女の肌は、薄暗がりによく映える。

春埼美空は彼女と並んで腰を下ろしていた。山の中腹にある社の前だ。

「まずAの箱に、思いつくものをすべて入れるんだ」

と、野ノ尾は言った。

春埼は傍らの猫の背中に手を乗せて、彼女の声を聞いていた。

「次に、Aの箱の中身をじっくりと眺める。それから、問題点がみつかったものから順に、Bの箱に移動させる」

春埼は首を傾げて、尋ねる。

「なんの話ですか？」

「ずっと昔に、ある老人に聞いた、正しいもののみつけ方だよ」

「正しいもの、ですか」

野ノ尾盛夏は頷《うなず》く。

「あらゆるものには、間違っている点がある。まずはそれを知らなければいけない。間違いまで理解した上で、それでも正しいと思えるものが、本当に正しいものだ」

　そうだろうか？

「絶対に正しいものは、どこにも存在しないのでしょうか？」

「私はみたことがないいな」

「猫は？」

「彼らはすぐに爪をたてるし、たまに素っ気ないから寂しくなる」

　意外だった。

「貴女《あなた》は猫を、耳の先から尻尾《しっぽ》の端まで愛しているのだと思っていました」

「愛しているよ。それは当然だ。私はすぐに爪をたてて、我儘《わがまま》にこちらを無視する猫を愛している」

　よくわからない。

　春埼は夕暮れの空を見上げる。

　良く晴れた空だ。黄色と桃色の光が雲で反射して、複雑なグラデーションを描いている。あまりに綺麗《きれい》なその空は、なんだか偽物みたいにみえた。

　野ノ尾盛夏は、膝《ひざ》の上の猫を、柔らかな手つきで撫《な》でる。

「正しいことと、愛していることは、まったくの別物だよ。猫には正しいところも、正しくないところもある。でも私は猫の正しくないところまで愛している」

彼女の言葉を頭の中で二回、繰り返す。

ふいに、腑《ふ》に落ちた。当たり前のことなのに、言われるまで気がつかなかった。

正しさと、感情とは別物だ。

それは春埼にとって、ちょっとした発見だった。

――なぜだろう。私は、正しいものを無条件で愛するのだと思い込んでいた。

当然、そうだろうと信じていた。

でも違うのだ。だから昼間、索引さんとの会話で、あんなにもすれ違っていた。

「ケイにも、間違っている点はありますか？」

「あるだろう。もちろん」

「一体、どこが間違っているんですか？」

「それは知らない。君は、彼がなにも間違えないと思っているのか？」

春埼美空は頷こうとしたけれど、それは上手《うま》くいかなかった。なにか重大な見落としがあるような気がしたのだ。

迷っているうちに、野ノ尾は言った。

「もし君が、浅井はなにも間違えないと思っているのなら。それは、ちょっとした悲劇にみえる」

「なにが、悲劇なのですか？」

「浅井がだよ」

膝の上の猫を眺めていた野ノ尾が、静かに視線を上げる。彼女の耳元で、細い黒髪がさらさらと流れる。

「彼がなにも間違えないのなら、もしも間違えた途端に彼が浅井ケイではなくなってしまうのなら、悲劇的だ。ひとつの間違いさえ許されないような生き方に、私なら耐えられないよ」

春埼美空は強く目を閉じる。

時間をかけてようやく、自分の中にある、とても単純な矛盾に気がついた。

――浅井ケイは間違えない。

そう信じていた。

――彼は、自分を犠牲にし過ぎる。

そのことが、悲しかった。

でもふたつは同じなのだ。同じものを、違う視点から眺めているだけだった。

浅井ケイは間違えないから、ずっと自分を犠牲にしてきた。いつも正しくあろうとすることで、彼自身を傷つけてきた。気づいてしまえば、こんなこと、ずっと昔から知っていたような気がした。

それは錯覚ではないのかもしれない。知っていたのに、目を逸《そ》らし続けてきたのかもしれない。浅井ケイは間違えない。その言葉を信じる他に、春埼美空は生き方を知らない。

野ノ尾盛夏の声が聞こえる。

「だから私たちは、正しいものの間違っているところまで理解するべきなんだろう。間違っているところを知りながら、でも正しいものとして扱うべきなんだろう。そういう風にしなければ、どんなに強いものだって、きっと壊れてしまうよ」

目を開くと、彼女は笑っていた。

「泣き出しそうな顔だな」

不思議と最近は、よく泣きそうになる。いつの間にか、胸の中のどこかが、脆《もろ》くなってしまったようだ。

理由もなく首を振る。

「私にはもっと、考えなければいけないことがあるのだと思います」

今までみえていなかったものも、みえていたけれど意識に留めなかったものも、ひとつひとつ観察していこうと決める。

春埼美空は、ゆっくりと息を吐き出す。泣いてはいなかったけれど、手の甲で目元を拭《ぬぐ》う。

「まだ私は、浅井ケイの間違いを知りません」

索引さんの言葉を思い出した。

——正しいというだけの理由ですべてを信じてしまうのは、やっぱり過剰よ。

正しさだけを知っていてもまだ足りないのなら、彼の間違いさえ、これからは探したいと思う。

野ノ尾盛夏は笑いながら、それでも疲れた風に息を吐き出した。

「私もだよ。落ち着いて考えてみよう」

そうだ。

いつの間にか話が逸れてしまったけれど、元々は野ノ尾盛夏を説得するために、春埼美空はこの社までやってきたのだ。

野ノ尾盛夏の説得はケイが行う予定だった。けれど彼が忙しそうだったから代わりに春埼が来た。ケイは浦地正宗と、なんだかよくわからない打ち合わせの最中だ。半分は事後処理というか、今日起こった問題のもみ消しだと彼は言っていた。

野ノ尾に会いに来た目的は、境界線を作るふたりの能力者を救出するための、手伝いを依頼することだ。

坂上央介と、そして野ノ尾盛夏の能力があれば、能力を猫にコピーして使うことが可能なのではないか、とケイは考えた。そして能力を使っている状態の猫を加賀谷がロックしてしまえば、効果が永続する。今は浦地正宗の両親の時間を止めることで成立している境界線――咲良田を囲む、すべての人が能力に関する記憶を失ってしまうラインを、人ではなく猫に任せることができる。それにより浦地の両親は再び時間を取り戻し、人間として生活できるようになるはずだ。

だがもちろん、そこには大きな問題がある。

人間の代わりに、猫を犠牲にする。

そんなことを、野ノ尾盛夏に認めさせなければならない。

「できるわけがない」

と彼女は言う。

春埼は尋ねる。

「人間よりも、猫の方が大切ですか？」

「まったく平等だとしてもだよ。一方のために、もう一方を犠牲にする理由なんてありはしない」

それはそうだ。

春埼は、重ねて尋ねる。

「人間と猫は平等ですか？」

「私は人間よりも、猫を愛している」

そう答えた彼女は、長い沈黙のあとで、小さな声でつけたす。不機嫌そうに、みようによっては苦しそうに眉《まゆ》を寄せて。

「わかっているよ。どうしたところで、私は人間だ。猫よりも人間をとるのが、本来は正しいんだろう」

でも正しいことと、愛することは別物だ。

――野ノ尾さんが、簡単に頷《うなず》くはずがないよ。

浅井ケイは言った。

──でも彼女はこちらの話を、頭ごなしに否定もしない。きちんと真剣に考えてくれるはずだ。だから今日は、提案するだけでいい。

提案したから、春埼の仕事はこれでお終《しま》いだ。

いつの間にか空気中の闇の濃度が、ずいぶん増していた。そろそろ夕暮れも終わる。

「では、帰ります」

春埼は石段から立ち上がる。

「私はもう少しここにいるよ」

野ノ尾は両手で、膝《ひざ》の上の猫を抱きしめた。彼女にしては、強引な行為だ。猫が驚いたように、中途半端な鳴き声を上げる。

「また来ます」

「ああ」

一歩、二歩、足を踏み出してから、春埼美空は振り返る。

「野ノ尾さん。猫の時間を永遠に止めてしまうわけではないのです。ケイはいずれ、猫の犠牲さえ必要のない方法をみつけ出すつもりでいます」

野ノ尾盛夏はまだ猫を抱きしめている。猫はしばらく、じたばたと暴れていたけれど、結局は抱きしめられることを受け入れた様子だ。

「知ってるよ」

暗がりの中で、彼女の表情はよくみえなかった。

あちらからも春埼の顔は、よくみえていないだろう。春埼自身も、自分がどんな顔をしているのか、わからなかった。

再び踵《きびす》を返し、春埼美空は歩き出す。

浅井ケイは言った。

――そして最後には、彼女はこちらの提案を受け入れてくれる。

あのとき彼が浮かべた笑顔が、本当は笑顔じゃないことを、春埼美空は知っている。

終わったと、彼に電話をかけようかと思った。

暗くなって不安定な山道を、慎重に歩きながら、携帯電話を取り出す。そろそろ、午後五時三〇分になるころだった。

アドレス帳を開こうとしたとき、ちょうどその携帯電話が鳴った。モニターに発信者の名前が表示される。浅井ケイ。それは小さな奇跡のようで、能力よりも不思議なことのようで、慌てて通話ボタンを押す。

「ケイですか？」

わかっているけれど、なぜか確認する。最初に携帯電話を使ったときからの癖だ。

彼の声が聞こえた。

「うん。今、野ノ尾さんのところ？」

「はい。ちょうど、帰るところでした」

「お疲れさま。ところで君に、ひとつ頼みがあるんだ」

ケイの声が硬い。

その、「頼み」というのが、ずいぶん厄介なことなのだろう。

彼は言った。

「お願いだよ、春埼。協力して欲しい」

春埼美空は、軽く唇を嚙《か》む。

――お願いだよ。

そんな言葉、彼は滅多に使わない。もしそれを口にしてしまえば、春埼は決して断らないと知っているから。

拒否できない命令のようなものだ。

それはつまり、すべての責任を彼が負うということだ。

また彼は、率先して疲れようとしている。

浅井ケイは、むしろ冷たい口調で、

「相麻菫が倒れた。僕は彼女を救いたい」

そう告げた。

＊

クッションの利かないソファーの端に、浅井ケイは腰を下ろしていた。全身の力を抜いて、今はうなだれている。

病院のロビーだ。もう外来の受付時間を終了している。

聞こえるのはひとりぶんの足音だけだった。安定したリズムでまっすぐに、足音はこちらに近づいてくる。

すぐ傍で音が止まった。ケイは顔を上げる。

宇川沙々音。彼女はしばらくこちらを見下ろして、それからケイと同じソファーの、反対側の端に腰を下ろした。

赤いパッケージの紙箱を、こちらに差し出す。

「キットカット、食べる？」

とりあえず、ケイは微笑む。起動スイッチを入れるようなものだ。

「ありがとうございます。でも、喉《のど》が渇いてしまうから」

「喉が渇けば、水を飲めばいい」

「甘いものが欲しい気分ではないんです」

「そう」

彼女は赤い紙箱を引っ込める。

この場で封を切るかと思ったけれど、そんなことはなかった。ただソファーの、ケイと宇川の間に置いただけだ。

「眠り続けています。それ以上はわかりません。まだ、ここに運ばれてきたばかりです」

「相麻菫の容態は？」

「彼女をここに運んだのは君の指示？」

「浦地さんにお願いしたのは僕です」

「そう。対応が早いね」

彼女は顎《あご》に手を当てて、こちらの顔を覗《のぞ》く。

「こうなることを知っていたの？」

「いいえ」

昨夜、ケイはたった一〇分間だけ、未来視能力を使った。

だがこの未来はみていなかった。あのときは相麻菫が上手《うま》く浦地正宗から逃げられるよう未来を変えるのに精一杯だったから、その先のことはほとんど知らない。

「でも、可能性のひとつではありました」

ケイは昨夜、相麻菫に、咲良田を出るよう指示した。

彼女が浦地から逃げるには、咲良田の外に向かうのが最適だった。この街を出れば、誰も彼女もが能力のことを忘れてしまうから、管理局も動きづらくなる。まったくの無力になるわけではないけれど、一晩、相麻が浦地から逃げることはできる。

——知っていたんだ。

相麻菫を咲良田の外に出して、また戻ってこさせることの意味を、知っていた。あんなにも特殊な、言葉を選ばなければ悲惨な記憶を持つ少女が。一度、すべてを忘れて普通の女の子になって、それから急速になにもかもを思い出したなら、平静でいられるはずがない。相麻菫でも、簡単には受け入れられるはずがない。

――いや。相麻菫だからこそだ。

リセット前、バスルームで彼女が泣いた夜のことを思い出す。

彼女はケイの家を出る前に言ったのだ。

さようなら、と、言ったのだ。

――きっと、彼女はもう限界だった。

まるでなんでも知っているような、反則じみて優秀な相麻菫の正体は、中学二年生の女の子だ。もろくて、傷つきやすくて、でもすべての痛みに耐えて歩き続けられた、まるで壊れることが前提みたいな女の子だ。

初めから相麻菫は、自身で設定したゴールに達したすぐ後に、壊れてしまうことを覚悟していたのだろう。そして既に、彼女はゴールを通り過ぎているのだろう。

もう笑ってはいられなかった。

「ねぇ、宇川さん。こんなの、当たり前なんです」

一度咲良田を出た彼女がこの街に戻ってきたとき、深く傷つくことなんて。考えるまでもなく、当たり前だ。もちろん想像していた。確信してさえいたのに、それでも実行した。だっていちばん効果的な方法だったから。

ふざけるな、と内心で叫ぶ。いつまで彼女に甘えているんだ。何度、彼女を傷つけるんだ。効果的だって？　ふざけるな。相麻菫を逃げ出せない場所まで追い込んで、いったいなにに対して、効果的だっていうんだ。

まったく嫌になる。

理想にはまったく足りなくて、心の底から嫌になる。

「それで、キミはどうするの？」

「予定通りに、彼女を助けるんですよ」

当たり前だ。

自分に対して強がって、だから言葉が強くなる。

「全部、予定通りだ。予定通り、相麻菫は傷ついた。だから僕は予定通り、彼女を救わなければならない」

――僕が傷つけて、僕が救う。

最低だ。

まったく、正しくない。

本当は相麻菫を救おうとする権利なんかない。浅井ケイが、世界でいちばん、相麻菫を傷つけた。世界でいちばん、彼女を救えない。でも、そんなことさえもすべて無視して我儘《わがまま》に、彼女のところに行く。権利がなくても手を伸ばすのだと決める。

「浅井ケイ。キミは、正義ではないね」

わかっている。

「善でも、純粋でも、正義の味方でもないね」

そんなことは、わかっている。

「でもきっと、ヒーローではあるんだろう」

彼女の声は慰めるようだった。

その声に、傷つきさえした。

ケイが顔をしかめても、彼女は続けた。

「夢のように万能を望みながら万能にはなれない。それを知っていても誰だって救いたい。どれだけ弱くて残酷でも、傍《はた》からはとてもそうはみえなかったとしても、いつだってキミは、ヒーローではあるんだろう」

違う。

「僕はただ、我儘なだけです」

現実を受け入れられない、我儘で臆病《おくびょう》な人間は、もう現実を変えてしまおうとするしかない。まるで逃げ出すように、なにかに抗《あらが》っていることしかできない。

「知っているかな、浅井。その我儘を、人は努力と呼ぶんだ」

どうでもいいことだ。

「名前なんて、なんでもいい」

行動は変わらない。

「ねぇ、宇川さん。僕が正義でないのなら、貴女は僕の敵ですか？」

宇川沙々音は感情の読めない表情で、こちらを眺めていた。

それから、唇の両端を持ち上げる。

「キミのように傷ついた顔をした少年と、対立できるわけがない」

彼女の声は変わらず、淡々としていた。

「私はキミを嫌ってはいないよ。認めていないはずもない。でも観察していると、とても悲しくなる」

どうして？　とは尋ねなかった。

でも純粋な正義の味方は続けた。

「キミを護《まも》るのも、救うのも、私ではない。キミは誰に護られて、誰に救われるのか、もう決めてしまっている。私はいつだって当事者でいたいのに、キミがそれを許さないんだ」

まるで私の正義が否定されたようだよ、と呟《つぶや》いて。

彼女はソファーから立ち上がる。

それから、こちらを見下ろした。

「春埼は？」

「今、ここに向かっています」

「やっぱり彼女は、いつもキミの味方か」

ケイは首を振る。

「今回は、少し違います」

「ん？」

「彼女はひとつだけ、僕に条件を出しました」

電話ですべてを話したときに、

――貴方《あなた》にお願いがあります。それをきいてくれれば、貴方に協力します。

そう、春埼美空は言った。

彼女が協力のために条件を提示したのは、初めてのことだ。

「へぇ」

宇川沙々音は笑う。

「彼女は優しいね」

「ええ。とても」

報酬を要求することで、彼女は責任を奪い取ろうとしたのだろう。浅井ケイが背負うべきものの一部に、手を伸ばそうと決めたのだろう。

「僕はずっと、彼女に護られてばかりなんです」

疲れていたけれど、浅井ケイは笑った。

こんな台詞《せりふ》、他の表情では言えない。

「全部終わったら、チョコレートを食べろ。疲れた少年にはチョコレートが必要だ」

宇川沙々音は足音をたてて歩き出す。

ソファーには、キットカットの赤い紙箱が残されている。

ケイはそれを手に取って、ポケットに突っ込んだ。思い出す。宇川沙々音に初めて出会ったときも、彼女がくれたのはキットカットだった。

＊

午後六時になるころ、春埼美空は病院に到着した。

七坂中学校の近くにある、小さな公園に隣接した病院だ。

辺りはもう暗い。足早に歩く。事前にケイから指示されていた通り、建物の裏手にある扉を押し開ける。ドアノブは、思いの外冷たい。

入り口の脇には守衛室があるが、そこには「巡回中」と看板が出ているきりだった。

暗い通路を、非常口の、緑色のランプが照らしている。春埼美空は奥へと進む。足音がよく響く。

通路の先に、白く塗られた鉄製のドアがあった。隙間から光が漏れている。

その、重たいドアを押し開けた。

蛍光灯の明かりで照らされたロビー。眩《まぶ》しくて、目を細める。

ソファーがこちらに背を向けて、いくつも並んでいる。いちばん手前に、ケイが座っている。春埼は鉄製のドアを両手で閉じてから、そちらに駆け寄る。

足音か、ドアの開閉音に気がついたのだろう。彼は振り返って、

「やあ、春埼」

と笑った。

春埼も笑って答える。

「こんばんは、ケイ」

彼の隣に腰を下ろす。

ケイは膝《ひざ》の上で、頬杖《ほおづえ》をついていた。

「もうすぐ、坂上さんも来てくれると思う」

「我儘を言って、すみません」

「いや――」

先ほど電話で、春埼美空は言った。

――貴方にお願いがあります。それをきいてくれれば、貴方に協力します。

もちろん、ケイが断っても、彼に協力しただろう。

でも彼が決して断らないこともわかっていた。

――私に、貴方と出会ってからのすべてを思い出させてください。

リセットで失った時間もまとめて、浅井ケイと過ごしたすべてを、思い出したい。彼

の言葉のひとつひとつ、表情のひとつひとつを、今、もう一度みつめたい。

ケイの能力を、坂上の能力でコピーしてもらえば、そんなことさえ可能なのだ。

「でも、どうしても思い出さないといけないのかな？」

彼は記憶が人を傷つけることを知っている。なんだって思い出せる能力を持っているくせに、人がなにかを忘れることを、救いだと知っている。

深く、春埼は頷《うなず》く。

「はい。きっと」

「どうして？」

「私が貴方を理解するためです」

思い返せばこの二年間、ずっとそれが春埼美空の目的だったように思う。

——私は浅井ケイを信頼している。

他のなによりも彼の価値を確信している。

——なのに私は、浅井ケイを知らない。

あまりにも、知らない。色々なことを理解できていない。

「私は貴方のすべてを思い出したいのです。思い出して、もしも貴方にも間違っているところがあるのなら、それを理解したいのです」

相麻菫に会う前に。

もう一度、浅井ケイについて考えたい。

彼は照れ臭そうに口元を曲げている。

「僕の間違っている部分なんて、いくらでもある」

「でも私は、それを知らないのです」

「不思議だね。僕たちはこんなにも、一緒にいるのに」

「私は」

顎《あご》を引いて、春埼はわずかに視線を落とす。

「きっと今まで、本当に貴方を理解しようとしたことが、なかったのです」

彼について知りたいと願いながら、なのになにも実行しなかったのだろう。いつも通りの会話と、いつも通りの表情で、満足していた。

知ることとは、認識を書き換えることだ。

なのに、春埼美空はこれまで一度も、浅井ケイに対する認識を書き換えたいと思ったことがなかった。それをどこかで怖がってさえいた。

重たいものを持ち上げるように。力を込めて、春埼美空は視線を上げた。

彼の瞳《ひとみ》をまっすぐにみつめる。

「私は、貴方が変わらないことを望んでいたのです」

浅井ケイは不変なのだと思っていた。

決して変化しない、いつだって正しい、ひとつの真理のようなものだと思っていた。

そのことに安心していた。

「ケイ。私は大好きな貴方が、違ってみえることを怖れていたのです」

それはきっと、本当の意味での信頼ではない。

気がつかないまま、長い間、得体のしれない混乱に囚《とら》われていた。クローゼットの奥やベッドの下の暗がりに、怪物が潜んでいるのではないかと怯《おび》えるように。幼い子供のように、あり得ないものに怯えていた。

今、冷静に考えてみれば、馬鹿馬鹿しい。

目を開いて彼を観察して、もし彼の間違いがみつかったとして。

――それで、彼が価値を失うようなことが、あり得るか？

まったくない。絶対だ。クローゼットの中のモンスターより現実味のない話だ。

――信頼はもう、できていた。

そんなものずっと昔から、胸の内側の、いちばん中心にあった。

――ただ、混乱していただけだ。

そろそろ目を覚ましていい。

きちんと、まっすぐに、彼をみつめていい。

浅井ケイはあまり記憶にない表情を浮かべていた。

驚いているような、戸惑っているような、極端に表現すれば怯えているような。彼にしては珍しい、あまり冷静ではない表情だった。

「どうしたんですか？　ケイ」

春埼は首を傾げる。

「びっくりしただけだよ」

照れたように、彼は笑う。

「君に好きだと言われたのは、これで二回目だ」

そんなことで彼が驚くというのも、言ってみれば、新しい発見だ。

「一度目は、いつですか？」

とても残念だが、考えてみても思い出せない。

「もうすぐ、君はあの日を思い出すよ」

彼はそう答えただけで、正解を教えてはくれなかった。


ふたりはしばらく、取り留めのない会話を交わして過ごした。最近読んだ本について、興味のある映画について、休日の幸福な過ごし方について。

それはなんでもない日常のような、価値のある時間だった。

一五分後に坂上がきた。重たいドアを押し開けて、なにかに怯えているような表情の彼がロビーに現れた。

ケイは坂上とありきたりな挨拶《あいさつ》を交わし、それからこちらに目を向けた。

「準備はいい？」

春埼美空は頷く。

「はい。お願いします」

背後に立った坂上が、ケイと春埼の背中に手で触れる。彼は能力を人から人にコピーする能力を持っている。この状態でケイが能力を使うと、春埼も同じ効果を受ける。彼の能力があれば、リセットで消し去った時間を思い出すことができる。

「じゃあ、いくよ」

ケイがそう言って。

頭の中で、記憶が弾《はじ》けた。


思い出す。

なにもかも、全部だ。

春埼美空は目を閉じて、両手で自身の頭を抱えた。

急速に膨れ上がる記憶は痛みのようだ。

浅井ケイの能力。それは絶対的な真実ばかりを並べる。些細《ささい》な思い込みによる記憶違いもない。視界の端をかすめたものの見間違いもない。現実に起こった過去を、そのままの形で思い出す。

——ああ、彼からみた過去は、こんなにもクリーンだ。

濁りも霞《かすみ》もない。嘘も誤魔化しもない。

そして春埼美空は、過去のひとつひとつを丁寧にみつめる。

およそ二年と半年ぶん、浅井ケイと出会ってから今までの、すべての彼の言葉と、行動と、表情と、呼吸と、体温と、その他のなにもかもを思い出す。

浅井ケイを、今、もう一度思い出す。

彼はまるで矛盾するような、色々なものが集まってできているのだと思う。

優しくて、残酷なのだろう。頭がよくて、愚かなのだろう。大胆で、繊細なのだろう。強くて、弱いのだろう。

きっとそれは、特別なことではない。

他のすべての人たちと同じだ。誰だって浅井ケイのように、まるで矛盾するような、色々なものが集まってできている。違うのは配合のバランスだけで、原材料はみんな同じだ。

だけど、

――あくまで私にとって、浅井ケイは特別だ。

もう一度、春埼美空はそれを、自覚する。

――私にとって、彼のバランスがもっとも優れている。

彼は綺麗《きれい》で、心地がいい。

言動のひとつひとつが、思考のひとつひとつが、残酷なくらい美しい。

気がつけば泣いていた。

ほんの少し前まで、泣くことなんて知らなかったのに、最近は泣いてばかりいる。

その涙は純粋な感動に似ていた。でもまったく別物でもあった。色の三原色を集めれば黒になるように、光の三原色を集めれば白になるように。強いものが混じり合ったとき、こんなにも純粋にみえることもある。

そして、春埼美空はその記憶をみつけ出す。

二年前の、南校舎の屋上を。初めて彼に、好意を伝えた時間を。

――私はきっと、貴方《あなた》が好きです。

なにもわからないまま、そんなにも脆《もろ》い言葉を伝えたことを、思い出す。

浅井ケイに関するなにもかもと同時に、あの屋上を思い出して、目を開く。

涙でぼやけた視界に、不安げな表情の浅井ケイが映る。

「どうだった？」

頬を伝う涙をそのままにして、春埼は笑う。

「ひとつ、貴方の間違いをみつけました」

それはどちらかというと、春埼美空の間違いだ。でもふたりの間違いだというのが、やはり正確なのだろう。

「二年前、南校舎の屋上で、貴方が口づけしたとき――」

春埼美空が、彼に好意を伝えて。

口づけの後で、わからない、と呟《つぶや》いたあのとき。

「本当は、私は嬉《うれ》しかったのです」

なのにあのころは、その感情の名前を知らなかった。

――当時の私は、そんなこともわからないくらいに、無知だった。

自分の中に生まれた、大きな感情の名前も知らなくて、だから「わからない」と呟くことしかできなかった。

浅井ケイは息を吐き出す。

「じゃあ僕は、ずいぶん臆病《おくびょう》で、遠回りをしたわけだ」

「遠回りをしたのは、私もです」

自分の感情をたったひとつ、正確に理解するのに、こんなにも時間が掛かった。手の中にあったものを、歩き回ってようやくみつけた。

春埼美空は立ち上がる。

「顔を洗ってきます」

涙はきっと正しいけれど、いつまでも泣いたままではいられない。ぼやけて歪《ゆが》んだ視界じゃなくて、もっとまっすぐな視線が必要なこともある。

「それから、相麻菫に会いに行きましょう」

浅井ケイのすべてを思い出したから、もう迷う必要はない。

周りのみんなを、誰も彼も幸せにするために、今は相麻菫に会いたいと思う。

*

春埼美空が立ち去って、ロビーには浅井ケイと坂上央介が残された。

ケイはまだソファーに座っていて、すぐ隣に坂上が立っている。

「浅井くん」

坂上は両手を固く拳《こぶし》にして、思いつめたような表情を浮かべる。

「ずいぶん、疲れている様子だね」

ケイは首を振る。

「ちょっと眠たいだけですよ。昨夜はほとんど眠れなかったから」

「そう」

力のない表情で、坂上は笑う。

「僕は疲れたよ。とても。信じられないような話を聞いて、管理局とばたばたして、今度は相麻さんが倒れて。昨日の夜から今までの出来事が、現実だとは思えない」

でも、現実なのだ。ひとつ残らず。

「ごめんね。浅井くん」

と、坂上央介は言った。

その言葉の意味がわからなくて、ケイは彼を見上げる。

彼はケイよりも低い位置、床の片隅を眺めている。

「たぶん、僕や他のみんなが君のように強ければ、君はそんなにも疲れてしまわなくてもよかったんだと思う。きっとみんな優秀なら、君ひとりに色々なことを押しつける必要なんてなかったんだろう」

ケイは首を振る。

「これはみんな、僕の我儘《わがまま》です。僕が多少の苦労をするのは、当然です。謝るのは僕の方です。ちょっと、いろんな人を巻き込みすぎました」

坂上央介は、ふいに顔を上げた。

こちらをみる。咎《とが》めるような目だった。

「浅井くん。正直に言おう、僕は――」

彼の声は不憫《ふびん》なほどに震えていた。寒い夜にひとりきりでいる子供のようだ。ちっとも明瞭《めいりょう》ではない、弱々しい口調で、彼は言った。

「僕は、君の、そういうところが嫌いだ。君は周りの誰よりも、自分が優秀だと思ってるんだろう？　本当はみんな自分ひとりの苦労で済ませてしまうのが、いちばん効率的だと思っているんだろう？」

坂上の様子が、あまりに臆病にみえたから、嘘をついてはいけないのだと感じた。

だから、肯定も否定もできなかった。

「僕は僕に不満があります。色々なものが足りていない。完璧《かんぺき》にはほど遠い」

理想にはまったく、届かない。

もっと、もっと、いくらでも。できたことがあるはずだ。

「でも、確かに。だいたいは、僕がやるのが効率的だとも思っています」

一度、言葉を切って。

軽く息を吸って、ケイは続ける。

「例外は、相麻菫だけだった。彼女だけが、僕よりも優秀なのだと信じていた。でも、今はそれも、少し違います」

相麻はやっぱり強くて、優秀だけど。でも、それでも彼女にだって、いくらでも弱い部分があるのだとわかった。なにもかもを諦《あきら》めたがっている彼女は、誰よりも弱い。

「そういうところが、嫌いなんだ」

坂上は顔をしかめている。泣き顔のように。

「君は優秀で、君の優秀さを自覚しているんだ。君は君が特別だと知っているから、周りの失敗や弱さを許せるんだ。自分の失敗や弱さだけが許せないんだ。とても、傲慢《ごうまん》だよ」

反論のしようもなかった。

いずれ咲良田の能力を、全部管理してみせるつもりだ。まるで神さまみたいに、周囲の幸せを全部、護《まも》ってみせたいと願っている。

そんなものに手が届かないと知っていても。それを目指しているだけで、やっぱり傲慢なのだろう。

「確かに君は凄《すご》いよ。まるで魔法使いみたいだ」

坂上はまたうつむく。立っているのに、ケイよりずっと低い場所をみる。

「でも、君のように上手《うま》くやれなくても、効率が悪くても、そもそも独りきりじゃ行動する勇気さえなくても。僕だって相麻さんのためにできることをしたいし、みんなが幸せならいいと思っている」

ああ、それは、そうだ。

「だから、ねぇ、僕はこれでも自主的に参加しているつもりなんだよ。巻き込んだなんて表現、しないでくれ」

軽率だった。考えが足りていなかった。

確かにその言葉は、度を超えて傲慢だ。

ケイはこの、一見すると臆病な青年に、ようやく好意を抱きつつあった。彼の、取り留めもないどこか一部分を愛せるような気がしていた。

「僕はこの後、相麻に会いに行きます」

「うん」

「坂上さん。貴方は、ここに残ってください」

彼を理解して、彼の言葉に納得して、彼に好意を抱いて。

けれどケイは、やはり傲慢な言葉を口にする。

「僕と春埼でやるのが適切だから、僕たちに任せてください」

反論してみせろよ、と思っていた。言い返しようのない言葉で、徹底的に、彼に傷つけられたかった。意志を曲げるつもりはないけれど、でも今は彼の言葉で血を流したかった。

坂上が涙の溜《た》まった目で、こちらを睨《にら》みつける。

「うん。頼むよ」

意外な言葉だ。

「本当は君を殴ってやりたい。今すぐに相麻さんのところに駆けつけたい。でも僕は、そっちにいけない。線を越えられない。君のような怪物じゃない」

彼は無理やりに笑ったようだった。

「みんなが怪物になっちゃいけないだろ。臆病な僕が、僕の誇りなんだ」

彼の切実な瞳《ひとみ》をみつめる。

坂上は、今だけは目を逸《そ》らさなかった。

先にケイの方が目を逸らす。ほんの一瞬、うつむいて、頷《うなず》く。

「わかりました。たしかに貴方《あなた》は、貴方のままでいい」

臆病な彼に、価値があるのだと思う。

坂上は、まっすぐにこちらをみつめたまま、どちらかというと敵対的な笑みを浮かべている。

「嘘だよ」

「え？」

「今、相麻さんに会っても、なんて話しかければいいのかわからないだけだ」

それはきっと、照れ隠しのような言葉で、ケイはつい微笑む。

坂上央介は弱くて臆病で、でも浅井ケイが知らない正しさを持っている。

2　同日／午後六時五〇分

意識を失った相麻菫に会う方法なんて、ひとつだけしかない。

浅井ケイはそのために、浦地正宗を通じて、倒れた相麻菫をこの病院に運び込むように手配していた。片桐穂乃歌《かたぎりほのか》がいる、この病院に。

片桐穂乃歌の能力は、夢の中にもうひとつの世界を作り出す。そして彼女の近くで眠っている人間の意識を、その世界に招待する。彼女の夢の世界でなら、意識を失っている相麻菫にも会えるかもしれない。

もうすぐ、午後七時になる。

背の高い医師に案内され、ケイは春埼と共に通路を進む。病院の最上階、通常は立ち入りが禁止されているフロアだった。

呆《あき》れた風に、その医師は言った。

「管理局員以外で、二度もここに入るのは、貴方たちが初めてですよ」

「色々な事情があるんです」

本当に、色々な事情があるのだ。すべてを納得できるように説明するのは、とても難しい。仕方がないから、乱雑な笑みを浮かべて誤魔化した。

「ここです」

そう言って、医師は病室の前で立ち止まった。片桐穂乃歌の病室のすぐ隣だ。

「ありがとうございます」

軽く頭を下げて、ケイはドアをスライドさせる。背後で医師が「それではこれで」と告げた。

病室は、四台のベッドが入る、一般的なサイズだった。

ベッドのうちのみっつには誰もいない。右側の窓際、ひとつだけカーテンが閉まっていた。そちらに歩み寄る。春埼美空が、病室の入り口で足を止めたのがわかった。でもケイはそのまま進む。

カーテンをつかんで、開いた。

窓から入る月明かりに照らされて、相麻菫が眠っている。

目を閉じた彼女はケイが知っているよりもずっと小さくみえた。なにか重みのない素材で作られた、偽物のようだった。相麻は表情もなく眠っている。顔色は記憶にあるよりもいくらか白い。唇の形も、なんだか違っている。

浅井ケイはじっと相麻菫をみつめる。

摩耗した彼女の姿を観察して、じくじくと胸を痛める。それは今もまだ新しい血に濡《ぬ》れた、化膿《かのう》して悪化する傷口だ。

背後から声が聞こえる。

「ケイ」

春埼美空。彼女はいつの間にかケイのすぐ後ろに立ち、こちらを見上げていた。

ケイは彼女の名前を呼ぼうとして、止めた。

そちらに手を伸ばそうとして、思わず抱きしめようとして、止めた。

彼女に触れれば、ケイの胸の傷は癒えるだろう。血がとまり、痛みが治まり、やがてゆっくりと時間をかけてただの傷痕《きずあと》になるだろう。それではいけないのだ。今はまだ、胸の痛みが必要なのだ。痛みを抱えたまま相麻菫の前に立つべきだ。

彼女は言った。

「私はもうひとつ、貴方が間違えている点を知っていました」

ひとつどころでは、ないと思うけれど。

ケイは首を傾げる。

「なんだろう？」

「貴方は自分が傷つくことを、簡単に受け入れます」

「そうかな」

「はい。相麻菫と同じ欠点です」

そう言われて、反省する。確かに相麻は自身が傷つくことに躊躇《ためら》いがないし、それは大きな欠点だった。

それでも一応、反論する。

「僕は臆病《おくびょう》だから、取り返しがつく範囲でしか傷つかない」

相麻菫のように、自分ではどうしようもないところまでは踏み込まない。

「できれば少しも、傷ついて欲しくはありません」

もちろん、その方がいい。

「できるだけ気をつけるよ」

本当に。できるなら、気をつけようと思う。

やがてノックの音が聞こえた。

病室の扉に向かい、はい、と答えると、看護師が入って来た。二〇代の後半にみえる女性だ。彼女は銀色のトレイに、水差しと、ふたつのグラスと、四錠の白い錠剤を載せている。錠剤はただの睡眠薬だが、なにかもっと、特別な作用を持つものにみえる。

ケイは春埼美空に微笑む。

「じゃ、行こうか」

錠剤を呑《の》みこめば、相麻菫に会えるはずだ。

＊

南の空を眺めていた。

独りきりだ。孤独は寒い。日も暮れてしまった。南の空を見上げても、そこに暖かな光はない。あるのは氷が張った湖のように、冷え冷えと輝く月だけだ。

それでも月光にすがるように、南の空を眺めた。

――光を。暖かな熱を。

できるなら、彼の体温に似た熱を。

今すぐに彼がここにやってくることを願う。

――でも彼が、私を傷つけることも知っている。

もう傷つきたくはなかった。悲しいのも、苦しいのも、怖い。

高い位置から、声が降ってくる。

「菫ちゃん」

夜の空、月光の中を、一羽の青い鳥が舞う。

相麻菫は青い鳥の方へと手を伸ばした。届くはずのない高さだ。でも青い鳥は、ふわりと落下して、手の甲に留まった。

「どうしたの？　菫ちゃん。そんなに悲しい顔をして」

相麻菫は青い鳥をみつめる。ふと、疑問に思った。闇の中で月光にだけ照らされたそれの色は、本当に青なのだろうか。実はまったく別の色を、青だと思い込んでいるのではないだろうか。

「ねぇ。チルチル。貴方は、私のお願いをきいてくれる？」

青い鳥は、人間味のある動作で頷《うなず》く。

「もちろん。なんだって」

「本当に？　本当になんだって、きいてくれるのね？」

「うん。オレだって一度くらい、人の願いを叶《かな》えてみたい」

相麻菫は、笑った。

「なら、チルチル。私も貴方《あなた》と同じにして」

彼はこの世界の、神さまみたいなものだ。

本当は少し違う。でも神さまのように、大抵なんだってできる。

「貴方と同じように、なんでもできるように、何処にでも行けるようにして。私を、空を飛ぶより自由にして」

なんでもできるようになって。

何処にでも行けるようになって。

それでも求めるものは、行きたい場所は、たったひとつだ。

＊

まず白い天井がみえた。

浅井ケイは体を起こし、辺りを見回す。隣のベッドの上に春埼美空が座っている。眠りにつく前、相麻菫が横たわっていたベッドは空いていた。それで、ここは夢の中の世界なのだとわかった。

「おはようございます、ケイ」

と、春埼が言う。

「おはよう。夢の中でこの挨拶《あいさつ》をするのは、なんだか不思議な気分だね」

靴を履いて、ベッドから起き上がり、軽く背筋を伸ばす。

病室の隅に、パイプ椅子があった。そこには少女が座っている。

ミチル。夢の世界を作る片桐穂乃歌の、ここでの姿。

「久しぶりね」

彼女は椅子から立ち上がる。すねたような表情だ。

「はい。お久しぶりです」

「もっとたくさん、会いにきてくれると思っていたのに」

「ここに来るのは、わりと大変なんです。でも、これからは気をつけます」

彼女は笑う。

「冗談よ。でも、できるなら来て。美味《おい》しいケーキを食べさせてあげる」

楽しみです、と頷いてから、ケイは尋ねた。

「相麻菫に会いましたか？」

「私は会っていないわ。でも、チルチルは会った」

ミチルは笑みを消した。代わりに目を伏せる。

「彼女、いったいなにがあったの？」

ずっと、同じだ。

「相麻は疲れ続けて、傷つき続けていました。そして、あるラインを越えて、ようやくそれが周りからもみえるようになった」

だから、きちんと敏感なら。繊細に彼女を観察できていたなら、二年前の時点で、重要なことを読み取れたのだと思う。

彼女が一度、死んでしまう前に。彼女の自我が致命的なくらい大きく傷つく前に、きっと彼女の傷口をみつけられた。

「それで？　今度は彼女を助けに来たの？」

「ええ。そのつもりですよ」

「貴方なんなの？　もしかしてヒーロー？」

「いえ。相麻の友達です」

ミチルは息を吐き出す。

「なら、仕方がないわね」

まったくだ。仕方がないことだ。

「だから、ちょっと彼女に会いに行ってきます」

「どこにいるかわかるの？」

「たぶん」

今の相麻菫がいる場所なんて、ひとつしか思い浮かばない。

ミチルは眉間《みけん》に皺《しわ》を寄せた。

「貴方に、伝えておかないといけないことがあるの」

ケイは首を傾げた。

「なんでしょう？」

「チルチルはスミレに、チルチルとほとんど同じだけの力を与えたわ」

夢の世界において、ミチルもチルチルも、神さまのようなものだ。ふたりは大抵なんだってできる。

ミチルは真剣な、でも子供っぽい表情で言った。

「スミレを元に戻しましょうか？」

ケイは笑って、首を振る。

「いいえ。ちょうどいい。相麻は、全能なくらいがいい」

「どうして？」

「僕はいちばん身勝手な彼女と話をしたいんです」

だから相麻菫は、神さまみたいでいい。

「そう」

ミチルは笑ったような、怒ったような、複雑な表情を浮かべる。

「ねぇ、訊《き》いてもいい？」

「なんですか？」

「先月、どうして貴方は、私を助けてくれたの？　それは、スミレを助けようとしている理由と同じなの？」

答えが難しい質問だ。

同じです、と答えようかと考えて、やめる。やっぱり別物だ。

「僕はできるだけ多くの人が幸せになればいいと思っています。そのためなら、少しくらい苦労をしてもいい」

少しくらい疲れたり、傷ついたりしてもいい。

嫌われても、裏切られても、ある程度は仕方がない。

「でも、中でも、優先順位があります。会ったことのない誰かより、知人の幸せをより強く願っています。ただの知人より、友人の幸せを、より強く願っています」

浅井ケイは神さまではないから、みんなを平等には扱えない。

どうしても順列をつけなければいけないこともある。

「僕は世界で二番目に、相麻菫の幸せを願っています」

ミチルはじっとこちらの瞳《ひとみ》を眺めている。

「そのランキングは、一番を取らなければ意味のないものなんでしょうね。二番じゃ意味がないから、スミレは独りでうずくまっているのよ」

きっと、そうなのだろう。

「貴方は、スミレを一番にしに行くの？」

ケイは首を振る。

「二番で納得してもらいに行くんです」

ミチルは、小さな声で笑う。

「貴方はとってもひどい人ね」

ケイは頷く。

「はい。僕はひどくて、我儘《わがまま》なんです」

その先に、望む結末があるから。

仕方がないから、ひどくて、我儘でいようと思う。

「では、いってらっしゃい」

ミチルはそう言って。

「はい。行ってきます」

浅井ケイは歩き出す。すぐ後ろに、春埼美空が続く。

人に心を開かない、まるで野良猫みたいに気高い相麻菫を、みつけ出さなければならない。

*

暗い場所に独りきり、相麻菫はうずくまっていた。

光がない。なにもみえない。でもこの世界に、浅井ケイがいることはわかった。夢の世界で、神さまみたいに万能になった相麻菫は、知りたいと思ったことをなんでも知ることができた。

浅井ケイが近づいてくるのがわかる。

彼はまず、テトラポットを捜すだろうと思っていた。そうでなければ、南校舎の屋上を捜すだろうと。

でも違った。

彼はまっすぐに、躊躇《ためら》いもなくこちらにやってくる。

やっぱり彼は、間違えない。

——彼だけが、私のことを理解している。

静かな足音で、彼が近づいてくる。夜と同じように、朝と同じように。世界を変えるものは、いつだって静かだ。

――ああ、私は、彼が怖い。

きっと彼は優しく手を差し伸べるだろう。

決定的に、こちらを救おうとするのだろう。

それが、怖い。

――なぜだろう。私は。

こんなにも、救われることさえ怖い。

＊

隣で春埼美空が、小さく声を上げた。

「ここ、ですか？」

浅井ケイは頷《うなず》く。

「他には思いつかない」

ふたりがいるのは、それほど大きくもないマンションだ。見慣れた、本当になんでもない、浅井ケイの部屋があるマンションだった。

ケイは無意識に近い動作で階段に足をかける。毎日、繰り返し通っている階段だ。先へと進みながら告げる。

「相麻は、彼女自身を相麻菫だと思っていない」

七坂中学校の、南校舎の屋上。河原に積まれた、テトラポットの上。どちらも思い出の場所だけど、それは二年前の相麻菫との思い出だ。今の彼女ではない。

「僕と彼女に共通する思い出は、ここだけなんだよ」

彼女と一緒に、カレーを作った。

彼女がバスルームで泣いて、それからふたりで、カレーを食べた。

この夏に写真から現れた、今の相麻菫との思い出は、それだけだ。全部リセットで消えてしまったけれど。彼女はその体験を、覚えてはいないだろうけれど。

――でも、知っているんだ。

過去から未来を眺めていた相麻菫は、リセットで消えた時間のことまで、ずっと昔から知っていた。繰り返し、繰り返し、未来視の中でカレーのレシピを整えたことだって彼女は覚えている。その舞台は、なんでもないこのマンションの一室だったはずだ。

階段は嫌いではない。

一歩、一歩、進む度に、ひとつ高い場所にいる。同じ距離だけ上昇する。ほんの一歩前よりも少しだけ高い位置から咲良田を眺めて、ケイは階段を上る。

春埼が言った。

「どうすれば、相麻菫は救われるのですか？」

そんなの、わからない。

「なんにも考えていないよ」

「本当に？」

「正確には、考えているけれど、思いつかない」

どうしていいのか、わからない。

「でも僕は彼女に会わないといけないんだ。たぶんできるだけ素直な気持ちで彼女と顔を合わせて、いちばん正しいことを選び続けるしかない」

正解なんてなくても、それにいちばん近い答えを。

「貴方《あなた》は――」

春埼美空の声は、足音の陰に潜むように、小さく控え目だった。

「貴方はこの先にいる相麻菫が、二年前の彼女と同じ人間だと思っていますか？」

浅井ケイは首を振る。

「そんなの、わかるはずがない」

きっと、誰にもわからない。

「リセット前の僕と、リセットした後の僕が、同じ人間なのかもわからない。夜眠るときの僕と、翌朝に目を覚ましたときの僕が同じ人間なのかも、わからない」

結局、そういうのは信じ込んでしまうしかないんだ。ただ信じる他に、正解は存在しない。

「でもね、春埼。どちらでも同じなんだ」

「同じ、ですか？」

「この先にいる相麻が、二年前から繋《つな》がっている相麻でも。この夏に、能力で生まれた別の相麻でも。僕がするべきことはまったく同じだ」

同じように彼女と向き合って、誠実に感情を言葉にするだけだ。

夜空の下でふたりぶんの足音が聞こえる。とても似たリズム。でも、少しだけ違っているリズム。

春埼美空の声には、ほんの些細《ささい》なため息が混じっていた。

「貴方がふたりいれば、答えはとても簡単だったのに」

浅井ケイはまた首を振る。

「そんなの、無意味だよ」

決まっている。

――もしも僕がふたりいたなら、ふたりともが君といたいと願うだけだ。

そう思ったけれど、言葉にはしなかった。

階段を上り切る。もうすぐそこに、相麻菫がいる。

咲良田を眺めながら通路を進む。できるだけ、普段通りでいよう。そう思う。できるはずもないけれど、でも。高校一年生が、友達に会いに行く。そんな風な気持ちでいよう。ほら、いつも通りに、見上げると月だって綺麗《きれい》だ。

帰宅するたび目に入るドアの前で、浅井ケイは足を止める。

隣に立つ春埼美空に、視線を向けた。

「ひと通りみんな終わったら、一緒にキットカットを食べよう」

ポケットには、宇川沙々音に貰《もら》った、赤い紙箱が入っている。

「キットカット、ですか？」

ケイは笑う。

「甘いチョコレートで一休みしながら、一緒にカレーを作る計画を立てよう」

春埼美空は、真剣な表情で頷いた。

「世界でいちばん美味《おい》しいカレーを作りましょう」

「うん」

きっと、一緒にキッチンに立てば、そんなのとても簡単だ。

ケイは腕時計に目を向ける。午後七時一五分。ちょうど良い時間だ。

「春埼――」

腕時計のベルトを外しながら、告げる。

「セーブ」

能力が消え去った咲良田からリセットで戻ってきて、まだ二四時間しか経っていない。まったく、疲れる二四時間だった。同じように七月からの四か月間も、あの夏からの二年間も。

――でも、たぶんすべてに、ほかには代えられない意味がある。

だから浅井ケイは、ここにいる。

「午後七時一五分、二〇秒です」

と、携帯電話を片手に持った、春埼美空は告げた。

外した腕時計をポケットに突っ込む。時間はもう、重要ではない。

「じゃあ、行こう」

浅井ケイはいつものように、鍵《かぎ》を開けてドアノブを回した。


ドアを開いたときにはもう、すぐ隣にいた春埼美空が消えていた。

驚くことではない。チルチルのように、大抵はなんでもできるようになった相麻菫がそれを望んだのだろう。

――ふたりだけで会いたいのなら、それでいい。

ケイは靴を脱いで部屋に上がる。暗い部屋だ。窓の外には、綺麗な月があるだろう。でもカーテンが閉まっている。隙間から、微《かす》かな月光だけがこぼれている。

その光で、ベッドの隣に、丸めた毛布みたいに、誰かが蹲《うずくま》っているのがみえる。

「明かりくらいつければいいのに」

ケイは部屋の入り口にある、蛍光灯のスイッチを入れる。

光が灯《とも》ると、そこに新しい空間が現れたように感じた。相麻菫は両膝《りょうひざ》を抱きかかえて、身体を小さく丸めている。雨の日の野良猫みたいだ。

「どうして、来たの？」

彼女はじっと自分の膝の辺りをみつめている。

「ここは僕の部屋だよ。当然、僕は帰ってくる」

「夢の世界にまでやってくることはないじゃない」

ケイは軽く、肩をすくめた。

「智樹の話によるとね。女の子の涙を消すのが、僕の役割らしい」

「私は泣いてなんかいないわ」

「そうかな」

「そうよ」

「じゃあ、君の内側にある涙を消そう」

なんだか恥ずかしいけれど、本当にそうしたいと思う。

流れる涙は拭《ふ》き取ればいいけれど、胸の内側にある涙は、魔法みたいに消し去ってしまうしかない。

ケイはキッチンに立った。

「コーヒーを淹《い》れるよ。うちには他に、なにもないんだ」

ケトルを手に取る。でも、

「いらないわ」

小さな声で、相麻は囁《ささや》く。

そのとたん、手の中のケトルは消えてしまった。すっきりと跡形もなく。ひと呼吸遅れて、重みの残滓《ざんし》も溶けていく。

いらないなら、仕方がない。

ケイは相麻菫の隣まで歩み寄り、腰を下ろす。彼女はちらりとも顔を上げず、熱心に自分の膝をみつめている。とても静かだ。耳をすませば、蛍光灯が低い音をたてるのと、彼女の浅い呼吸の音だけが聞こえる。

静寂は心地良い。静かなのが、ケイは好きだ。

でも、それを打ち壊さなければならない。

なにもかもが論理で解決するのなら、言葉なんて最小限でいいけれど。メモ帳に要点を箇条書きにするだけで事足りるのかもしれないけれど。

最後にすべてを決めるのは、結局のところ感情だから、そうはいかない。一〇〇万の言葉でも、まだ足りないように感じてしまう。辞書の意味を疑うことさえあって、感情をそのまま音にしたいと願ってしまう。

会話をするために、互いに声を届け合うために、浅井ケイは口を開く。

「最近、色々なことを考えるんだ。眠れなくてつい夜更かしした夜みたいに、答えがでないようなことをぐるぐると、繰り返し考えているんだ」

能力のことや、相麻菫のことを考えていると、そうなってしまう。

「信じられるかな？　ひとりの女の子について考えるだけで、僕にはとても全貌《ぜんぼう》がみえないような、どうしようもなく大きな構造まで思わずにはいられないんだ」

ひとりの女の子について考えるのと、世界のすべてについて考えるのは、きっとそれほど違わない。

「わかるわよ」

相変わらずうつむいたまま、彼女は答えた。

「私も貴方《あなた》を、まるで世界のすべてのように考えている。世界という言葉はあまりに大き過ぎて、フィクションじみて聞こえるけれど、でも本当にそうなの」

頭の良い大人なら、個人と世界の違いを知っているのだろう。簡単な数式で、説明できてしまうのだろう。正しいというのは、そういうことだ。

——だから僕は、ちっとも正しくなんてない。

たまに、いやむしろ頻繁に、誰かひとりを傷つけることと、もっと大きな集団を傷つけることの違いがみえなくなる。きっと感情が認識を歪《ゆが》ませるのだ。そして感情と、歪んだ認識さえ、現実の一部に置き換えられる。

「僕は、これから大人になるんだ。色々なものの違いを理解して、それを疑わないようになっていくんだ」

咲良田の能力を管理するなら、そんな変化が必要だ。

一方を選んで、つまりもう一方を切り捨てて、歩き続けるんだ。

「でも、今はまだ違う。君をまるで世界のことのように、考えて良いのだと思う」

甘えだとしても、それが許される時期があるのだと思う。このくらいの救いは用意されているのだと、信じている。

相麻は否定も、肯定もしなかった。ケイは続ける。

「僕がよく考えるのは、権利のことなんだ。ひとりの女の子に対する権利。世界に対する権利。どちらも同じだ。僕はどれだけの権利を持っていて、どこまで身勝手に相手の幸せを定義してしまってよいのだろう？　責任の取りようがないことで、もし間違えてしまったなら、僕はどうすればよいのだろう？　あるいは失敗を怖《おそ》れて、足をすくませているのが正解なのかもしれない」

そんなことで、いつも引っかかってしまう。ある場面では無理やりに答えを定義したつもりになっても、心を落ち着けると、再び同じような問題で悩んでいる。

相麻菫はじっと動かないでいる。

うつむいている女の子は苦手だ。泣いているようで、胸が痛くなる。

「答えは出たの？」

彼女の声は、無慈悲な判決のようでさえあった。答えるのはケイでも、彼女の質問こそが、すべてを決めてしまったように聞こえた。

答えようもない問題に、でも答えを出さなければならない。そのためにケイはここにいるのだから。

「僕は誰に対しても、なんの権利も持っていない。責任の取りようのない失敗は、そんなのどうしようもない。でも進まないわけにはいかない」

ケイはひとりの女の子について、あるいは世界との関係について、語るための言葉を探す。考えながら、ゆっくりと言葉にする。

「疑いながら、信じるんだ。なにかを切り捨てても、なにも投げ出さずにいるんだ。そして、歩く。迷いながら進んで、たまに立ち止まってもまた歩き出す」

きっと、他の方法なんてない。

「答えなんてないことを知っていて、それでも諦《あきら》めずに答えを探し続けることしか、僕にはできない」

そんな方法でしか、ありもしない正解に、にじり寄ることはできない。

相麻菫は初めて、ほんのわずかに首を振った。

「ケイ。それは、なにも答えていないようなものよ」

まったくだ。

軽く息を吸い込む。この街に能力を残そうと決めたのと同じように、答えられないことに、答えを出す。論理的な話ではない。でも、間違いのない事実がある。

うつむいた女の子を、そのままにしてはおけない。当たり前だ。

ケイは自身の胸の中心にある痛みを意識した。まだ血を流し続ける、現在も進行している傷に集中して、言った。

「きっと、僕には君を救えない」

誰よりも浅井ケイが、相麻菫を傷つけた。

相麻菫の悲劇は、すべて浅井ケイのせいみたいなものだ。

――世界でいちばん、僕が彼女を、救えない。

どうしても救えない。それでも。

「それでも君の幸せは、僕が定義する」

権利なんてなくても、決める。責任の取りようもないけれど、進む。足をすくませたままではいられない。

「君の幸せは、僕がみつける」

彼女はまた首を振った。

「ないのよ。そんなもの」

彼女の声は掠《かす》れていた。

覚えている。二年前、雨のバス停で聞いた、彼女の声と同じだ。

「だって、私は取り返しようのない間違いを犯した」

涙を流さないまま、だが泣き声で彼女は言った。

「ごめんなさい。私は、貴方を救いたかった。貴方の幸せを願っていた。なのに、ごめんなさい。私が貴方を、傷つけた」

ああ、それが問題だったんだ。

――僕たちは、まったく同じように悩んでいたんだ。

ひとりきりでは答えを出せない問題を、いつまでも抱え込んで。無理やりに答えを導き出そうとして、疑って、諦めて、切り捨てて、それでも信じて。同じように僕たちは、互いが互いに怯《おび》えている。

彼女に語るべき言葉が、ようやくみつかったような気がした。

ケイはうつむいたままの少女をみつめる。

「僕はたったひとつだけ、強い権利を持っている。僕がすべてを決めてしまっていいものが、ひとつだけある」

生まれたときから持っていた。死ぬまでずっと手放すつもりはない。

――僕の感情だけは、僕が決めていい。

これだけは胸を張れる。

「君はこれまで、誰よりも上手《うま》く、僕を救ってくれた」

ねぇ、相麻菫。

――僕の胸は、まだ痛いけれど。

一秒ずつ痛みを増してさえいるけれど、でも。

「間違いないよ。君が作った僕の幸せは、僕にとって、本物の幸せだ」

――たったそれだけを、僕は信じればいいんだ。

浅井ケイは強く目を閉じる。泣きはしないけれど、涙を噛《か》み締めるように。

「本当に、本物の、僕の幸せだ」

世界でいちばん、彼女を救う権利を持たない浅井ケイは。

だけど世界中の誰よりも、彼女がしたことを肯定できる。

――なんて、身勝手な話なんだろう。

相麻菫に伝えるべき言葉は、浅井ケイの中心にあった。

それはケイ自身が探し求めていたものだった。相麻菫に出会うよりも前から探していた。この街を訪れる前から、探し続けていた。

ずっと手に入れたかったものの全貌《ぜんぼう》を、相麻のおかげで捉《とら》えられた。

だからこれはあくまで、浅井ケイのための言葉だ。あまりに個人的で、他の誰かにはなんの価値もないようなものだ。

でも信じている。

――相麻菫は本当に、僕を肯定してくれたから。

浅井ケイの真ん中にあるものに、共感してくれたから。同じ理由で傷つき、苦しみ、すり減ってくれたから。

――きっと僕のための言葉が、彼女にも伝わる。

初めから浅井ケイの中心にあった、ずっと信じてきた、でもようやく今みつかった、ほんの些細《ささい》なひとつが価値を持つ。

「君がしてきたこと全部で、僕は救われた。君のなにもかもに、感謝している。間違いないよ。君の言葉のすべてが、君の努力のすべてが、今まで僕を護《まも》ってくれた」

だから、独善でも。

浅井ケイは自分にとって都合の良い未来を、ずるくても語る。

「君は僕を、幸せにできるんだ。これからも僕は、君のおかげで笑っていられるんだ。だからお願いだよ。これまでと同じように、僕を助けて欲しい」

悲しいことがたくさんあるこの世界には、でもいくつかの救いもある。

まるで実在しない楽園のような、嘘みたいに幸福なルールで満ちた、暖かな場所だってひっそりと用意されている。

――僕は、それだけを探していたんだ。

ようやくわかった。楽園は、確かにあった。

ただ幸せだけが生まれる場所は、ここだ。

だって、助けるのも、助けられるのも、そう違わない。幸せにするのも、幸せになるのも、だいたい同時に起きている。きっとヒーローは誰かを救ったとき、自分自身も救われている。大げさな話じゃなくても。誕生日のプレゼントでも、朝の挨拶《あいさつ》でも、握手でも。相手が笑えば、それで満たされる。

――なら、彼女の力で僕が笑えば、それが彼女が笑う理由にだってなる。

幸福ばかりが増え続ける、嘘みたいな、まるで反則みたいな場所が、この世界だ。

だからケイは、記憶のすべてをみつめながら、心の底から笑う。

「ありがとう。君のおかげで、僕は幸せだ」

その間違いのない事実を、心をこめて告げる。

相麻菫は肩を震わせていた。

その肩を抱きしめたかったけれど、できなかった。

「眩《まぶ》しいわ」

と掠れた声で、彼女は呟《つぶや》く。

そのとたん、部屋の明かりが消えた。

暗くなってようやく、彼女は顔を上げた。

相麻菫は暗闇の向こうから、こちらに視線を向ける。

「ケイ。貴方《あなた》はいつも、貴方のままね」

小さく、不安定な声で、彼女は言った。

「私にはそれが、つらくてたまらない」

浅井ケイは立ち上がる。

窓辺まで歩み寄り、カーテンを開く。

綺麗《きれい》な月に照らされて、相麻菫の目元が、輝く。

いつも通りに、無理やりにケイは笑う。

「ほら。やっぱり君は、泣いている」

胸の中にある涙を、魔法のように消し去ることはできなかったけれど、でも。

流れた涙なら、拭《ぬぐ》うことだってできる。

なんの権利もなくても、相手が決して抱きしめられない女の子でも、流れる涙は、拭《ふ》くべきなのだと信じている。

浅井ケイは、まっすぐに彼女の隣まで歩み寄った。

身を屈《かが》めて、右手で彼女の頬に触れて、親指で目元を撫《な》でる。温かな頬。同じ温度の涙。

「僕の未来をみて」

怖れながら、言葉にする。

「君が定義した結末よりも、未来を。ひと月後、半年後、一年後。どこか未来で、僕からみえる場所で、必ず君が笑っているから、それをみて」

手の中の相麻菫は、まだ涙を流しながら、口元を歪《ゆが》めた。

「ねぇ、ケイ。貴方が望むなら、きっとそうなるのでしょう。でも、私はその未来が怖いの。貴方を手に入れられないのに、それでも笑えてしまう未来が怖いの。わかる？」

わかる、とは、言えない。

でも否定もできない。

彼女は、表情を変えた。

まるで魔女のように。偽物の感情を無理やりに作り出すように。

決して笑みにはみえない顔で、相麻菫は笑っていた。

「でも、いいわ」

彼女の、言葉を選ばなければ不気味な表情は、矛盾するようだけど清らかだった。

「たったひとつだけ、条件を呑《の》んでくれれば、貴方の言う通りにしましょう」

条件。

「なんだろう？　僕にできることならいいけれど」

相麻菫は奇妙に美しい笑みを崩さない。頰で涙が輝いている。

「簡単よ。私と、ゲームをしましょう」

彼女は身を乗り出した。ケイはまだ彼女の頰に手を添えていた。

とても近い位置に、ふたつの瞳《ひとみ》がある。

吐息の掛かる距離から、声が聞こえる。

「貴方がゲームに勝ったなら、私は貴方に従うわ。きっと、近い未来で、私は自然に笑うのでしょう」

そんなの、ゲームで決めるようなことじゃない。

でも、

――僕は相麻菫を信じている。

疑う方法なんて、知らない。

ケイは彼女の頰から手を放す。

「いいよ。もし、君が勝ったら？」

「私の言う通りにして。貴方の未来を、私に決めさせて」

月明かりに照らされた、彼女を眺める。

彼女は、まるで人ではないくらいに美しい。

「君は、僕の未来を、どうするんだろう？」

彼女は微《かす》かに、首を傾げた。

「貴方がこれまでこだわってきたことを、全部、諦《あきら》めてしまいましょう。ケイ。貴方は私のものになるの。そしてこの、夢の世界で暮らす。私とふたりきり、まるで石ころみたいに、ひっそりと生活を送る」

受け入れられる、はずがない。

彼女は長い時間、こちらの瞳を覗《のぞ》き込んでいた。周囲で静寂が騒ぎ出す。鼓膜に突き刺さる無音は耳を痛くする。ほんの短い時間、浅井ケイは息を止めた。

彼女の意図を考える。確信ではないけれど、それに近いところまで。

息を吐き出しながら、頷《うなず》く。

「いいよ。一体、どんなゲームだろう？」

彼女は視線を逸《そ》らさない。

瞳だけはなにも変わらないまま、笑みを消した。世界中から色を抜き取るように、彼女の表情から彩りが消えた。

「貴方はこの部屋に入ってから、一度も私の名前を口にしていないわね。きっと私に気を遣ってくれたのでしょう。それはわかるわ。でも」

声にはまだ、色がついている。

寒色系の色だ。静かな泣き声に似た色だ。

「お願い、ケイ。私の名前を呼んで」

相麻菫。写真から現れた、彼女の複製。まるでスワンプマンのような少女。人工物のような少女。二代目の魔女。二代目の、名前を持たないシステム。

自分の名前を知らない、涙で頬を濡《ぬ》らした女の子。

「間違えずに私の名前を呼べれば、貴方の勝ちよ」

――ああ。やっぱりだ。

今度こそ、彼女を理解する。

――この少女は、こんなにも悲しい。

美しくて、悲しい。

彼女の名前を呼ぶために、浅井ケイは息を吸った。

＊

浅井ケイがドアノブに触れた。

そのとたん、彼の姿が消えてしまった。

――相麻菫が、私とケイを隔離したのだ。

春埼美空は少しだけ後悔する。手を繋《つな》いでいましょうと、提案しておけばよかったかもしれない。

仕方がないので、冷たいドアノブをつかむ。

鍵《かぎ》は開いていた。それで、なんとなく理解する。今、自分がここにいる意味を。

ドアを引いて開けた。

照明はついていないようだ。でも、部屋の方から弱い明かりが漏れている。靴を脱いでそちらに進む。

窓から月光が射していた。

その光に照らされて、相麻菫はベッドに腰を下ろしている。神さまに祈るときのように、胸の前で、両手をしっかりと組み合わせて。

こちらに視線を向けた彼女は、奇妙なくらい綺麗に笑う。

「こんばんは、春埼。遅かったわね」

春埼は部屋の入り口で足を止める。

「こんばんは、相麻菫。遅かったとは、どういう意味ですか？」

「どういう意味だと思う？」

なんとなく思い当たって、ポケットから携帯電話を取り出す。

ケイの指示でセーブしたのが、午後七時一五分。体感的には、それから一分も経っていない。だがモニターに表示されている時刻は、四五分を回っていた。

——三〇分ほど、私には意識がなかったのだろう。

それが、眠っているような状態だったのか、それとも春埼自身がこの世界からすっかり消えていたのかはわからない。あるいは三〇分間の記憶を失っているだけなのかもしれない。

どうでもいいことだ。

「ケイには会いましたか？」

「ええ。ふたりで話をしたわ」

「彼は今、どこに？」

「私の手の中に」

当然、比喩《ひゆ》的な言葉なのだと思った。

だが気になる。相麻菫はずっと、胸の前で両手を組み合わせている。

「手を、開いてください」

彼女は笑顔のままで、首を傾げる。

「本気にしたの？」

「早く」

相麻菫は手を開く。

流れ落ちる水を掬《すく》い取るように、手を揃えて、手のひらを上に向けて。

そこには黒い小石が載っている。マクガフィンと呼ばれたものによく似ている、ただの小石が。

「なんですか？　それは」

相麻菫は、唇の両端を吊《つ》り上げる。

「ケイは私と約束したの。あるゲームをして、それに負けたら、私のものになると」

彼女は楽しげに手のひらの小石を眺めている。

「そして彼は、勝負に負けた。だから今、彼はここにいる」

嘘だ。そんなこと。

「あり得ません」

強く、否定する。

相麻菫は首を傾げる。

「どうして？　今の私は、チルチルとほとんど同じ。彼を小石に変えるくらいのことはできる」

「そんなことは知っています」

「じゃあ、ケイは絶対に負けない？」

そんな話でさえない。

「相麻菫。貴女《あなた》が、そんなことを望むはずがありません」

彼女は浅井ケイを愛している。きっと、相麻菫自身よりもずっと。彼女にとって、浅井ケイの方が重要だ。

でも彼女は笑顔を崩さなかった。

「私が本当に、相麻菫ならね」

ふいに、彼女は片手で小石を握り込む。腕を振って軽く、こちらに小石を放り投げる。息を呑《の》んだ。緩やかな放物線に視界が吸い込まれる。

春埼美空は全身で抱き締めるように、その小石を受け止めた。足がもつれて、その場に転倒する。だが小石は抱き締めたままだ。

笑い声が聞こえた。

「可笑《おか》しいわね。その小石が、浅井ケイではないのなら、そんなにも慌てる必要なんてないじゃない」

本当に、面白そうに、相麻菫は笑っている。

「春埼美空。その小石が、浅井ケイよ。なにかをみることも、聞くこともできない。語りかけることも、手を伸ばすこともできない。でも、内側で思考し続けている。浅井ケイの意識だけを持った小石よ」

どうして？

「どうしてこんなことをするのか、訊《き》きたい？　なら教えてあげましょう」

彼女は足を組み、その上で頬杖《ほおづえ》をつく。

「石は眠らないわ。眠らなければ、夢の世界から外に出ることもない。彼はずっと、ここに囚《とら》われたまま。でも貴女はそうはいかない。すぐに目を覚ますし、再びここに入ることも簡単ではない。そしてここでは、私は神さまみたいに万能なの」

春埼美空は、相麻菫を見上げていた。

相麻菫は、春埼美空を見下ろしていた。

「諦《あきら》めなさい。浅井ケイは、もう私のものよ」

──ああ、きっと。

こういう場面で、ケイなら笑うのだろう。そう思ったら、笑っていた。口元だけを歪《ゆが》めて、まるで彼のように。

春埼美空は立ち上がる。今度は春埼が、彼女を見下ろす。

「言葉を選ばないことを、許してください」

彼女は微《かす》かに、顔をしかめる。なんだか寂しげな表情だ。

「あの春埼美空が、ずいぶん人間らしくなったものね」

「二年間というのは、それくらいの時間です」

相麻菫は頷《うなず》く。

「ま、いいわ。私との会話に、言葉を選ぶ必要はない」

「では──」

春埼美空は、相麻菫を睨《にら》む。

「まったく、馬鹿馬鹿しい。こんなことで、浅井ケイを所有できるはずがないでしょう。貴女だってわかっているから、私をこの部屋に入れたのです」

そうでなければ、玄関の鍵が開いているはずがないのだ。彼女はチルチルのように万能なのだから、邪魔な人間は、さっさと夢の世界から追い出してしまえばいい。

本当に相麻菫が浅井ケイを手に入れているなら、

——私に、会うはずなんてない。

まったく無駄だ。

「貴女はつまり、駄々をこねているのです。ふてくされていれば欲しいものが手に入ると思っているのです」

相麻菫は首を振る。

「わけがわからないわ」

そんなはずがない。

——貴女は、少なくとも、私よりは頭がいい。

わからないなら、それはわかろうとしていないだけだ。自分自身から、目を逸《そ》らしているだけだ。

春埼美空は、顔の前に小石を掲げる。

「こんなことでは、貴女は満足できないから、本当にケイを手に入れようとしたのでしょう？　つまりは私が、彼を差し出しに来るのを待っていたのでしょう？」

相麻菫はしばらく無言だった。

それから小さな声で笑う。

笑いながら、彼女は言った。

「なるほど。それは効果的な方法ね」

彼女の笑い方は、まるで泣いているようだった。

涙で肩を震わせているようだった。

「ああ、辻褄《つじつま》が合ってしまう。これまでの私のすべてに納得できてしまう。彼に尽くして、命さえ投げ出して、それからいじけていたなら、あの浅井ケイが放っておくはずがないものね？　彼が夢の世界にまで追いかけてきて、私に手を差し伸べようとすることは、目にみえているものね？」

月光に照らされた彼女は、美しくさえあった。

だが、まるで人ではない、人の形をしているだけの何者かにもみえた。

「私は貴女から彼を奪い取るためだけに、なにもかもを計画したのかもしれない。だって私が彼を石ころに変えてしまったなら、貴女が放っておくはずがない。特別なものを彼しか持たない、自分よりも彼を優先する貴女は、彼のためなら、彼の下を離れることさえできるのでしょう」

彼女の肩から、震えが消える。

でも彼女は、まだ笑っている。

まるで悪い魔女のように、笑みを浮かべたままで。

「だったら、ねぇ。ケイを頂戴《ちょうだい》」

ゆったりとした動作で、右手をこちらに差し出した。

「そうしたら、彼にかかった呪いを解いてあげるわ」

春埼美空は、右手で小石を握りしめる。その右手を、左手で包む。

――嫌だ。

決して、渡したくはない。

「知っていますか？」

目を閉じる。両手を、その中の小石を、胸の前で抱く。

「元々、私はひとりで能力を使えたのです」

二年前の夏までは、そうだった。

――私の能力に、価値なんてないのだと思っていた。

やり直しても、同じことを繰り返すだけだから。涙を消せたことなんてなかったから、なんの意味もない能力だと思っていた。

――それでも、私のルールに従って、能力を使っていた。

あのころは彼の指示なんてなくても、能力を使えていた。

なにもかもが変わってしまったのは、相麻菫が死んだときだ。リセットを使って、その前には死ななかった相麻菫が、死んだ。そして浅井ケイが傷ついた。

――あのときから私は、ひとりで能力を使うことができなくなった。

また同じことが起こるのが嫌だった。世界でたったひとりだけ、リセットする前の記憶を持っている、彼だけが傷つくのが嫌だった。

——いや。違う。

正確ではない。

本当にリセットで彼が傷つくのが嫌だったなら、彼の指示で能力を使うのは矛盾している。それで問題が起こったなら、もっと彼を傷つける。

単純に、臆病《おくびょう》に。

——私は、彼に嫌われるのが怖かった。

自分の意志で能力を使って、それで失敗して、彼に嫌われるのが怖かった。世界でたったひとりだけ、なによりも大切な彼に、決して嫌われたくはなかった。

その程度の勇気もない、臆病な子供だった。

「今の貴女《あなた》に、ひとりでリセットが使える？」

相麻菫の声だ。まるで、こちらを挑発するような声だ。

「できます」

能力を使う、その意味を今なら背負える。

ずっと彼に強いてきた負担を、春埼美空自身が抱える必要がある。

確信していた。

——私は、能力を使える。

能力は呼吸に似ている。誰かにやり方を習うのではなくて、初めから「こういうことができる」という感覚を持っている。能力において、確信していれば、それはできる。
耳の奥で「リセット」と指示を出す、ケイの声が聞こえた気がした。
春埼美空は目を開く。
能力を使おうとした、その直前だった。
相麻菫の表情が、目に入る。唇を歪めた、彼女の表情が。
「どうしたの？」
と彼女は言った。
胸の中の、冷静な部分が声を上げる。
――おかしい。
あからさまな違和感がある。
疑問の正体に気づいたとたん、ようやく。
「相麻菫」
春埼美空は、彼女を理解した。
知っていたはずのことを、また確信した。
全身から力が抜ける。
「ごめんなさい」
思わず呟《つぶや》いた。
練習したことがあるのだ。だから、見分けがつく。

「貴女は、本当に、ケイのことだけを思っているのですね」

唇を歪めた相麻菫の表情は、泣き顔だ。

彼女の頬は濡《ぬ》れていないけれど、でも。

涙をこぼすための表情だ。

＊

相麻菫は知っていた。

彼女がリセットを使わないことを。

使えない、ではない。使わないことを知っていた。

春埼美空の声が聞こえる。

「ごめんなさい」

――謝る必要なんてないのだ。全部、私が計画したことなのだから。

「貴女は、本当に、ケイのことだけを思っているのですね」

――違う。あくまで、私にとって。これが最良だっただけだ。

相麻菫は、後ろ向きに倒れ込む。ベッドで仰向けになった。

とても疲れていた。右手で両目を覆う。今は月の明かりさえ眩《まぶ》しすぎる。

苦労して声を出す。

「私に、この未来が、みえていないはずがないでしょう」

ずっと浅井ケイを手に入れようとしていた？

春埼美空と交渉するために、彼を石に変えた？

そんなこと、あり得ない。

「二年間もケイと一緒にいた貴女が、あっさりと彼を差し出せるほど非人間的なはずがないでしょう？　もしも、そんな計画を私が立てていたのだとすれば、あのケイが、思い至らないはずないでしょう？」

――そして私よりも、貴女を優先しないはずがないでしょう？

ああ、また泣きそうだ。

でも春埼美空の前では、泣きたくない。

「私はそれほど、なにもかもを計算できているわけではないの。私だって、どうしようもなく、感情を持っているのよ」

ただ、感情に振り回されて、ここにいるのだ。

いつだって、抑えきれないものに流されてきたのだ。

「ごめんなさい」

春埼美空はまだ謝っている。

「私は、最低です。疑ってはいけないことを疑いました」

声で彼女が泣いているのだとわかった。

素直に泣ける彼女が、うらやましくさえあった。

「もう、いいわよ。貴女が騙《だま》されなければ、意味がないのだから」

それに本当は、最後まで騙しきるつもりだった。

彼女に、リセットを使わせるつもりだった。

でもそれは上手《うま》くいかなかった。ケイとの会話で、何度も未来を眺めたけれど、どうしてもだめだった。

──結局、ぎりぎりで、彼女は気づいてしまう。

すべてつまらない演技だと、見破ってしまう。

「やっぱり貴女が、ケイを石に変えるはずなんてなかったのです」

当然だ。そんなの、なんの意味もない。

相麻菫は浅井ケイのすべてを護《まも》りたいのだから。彼からなにかを奪うようなことと、選択肢として成立しない。

石ころはただの石ころだ。彼の机の引き出しに入っていた小石──マクガフィンと名づけられた小石を、握りしめていただけだ。

「貴女は、私のために。また私が自分の意志で能力を使えるようになるためだけに、こんな嘘をついたのですね？」

相麻菫は、首を振る。

「貴女のためなんかじゃない」

ケイはこれから、咲良田の能力すべての責任を背負おうとしているのだから。

隣にいる春埼美空くらいは、自分の責任を背負うべきだ。

「貴女はいつまでも、彼に護られたままではいけない。貴女だけは、なにもかもを救おうとしてしまう彼の、正しい救いでなければならない」

これは儀式のようなものだ。

彼ではない。相麻菫のための儀式だ。春埼美空を認められないまま、ここから先に進むことはできない。

「自分の能力に責任も持てないまま、彼の傍にいて欲しくはないわ」

足音が聞こえた。ほんの数歩分の距離、春埼美空がこちらに近づいてきたのだとわかった。

「ごめんなさい私は――」

すぐ隣、ベッドの端に、彼女は腰を下ろす。

「私は、貴女がうらやましいのです」

相麻菫は目を覆っていた右手をどけて、彼女を見上げた。

うらやましい？

「それは、私の台詞《せりふ》だと思うけれど」

春埼美空は首を振る。泣きはらした顔だった。

「私の理想を知っていますか？」

答えたくもないが、答える。

「ケイの近くにいること」

他にないと思っていた。

だが彼女は、また首を振った。

「少し違います。頭がよくて、優れた能力を持っていて、いつだって彼が頼りにずる。そうなるのが、私の理想です」

それから彼女は、こちらを覗《のぞ》き込む。

「相麻菫。私は、貴女のようになりたいのです」

思わず、笑った。

まったく馬鹿馬鹿しい。

「私は、春埼美空。貴女のようになりたかった」

二年前の彼女は、なにかを演じる必要もなく浅井ケイの理想だった。無力でも彼の視界の中心にいた。

それから二年もかけて、ゆっくりと彼に影響されて、今はこんなにも普通の少女になった。浅井ケイは彼自身の理想だった二年前の春埼美空よりもさらに、今の、普通の少女になった春埼美空を愛している。

――貴女のような、彼に好かれる普通の女の子に、私はなりたかった。

そんな、叶《かな》いもしない夢をずっとみていた。

「反対なら、よかったと思う?」

相麻菫が春埼美空で、春埼美空が相麻菫なら、よかったのだろうか?

真剣な表情で、彼女は首を振る。

「反対なら、きっともう片方に憧《あこが》れていただけです」

その通りだろう。

たぶん、おそらく。

——こんなにも、私たちは我儘《わがまま》なのだ。

我儘でいてもいいくらいには、この世界には、優しい場所があるのだ。

春埼美空は、もう泣いてはいなかった。

彼女は目元をこすって、涙の跡を消して。

それから笑う。口元だけを歪《ゆが》めて、まるで浅井ケイのように。

「決めました」

「なにを?」

「私はいつかケイの隣で、貴女《あなた》のように有能になります。私と貴女、両方の席を独占できたなら、我儘な私も満たされるでしょう」

相麻菫は、顔をしかめる。

「安っぽい挑発ね」

「はい」

横たわったまま、相麻菫は笑った。

それは無理やりに作った笑みだったが、半分は本物の笑顔だ。

「ついさっき、彼に頼まれたのよ。これからも助けて欲しいってね」

そんな、些細《ささい》なことが救いになってしまうくらいに。

残酷で優しい場所が、実在する。

「仕事上のパートナーとしてはこちらの方が優秀なのだから、その部分までは譲らなくてもいいわね」

相麻菫は、目を閉じる。

「ケイはどこですか？」

「もう目を覚ましているわ」

春埼との会話に邪魔だから、無理やりに追い出したのだ。

彼女は相麻の隣で、ころんと横たわる。

「では、私たちも帰りましょう」

頷《うなず》く代わりに、深く息を吸う。枕から、微《かす》かに彼の匂いがする。

相麻菫は、心を落ち着けて。

目を覚ますために、今は眠る。

エピローグ

目を覚ますまでのわずかな時間に、思い出す。

「相麻菫」

と、彼は言った。

「どうしようもなく、君は相麻菫だ」

初めからゲームの勝敗なんて決まっていた。

彼がどんな名前で呼ぼうが、それを受け入れるつもりだった。

魔女でも、名前のないシステムでもよかった。まったく別の名前なら、これからはその名前で生きようと決めていた。でも、それがあり得ないことだとも、知っていた。

「ずっと君は、相麻菫だった。写真から出てきたすぐ後、智樹の能力だって届いていたんでしょう」

——この声が聞こえる？

二年前の、相麻菫からのメッセージ。

不思議だったのだ。

「どうして貴方《あなた》は、それを信じられたの？」

彼は最初から、あの声がこちらに届いたのだと、確信しているようだった。

「君のことを考えればわかる」

浅井ケイは微笑む。子供じみた、自慢するような笑みだ。

「もしもあの声が届いていなかったのなら。ねぇ、相麻。優しい君は、僕が選んだ方が正解だなんて言わないよ」

なんて理由だ。彼は、たまに、馬鹿みたいだ。

「私が貴方に、どれだけのことをしたと思っているの？」

どれだけ苦しめて、どれだけ傷つけたと思っているの？

――もう私のことなんて、信じられなくて、当然だ。

なのに彼は自信に満ちた笑みを崩さない。

「もちろん、君がしたことは知ってるよ。ずっと僕を助けて、護《まも》ってくれた。それが全部だ。僕には君の、なにもかもを信じるだけの理由がある」

相麻菫は目を閉じる。

なんてことだ。だから、彼には会いたくなかったのだ。彼に会うのが怖《こわ》かったのだ。

心のどこかが微笑みそうになるのを感じる。彼への罪悪感も忘れて、無責任に、自分を許せる気さえしてしまう。

「でもね、ケイ。貴方に決めてもらうまで、私はなにも信じられなかった」

中野智樹の能力で声が届いても、自分自身が相麻菫だと信じられないと知っていた。

――私の弱さを知っていたから、私はすべてを計画できた。

感情が混濁して、もう自分でも区別がつかない。

気がつけばまた涙がこぼれていた。その涙の意味さえ、わからなかった。だけどとにかく今は、彼に謝らなければならない。まだ、笑ってはいられない。

「ごめんなさい、ケイ。私はまた、貴方に荷物を背負わせた」

――私の名前を呼んで。

その質問の意味を、自覚している。

――私は、彼に決めさせたかったのだ。私のアイデンティティを。

これから相麻菫と呼ばれて過ごす日々のすべてを。相麻菫としての幸福を、不幸を、彼に背負わせたかったのだ。

「昔から、私はずっとそうなの」

二年前から、ずっとだ。

とてもずるくて。

愚かで、身勝手で、どうしようもないくらいに弱い。

「私は、貴方のためだと偽って。たぶん初めから、私のためだけにすべてを計画した」

どんな手段でもよかった。

ただ、彼が眠る前に、自分の顔を思い浮かべて欲しかっただけだ。春埼美空を思うよりも長い時間、自分のことを考えて欲しかった。

涙で歪んだ視界の中心で、浅井ケイは笑っている。先ほどまでとは違う表情だ。口元だけを歪めた、不敵な笑顔。

「相麻。君は知らないかもしれないけれど、僕はとても我儘《わがまま》なんだ」

胸の中で首を振る。

いいえ。そんなこと、初めから知っている。

彼に限って言えば、優しさと我儘は同じ意味になる。

彼は優しい。きっと誰よりも優しい。

「二年前、君を生き返らせようと決めた時から、僕は色々なことを背負い込むつもりだった。なんの権利もないのに、そうするつもりだったんだよ」

「知っていたわ」

あのテトラポットの上で、初めて会ったときから知っていた。

わかっていて、すべてを決めた。

「でも、ねぇ、ケイ。その荷物は重たすぎて、投げ出したくなることもあるでしょう」

彼だってまだ高校一年生なのだ。

本当なら、もっと違った意味で、我儘でいていい年齢だ。

「重たすぎるくらいで、ちょうどいいんだよ」

彼はじっとこちらをみている。

決して目を逸《そ》らさない。強い瞳《ひとみ》で、こちらをみている。

「それを投げ出さないために、僕の能力はあるんだ。重たいものを捨てずに進みたいと、僕は願ったんだよ」

ああ、みんな、知っている。

彼の優しさを。嘘でもこちらを選べない誠実さを。だから生まれる重たい罪悪感も。その重みでも潰《つぶ》れない、彼の真摯《しんし》な願いも。

――私にとっては、彼こそがなによりも美しい。

彼こそがいつも、正常で。

決して歪《ゆが》むことのない、ときに悲しくなるほどの正しさだ。

月光が浅井ケイを照らしていた。

相麻菫は目元を拭《ぬぐ》う。いつまでも歪んだ視界ではいられない。もうそろそろ、泣き止む時間だ。

まっすぐに、浅井ケイをみつめるために。

相麻菫は、涙を拭《ふ》き取る。

そして目を覚ましたとき、視界の真ん中に彼がいた。

まるで夢の世界と同じように、フィクションじみて綺麗《きれい》な、だが現実の月明かりに彼は照らされていた。パイプ椅子に腰を下ろし、じっとこちらをみている。

「おはよう、相麻」

と彼は言う。

なんだか急に気恥ずかしくなって、相麻菫は天井に視線を向ける。病院の一室、白いベッドの上だ。

「私が眠っているあいだに、顔をみた？」

「まずかったかな？　綺麗な寝顔だったよ」

「まぁ、別にいいけれど。私でさえみたことがないのよ？」

相麻菫は上半身を起こす。ベッドの脇に靴があったから、それを履いた。立ち上がって、衣服の皺《しわ》を手のひらで伸ばし、ようやく落ち着く。

「これは純粋な好奇心で、他意があるわけでも、ましてや責めているわけでもないのだけど」

「うん。なにかな？」

「どうして春埼じゃなくて、私の隣にいたの？」

「理由はふたつある」

彼は平然と頷《うなず》いて、答えた。

「まずひとつ目。なんとなく君の方が先に目を覚ますような気がしたんだ」

「どうして？」

「理由は僕にもよくわからない。小さな奇跡なのかもしれない」

その、まるで些細《ささい》な冗談のような台詞《せりふ》を、彼はきっと本気で口にした。

彼にとっては、能力を護るために管理局員と対峙《たいじ》するようなことさえ当たり前に起こり得ることで、どちらの少女が先に目を覚ますのかを当てるのが奇跡的なのだろう。

——でも、私にとっては、貴方が隣にいたことの方が奇跡的よ。

目を覚まして最初にみえたのが、春埼の寝顔を覗《のぞ》き込む彼なら、少なくとも不機嫌にはなっていただろう。不機嫌よりは、恥ずかしいほうがずっといい。

「ふたつ目は？」

そう尋ねると、彼は窓の外を指さした。

「とても月が綺麗だったんだ」

「え？」

浅井ケイは病室を見渡すように視線を動かす。相麻菫も、つられてそちらをみた。

窓際にふたつ、通路側にふたつ、合計で四台のベッドが並んだ病室だ。通路側の一方だけが、まだカーテンで囲われている。

「君は窓際で眠っていて、春埼はそうじゃなかった」

なんてことだ。

綺麗な月は、たまには奇跡だって起こす。

簡単に見落としそうな、小さく無力な。でも確かな奇跡だ。

相麻菫は窓の外の月を見上げながら、軽く伸びをした。実際にはほんの数時間のはずだが、ずいぶん長い間眠っていたような気がした。

思いついた言葉を、口にするべきかしばらく迷って、覚悟を決めて。

「ああ、そうだ」

できるだけ自然な動作で、相麻菫は、浅井ケイに向き直る。

「昔、貴方《あなた》に嘘をついたことがあるの」

嘘なんて、いくつもついてきたけれど。

ひとつだけ今夜のうちに、訂正しておきたいものがある。

「なんだろう？」

浅井ケイは微笑んだまま、軽く首を傾げる。

相麻菫は、彼の胸元に人差し指を突きつける。

「本当は、伝言なんて大嫌い。これからは、ケイ。私の声を聞いて」

珍しく彼は、驚いたような表情を浮かべた。

それから微笑む。こんな言葉が心の底から嬉《うれ》しそうに。

「うん。間違いなく、そうするよ」

相麻菫は、できるだけ真剣な表情を浮かべて頷く。

思わずつられて笑いそうになるけれど、これは真面目な話なのだ。

「さて。私はそろそろ行くわ」

「行くって？」

「春埼と顔を合わせるのが、なんとなく気まずいのよ」

「どこに行くの？」

尋ねられて、ようやく気がつく。

行き先は特に考えていなかった。今はとても思考が鈍い。いまさらあの廃ホテルに戻るのも馬鹿げている。

「ま、どこだっていいわ。適当に歩いていれば、きっと索引さんあたりが拾いにくるでしょう」

管理局が未来視能力者をそのまま放置するとは思えない。

病室の出口に向かって歩く。見送ってくれるのだろう、ケイも後ろをついてくる。

白いドアの前で、相麻は足を止めた。

振り返る。

「もうひとつだけ」

月に照らされた彼が、なんだか幼い動作で首を傾げる。

「たまねぎは、気を抜くとすぐに焦げるから気をつけた方がいいわ」

逆光で、彼の表情はよくみえなかった。

でも間違いなく、微笑んだのだとわかった。

「うん。気をつけるよ。ありがとう」

それから、こちらに右手を差し出した。

「では、相麻。これからもよろしく」

胸に溜《た》まっていた息を吐き出して、相麻菫はその手をつかむ。

「よろしく、ケイ。またね」

抱きしめ合うには遠すぎる。

けれど、握手をするにはちょうどいい距離に、ふたりはいる。

それはどちらかというと悲劇だが、スプーン一杯程度の幸せがないわけでもなかった。

＊

相麻菫を見送って、浅井ケイは踵《きびす》を返す。

一歩目を踏み出したときだった。

カーテンが開いて、春埼美空が顔を出した。

「もう行きましたか？」

と彼女は言う。

まるでかくれんぼをしている子供のようだ。

「うん。君、途中で目を覚ましていたでしょう？」

ケイは病室を横断し、パイプ椅子に腰を下ろした。

「はい」

春埼は頷いて、ケイの左隣に立った。

「どうして出てこなかったの？」

「なんとなくです」

「なんとなく？」

「相麻菫に会うのが、恥ずかしかったのです」

「彼女も君と顔を合わせるのが気まずいと言っていたよ」

ふたりは本当の意味で、互いを嫌い合っているわけではないのだろう。たぶん、少しだけなにかが違っていたなら、とても仲の良い友達にだってなれた。

春埼美空はまっすぐにこちらをみつめている。

「ケイは、私と相麻菫が仲良くなることを望みますか？」

なんて質問をするんだ。

そんなもの、頷けるはずも、首を振れるはずもない。

「君は、相麻の不幸を望んでいるわけではないでしょう？」

真面目な表情で、春埼は頷く。

「はい。まったく」

「彼女が困っていたら、きっと助ける」

「おそらく。できることなら」

「なら良いんじゃないかな」

最良ではなくても、充分、良好な関係だ。

春埼美空は、微笑んだ。心の底から安心したように。

「よかったです。もし友達になれと言われたら、どうしようかと思いました」

「そんなに仲良くなりたくないの？」

「私と彼女とは、程よく敵対し合っているくらいが良いのです。自然で、心地よい関係です」

「そんなものかな」

「はい」

今度は、悪戯《いたずら》を思いついたような、彼女にしては珍しい表情で笑って。

春埼美空は言った。

「きっと貴方には、わかりません」

——ああ、自然だな。

彼女の言葉も、表情も。珍しいけれど、とても自然だ。そういうのは、なんだか好ましい。

「ケイ。これでひと通り、すべて終わりましたか？」

「とりあえずはね」

本当はなにも終わっていない。

いつまでも終わらない問題が、そこかしこに転がっている。

でも、この辺りでほんの少しだけ、休憩しても良いだろう。この数日間はちょっと忙しすぎた。チョコレートと、素敵な約束の達成が必要だ。

「では一緒に、夕食を作りましょう」

「うん。明日、ふたりで買い物に行こう」

「それともうひとつ、提案があります」

春埼美空はパイプ椅子の後ろに回り込む。こちらの両肩に、手を置いた。

ケイは真上を見上げるように、彼女の顔を覗《のぞ》きこむ。

「なんだろう？」

「これから、髪を伸ばそうと思います」

「とても良いけれど、どうして？」

「先ほど思い出したのです」

彼女は笑みを浮かべた。自然な、柔らかな、また新しい種類の笑顔だった。

「貴方は昔、私の長い髪が綺麗《きれい》だと言いました」

覚えていますか？　と春埼美空は首を傾げる。

なんだか気恥ずかしくて、浅井ケイは窓の外に視線を向ける。

夜空の真ん中で、相変わらず綺麗な月が、咲良田を照らしていた。

それはきっと、とても遠いところにあるのだろう。

寒くて、孤独な場所で、実は自ら輝くこともできなくて。地球から見上げた自分がどれだけ美しいのかも知らないまま、こちらを眺めているのだろう。

でも月は、確かにこの夜空でもっとも美しい。

もっとも明るく、もっとも気高く輝いている。

それがどちらの少女に似ているのか、ほんのわずかな時間だけ考えて。馬鹿らしくなって、目を閉じる。

それからようやく、彼女の質問に答えた。

「もちろん。僕は、記憶力が良いのが自慢なんだ」

肩にはまだ、少女の小さな手が乗っていた。

その温度や重みまで、ひとつ残らず忘れたくはないと、今もまだ願っている。

＊

そして少女は、少年をみつめている。

複雑でシンプルな少年だ。

途切れず、進み続けて、立ち止まってもまた歩き出す。いつだって思考して、場合によっては臆病《おくびょう》に悩み、でもなにかを諦《あきら》めることができない。もし間違えてしまっても、やり直して、正しく進む。

それはきっと、なにも特別なことではない。

小さな子供が失敗を悔しがるような。失くしてしまったものや壊れてしまったものに気づいたとき、純粋に悲しむような。だからもっと幸せになりたいと望むような。

当たり前で無垢《むく》な願いが、彼の本質だ。

サクラダリセット。聖なる再生。正しい方法での、世界の改変。

とても単純に言ってしまえば、彼は、それだけを目指す。夢も現実もみえないような場所で、いくつもの苦労を背負い込み、夢と現実をみて進む。

少女は歩く。少年と同じ歩調で。時計が進むのと、とてもよく似た速度で。

一歩ごとに景色が変わる。それは微《かす》かな変化だ。だが、確かな変化だ。そしていつか少年も少女も、まったく別の場所に立っている。

だけど、何処にいたとしても。

少女がみつめているのは、たったひとつを祈る物語だ。

当たり前で、ともすれば幼い感情を、いつまでも覚えている。

昨日を忘れない少年が、明日を祈り続ける物語だ。

サクラダリセット　了

新装版あとがき

本シリーズは二〇〇九年から二〇一二年にかけて角川スニーカー文庫から刊行された、全七冊の『サクラダリセット』シリーズを加筆・修正し、角川文庫で出版し直したものです。新たに出版する際、本文にどれだけ手を入れるべきなのかずいぶん悩んだのですが、結果的にはストーリーを変えない範囲で、細かい文章表現はすべて現在の私の好みに揃える、という形を選びました。スニーカー版のテキストを否定したいわけではまったくないのですが、手を入れられるのであれば、現状のベストを尽くすのが本書に対して最も誠実だろう、と感じたからです。修正は成功したのか？　それとも失敗だったのか？　私には判断がつきませんが、少なくとも、楽しい作業ではありました。

「サクラダリセット」は私のデビュー作であり、最も濃密に小説の書き方を学んだシリーズです。一冊ごとに私なりの文章の作り方や、ストーリーの組み立て方や、どうしようもなく壁にぶつかった時の乗り越え方（あるいは回避の仕方）をみつけていきました。このシリーズには私が持っているすべての要素が詰まっている、という紹介をすることがあるのですが、どちらかといえば、このシリーズで学んだ要素を使って今もまだ私は小説を書き続けている、という表現が正確かもしれません。

本シリーズはある見方をすれば、神さまに憧《あこが》れた少年が、神さまにはなれないまま自分自身の理想を目指す決意を固める物語です。別の見方をすれば、かつて髪を切った少女が、また髪を伸ばし始めるまでの物語です。さらに別の見方をすれば、少年のために嘘をついた少女が、「あの言葉は嘘だったんだよ」と伝えるまでの物語です。それらはすべて私が子供だったころ、当然だと信じていた価値観に基づいて執筆しています。スニーカー版の『サクラダリセット』を書き始めた二四歳のころも同じように感じていましたし、今でもほとんど変わっていません。だからこのシリーズは私にとってひどく当たり前で、他には代えようのないものをテーマにしています。

本シリーズを最後までお読みいただきまして、誠にありがとうございます。知っている言葉をあれこれ組み合わせて、ずいぶん悩みながら書いたシリーズなのですが、いかがでしたか？

もしもこの小説に、あなたに気にいって頂ける一文が含まれていましたら、心より嬉《うれ》しく思います。

二〇一七年　二月

河野　裕

解説　それでも「リセットだ」といえる心を得るために

タニグチリウイチ（書評家）

「春埼、リセットだ」。

『少年と少女と正しさを巡る物語　サクラダリセット7』で完結した河野裕《こうのゆたか》の「サクラダリセット」シリーズを読み終えたいま、あなたはそんなセリフとともにリセットという能力を使ってみたいと感じたままでいられるだろうか？

咲良田《さくらだ》という、人口の半分くらいの人が特別な能力を持っている街を舞台にして起こるできごとが描かれたシリーズで、ヒロインの春埼美空《みそら》が使うのが、世界を最大で三日分巻き戻せるリセットという能力。同じ高校に通う同級生で、経験したことをすべて記憶しておける浅井《あさい》ケイの指示で発動する。そんなリセットが使えれば、目の前で事故に遭った人を助けられるかもしれないし、零点を取りそうなテストを満点にできるかもしれない。彼なり彼女に好きだと告白して断られ、気まずくなった関係もきれいさっぱり消してしまえる。とても便利な能力。だが、決して万能ではなかったことをシリーズを読み終えたわたしたちは知っている。

あるできごとをなかったことにしてしまいたいと、浅井ケイが春埼美空に命じて使わせたリセットが、二人の心に深い傷を残した。やり直せるものならやり直したいという思いにかられたとしても、時間を巻き戻してやり直してしまうのは、本当に正しいことなのだろうか？　そんな迷いが「サクラダリセット」というシリーズを通して付きまとい、便利でありながら怖さも併せ持った能力への疑問が、シリーズを読み終えた今も心に引っかかっている。それでも、なにかを選ばなくてはいけないのだとしたら、選び取るための勇気を集めていくしかない。「春埼、リセットだ」といえるまで、自分にとっての正しさをつきつめていくしかない。7冊のシリーズを読み終えたいま、あなたはそんな決意を得たのではないだろうか。

『猫と幽霊と日曜日の革命　サクラダリセット1』で幕を開けた「サクラダリセット」シリーズは、最初に特別な能力を使える人たちが住んでいる咲良田という街があって、けれども咲良田の外に出たらなぜか能力の存在を忘れてしまうという設定が示される。浅井ケイと春埼美空は咲良田にある芦原橋《あしはらばし》高校に通っていて、奉仕クラブという組織に所属して誰かが悲しい思いをするようなできごとを、リセットの能力でやり直させている。

死んでしまった猫を助けたり、幽霊になってしまった少女を救ったり。そんな日々の中で浅井ケイが、ひとりの少女の死を能力でなかったことにできないかと動いた過去がほのめかされる。続く『魔女と思い出と赤い目をした女の子　サクラダリセット2』で、写真の中に入り込める能力を持った佐々野宏幸《ささのひろゆき》という老人が現れ、人の未来を見ることができるため、管理局という咲良田の住人たちが持つ能力を監視している組織によってずっと閉じ込められている魔女も登場する。

その魔女を助け出して佐々野と再会させ、街の外へ逃がそうとする企《たくら》みの中で、個々に違っている様々な能力を組み合わせ、不可能だと思われたミッションをクリアしていく展開が、このシリーズにとってひとつの読みどころだといえる。超能力といえば、炎を操るとか空を飛ぶといったパワフルな異能の持ち主たちがバトルするストーリーがすぐに浮かぶ。漫画やアニメーションやハリウッド映画ではおなじみで、河野裕がこの「サクラダリセット」でデビューしたスニーカー文庫のようなライトノベルでも定番のジャンルだ。ベストセラーになっている鎌池《かまち》和馬《かずま》の「とある魔術の禁書目録《インデックス》」や、佐島勤《さとうつとむ》の「魔法科高校の劣等生」といったタイトルを、どこかで聞いたことがあるかもしれない。

ところが、「サクラダリセット」で振るわれる能力はほとんどがささやかなもので、炎が吹き出すとか街が吹き飛ぶといった派手なビジュアルは伴わない。国家の敵、世界の敵を相手に戦うようなスケールの大きさもない。だったら面白くないかというとそれは違う。ある能力をひとつの手として繰り出し、別の能力を重ね合わせて意外な効果を引き出し、強大な敵を出し抜くような頭脳戦、心理戦の要素がそこにはある。異なる能力を補い合って不可能を可能にすること。どんな能力をどう組み合わせればそれが可能になるかを探ること。異能バトルならぬ異能パズルとでもいい表せそうなクールな展開を味わえる。

そんな異能パズルが、『機械仕掛けの選択　サクラダリセット3』で奇跡を引き起こす。浅井ケイがその死を気にしていた相手、相麻菫《そうますみれ》という少女の復活に成功してしまう。二年前が舞台になったこの巻で、中学生だった浅井ケイは相麻菫と出会い、春埼美空と引きあわされてリセットという能力の存在を知る。そして、浅井ケイが春埼美空に使わせたリセットによって繰り返された時間の中で、前は死ななかった相麻菫が死んでしまう。

一度リセットを使うと、二十四時間は使えなくなってしまう〝欠点〟を衝《つ》くようにして起こった事故による死。『さよならがまだ喉《のど》につかえていた　サクラダリセット4』の中で、浅井ケイが強い後悔の中から決意した、相麻菫を生き返らせたい、取り戻したいという思いをどうにかして叶えようとする探求が、絶妙の異能パズルによって実現した、その先に待っていたのがハッピーエンドかと思ったらそうではなかった。

失った過去を取り戻すことだけが正しさではない。だったらいったい何が正しいのか。後半戦ともいえる『片手の楽園　サクラダリセット5』で、夢の世界での冒険を経た浅井ケイは、『少年と少女と、サクラダリセット6』で咲良田に暮らす人々が持っている能力に訪れる危機に直面する。咲良田から能力をすべて消してしまおうとする計略。それに抗《あらが》って浅井ケイが仲間を集め、持っている能力を巧みに組み合わせて壁を打ち破り、勝利を目指そうとする異能パズルの神髄が繰り出される。

いつの段階からこの帰結、この総力戦ともいえるクライマックスを河野裕は想定していたのだろう。第1巻の時点で出ている能力は、浅井ケイの記憶力や春埼美空のリセット能力、中野智樹《なかのともき》の声を届ける能力に野ノ尾盛夏《ののおせいか》の猫と意識を共有できる能力といったあたり。第2巻で写真の中に過去を閉じ込める能力、記憶を混乱させる能力が登場して積み重なって行き、クライマックスでそれらが過不足なく組み合わさって浅井ケイを勝利させる。野ノ尾のささいな能力も含めて。

人気がなければストーリーが途中でも打ち切られるライトノベルで、クライマックスまでしっかり見通してキャラクターを配置し、能力をそろえていったのだとしたら、河野裕自身が未来を見通す魔女と同じ能力の持ち主だったのではないか。そんな思いすら浮かぶ。スニーカー文庫からこうして角川文庫へとレーベルを変え、若書きの文体や構成を整えて新装版として刊行されたのもリセット能力のおかげといわれそう。それで死んだ人が生き返るような大きな変化はないが、文体が持つリズムのようなものがリセットによって生まれ、浅井ケイという主人公の立ち位置も半歩引いた場所から全体を見通し、問題を解決していく感じになった。スニーカー文庫版を読んでいる人も改めて手にとって比べてみたい。

読み終えて、正しさのありかを問い直される気持ちになるところは変わらない。誰にとっても正しいことはない。それでも自分の正しさを貫きたい時に何をしたらいいのかを、進み続けて立ち止まって考えて、そしてまた歩き出した少年が教えてくれた。現実にはないリセットの能力に頼れないわたしたちは、浅井ケイよりも強く今を思い、過去を見つめて未来を考えよう。そうやって生きていくしかないのだから。

河野裕の名前を知ったきっかけが、新潮文庫nexから刊行が始まって、大学読書人大賞を取るくらいに若い世代の心をとらえた『いなくなれ、群青』から始まる「階段島」シリーズだという人も多そうだ。気がつくと知らない島にいて、誰かによって捨てられた存在だと知らされた島民たちが、なにを失ったのかを探しながら島での日々を送っている、というのが「階段島」シリーズの設定。いまの若い人たちにとって、あるいは大人も含めて自分の居場所に対する不安を抱え、それでも居続けなければならないつらさを代弁してくれる物語として支持された。

そんな「階段島」シリーズから入って「サクラダリセット」シリーズへと移ると、とても似通っている部分があると気づく。前者は階段島で、後者は咲良田という街に限定された空間で起こっている奇妙な事態。現状に甘んじている人もいれば、迷い悩んで本当の自分を探して回る人もいる状況。魔女という謎めいた存在によって見通され、支配されている場所で少年少女が自分の思いを遂げようと走り回る展開。それらがどちらのシリーズにもあって、現状に甘んじることをいさぎよしとしたくない心を誘う。「サクラダリセット」シリーズに共感するところがあったなら、「階段島」シリーズにも目を向けて欲しい。

角川文庫版へのリセットは、作品そのものよりも外の世界に大きな変化をもたらしたようだ。実写映画化でありテレビアニメーション化。どちらも河野裕にとっては初めての事態だ。いまどきライトノベルのテレビアニメ化自体は珍しい話ではないし、実写映画化も高畑京一郎《たかはたきょういちろう》の『タイム・リープ　あしたはきのう』や橋本紡《はしもとつむぐ》の「半分の月がのぼる空」といった作品で行われている。桜坂洋《さくらざかひろし》の『Ａｌｌ　Ｙｏｕ　Ｎｅｅｄ　Ｉｓ　Ｋｉｌｌ』に至ってはトム・クルーズ主演でハリウッド映画になった。

実写映画化からはライトノベルの原点ともいえる筒井康隆《つついやすたか》のジュブナイル小説を大林《おおばやし》宣彦《のぶひこ》が監督した『時をかける少女』のように、魔術的な映像美で長く語り続けられる映画も生まれている。前後篇で描かれる映画『サクラダリセット』はといえば、思春期にある少年少女の心情を描くことに長けた深川栄洋《ふかがわよしひろ》監督が、誰かを失ってしまったことへの後悔や、特殊な能力に憧れつつ恐れる気持ちといった普遍のテーマに挑んでいる。歳月が経っても若い世代の関心を誘い続けていくだろう。

新装され映像化という新展開も呼んだ「サクラダリセット」シリーズと河野裕がこれからどこへ向かうのか？　ライトノベルという分野から世に出てより広いフィールドに移り名を上げた作家は、直木賞を受賞した桜庭一樹《さくらばかずき》をはじめ小野不由美《おのふゆみ》、冲方丁《うぶかたとう》、須賀《すが》しのぶと挙げればきりがない。そんな先達に続くのか、いまいちどライトノベルという何でもありの場で自分を試すのか。どちらにしてもその筆先から生まれる特異な世界の設定なり、端正で奥深い語り口なりは変わらない。次に生まれるものを期して待ち、読んでいこう。

本書は、二〇一二年四月に角川スニーカー文庫より刊行された
『サクラダリセット7　BOY,GIRL and the STORY of SAGRADA』
を修正し、改題したものです。

少年《しょうねん》と少女《しょうじょ》と正《ただ》しさを巡《めぐ》る物語《ものがたり》

サクラダリセット7

河野《こうの》 裕《ゆたか》

平成29年 3月25日　初版発行
令和6年 6月15日　4版発行

発行者●山下直久

発行●株式会社KADOKAWA
〒102-8177　東京都千代田区富士見2-13-3
電話　0570-002-301（ナビダイヤル）

角川文庫 20256

印刷所●株式会社KADOKAWA
製本所●株式会社KADOKAWA

表紙画●和田三造

●お問い合わせ
https://www.kadokawa.co.jp/（「お問い合わせ」へお進みください）
※内容によっては、お答えできない場合があります。
※サポートは日本国内のみとさせていただきます。
※Japanese text only

ISBN978-4-04-104211-3　C0193

◆◆◆

角川文庫発刊に際して

角川源義

第二次世界大戦の敗北は、軍事力の敗北であった以上に、私たちの若い文化力の敗退であった。私たちの文化が戦争に対して如何に無力であり、単なるあだ花に過ぎなかったかを、私たちは身を以て体験し痛感した。西洋近代文化の摂取にとって、明治以後八十年の歳月は決して短かすぎたとは言えない。にもかかわらず、近代文化の伝統を確立し、自由な批判と柔軟な良識に富む文化層として自らを形成することに私たちは失敗して来た。そしてこれは、各層への文化の普及滲透を任務とする出版人の責任でもあった。

一九四五年以来、私たちは再び振出しに戻り、第一歩から踏み出すことを余儀なくされた。これは大きな不幸ではあるが、反面、これまでの混沌・未熟・歪曲の中にあった我が国の文化に秩序と確たる基礎を齎らすためには絶好の機会でもある。角川書店は、このような祖国の文化的危機にあたり、微力をも顧みず再建の礎石たるべき抱負と決意とをもって出発したが、ここに創立以来の念願を果すべく角川文庫を発刊する。これまで刊行されたあらゆる全集叢書文庫類の長所と短所とを検討し、古今東西の不朽の典籍を、良心的編集のもとに、廉価に、そして書架にふさわしい美本として、多くのひとびとに提供しようとする。しかし私たちは徒らに百科全書的な知識のジレッタントを作ることを目的とせず、あくまで祖国の文化に秩序と再建への道を示し、この文庫を角川書店の栄ある事業として、今後永久に継続発展せしめ、学芸と教養との殿堂として大成せんことを期したい。多くの読書子の愛情ある忠言と支持とによって、この希望と抱負とを完遂せしめられんことを願う。

一九四九年五月三日

つれづれ、北野坂探偵舎

心理描写が足りてない

河野 裕

探偵は推理しない、ただ話し合うだけ

「お前の推理は、全ボツだ」――駅前からゆるやかに続く神戸北野坂。その途中に佇むカフェ「徒然珈琲《つれづれコーヒー》」には、ちょっと気になる二人の“探偵さん”がいる。元編集者でお菓子作りが趣味の佐々波《さ さ なみ》さんと、天才的な作家だけどいつも眠たげな雨坂《あまさか》さん。彼らは現実の状況を「設定」として、まるで物語を創るように議論しながら事件を推理する。私は、そんな二人に「死んだ親友の幽霊が探している本をみつけて欲しい」と依頼して……。

角川文庫のキャラクター文芸

ISBN 978-4-04-101004-4